学而书系·皖籍评论家辑

何向阳　刘　琼◎主编

何向阳◎著

景观与人物

时代出版传媒股份有限公司
安徽文艺出版社

何向阳，安徽安庆人。诗人，作家，学者。中国作家协会主席团委员，全国宣传文化系统文化名家暨"四个一批"人才首批入选，"新世纪百千万人才工程"国家级首批入选，享受国务院政府特殊津贴专家，中国作家协会创研部主任、研究员。出版诗集《青衿》《锦瑟》《刹那》《如初》，散文集《思远道》《梦与马》《肩上是风》《被选中的人》《无尽山河》，长篇散文《自巴颜喀拉》《镜中水未逝》《万古丹山》《澡雪春秋》，理论集《朝圣的故事或在路上》《夏娃备案》《立虹为记》《彼黍》《似你所见》，专著《人格论》等。作品入选《中国新文学大系》，被译为英、意、俄、韩、西班牙文。获鲁迅文学奖、冯牧文学奖、庄重文文学奖、上海文学奖等。

学而书系·皖籍评论家辑

何向阳　刘　琼 ◎ 主编

景观与人物

Xue Er Shuxi · Wanji Pinglunjia Ji
Jingguan Yu Renwu

何向阳 ◎ 著

时代出版传媒股份有限公司
安徽文艺出版社

图书在版编目（CIP）数据

景观与人物 / 何向阳著. -- 合肥：安徽文艺出版社，2024.9
（学而书系. 皖籍评论家辑）
ISBN 978-7-5396-7869-6

Ⅰ．①景… Ⅱ．①何… Ⅲ．①文艺评论－中国－当代－文集 Ⅳ．①I206.7-53

中国国家版本馆CIP数据核字(2023)第216950号

"十四五"安徽省重点出版规划项目

出 版 人：姚 巍
策　　划：朱寒冬　姚　巍　　　统　筹：张妍妍　柯　谐
责任编辑：张妍妍　柯　谐　　　装帧设计：张诚鑫

出版发行：安徽文艺出版社　　www.awpub.com
地　　址：合肥市翡翠路1118号　邮政编码：230071
营 销 部：(0551)63533889
印　　制：安徽新华印刷股份有限公司　(0551)65859551

开本：880×1230　1/32　印张：12.625　字数：240千字
版次：2024年9月第1版
印次：2024年9月第1次印刷
定价：68.00元(精装)

(如发现印装质量问题，影响阅读，请与出版社联系调换)
版权所有，侵权必究

总　　序

又到收获之际,"学而书系·皖籍评论家辑"散发着油墨书香,要与读者见面了。

这套书目前一共八部,由八位在当今文艺评论实践活动中相对活跃的皖籍评论家的著作组成。

每部著作均以理论、评论及学术随笔为主体,力图充分显现八位皖籍评论家视野的开阔性与学术的自由度。

"学而书系"是开放的书系,此前,对评论家的分野多在代际,而以地理方位来分类,"皖籍评论家"只是一种尝试。"皖籍评论家"这个概念是否成立?它的队伍与组成的大致根基在哪里?证明有待时日。而这八部著作组成的书系,可以说是一种自证的开始。

这套书是当今理想的评论文本吗?这一点,留待读者评判。但可以负责任地说,从评论家自选到主编遴选,整个编选过程严格有序,原因只有一个:这套书呈现的是安徽悠久厚重的文化脉络的一个重要部分。身处这样的一个历史链条,我们始终保有虔敬之心。

一方水土养一方人。历史文化源远流长的安徽,自古就显现出它深邃的传统魂魄之美,而近代以来的兼收并蓄与现当代的开放包容,更使生活于其中和保有故乡记忆的人获得了特别的思想馈赠。文化土壤深厚之地,向来文章之风盛行。历代名家先辈已为我们留下震古烁今的作品,而这一代人的奋笔疾书,也旨在为后人提供难得的精神养分。这种书写的传承,是文化薪火得以世代燃烧的深层原因。

当今文坛,皖籍评论家实力可观,他们大多学养丰厚、视野开阔、思想深远而又行文恣肆,队伍的日渐壮大、作品的声名鹊起,都使他们的存在日益得到多方关注。"学而书系·皖籍评论家辑"八部著作,所收录的只是众多评论家思想的局部,作者前面的两个定语,一是"皖籍",一是"评论家",作为先决条件决定了这套书的样貌。八位皖籍评论家,既有来自高校、科研院所的教授、专家,也有来自文学界、出版界、媒体的研究员、学者,客观反映了当今文学评论家分布的大致结构。

出版社再三考量,确定两位皖籍女性评论家担纲主编,以何向阳、刘琼、潘凯雄、郜元宝、王彬彬、洪治纲、刘大先、杨庆祥的八本专著作为书系"开篇"。作为主编,一方面我们深感荣幸,一方面我们也心有不安。在与各位作者多次交流,向他们征询意见,大致确定书系以及各书的走向、形态与结构并收齐全部书稿之后,2023年夏初,编辑、作者在安徽黟县专门召开改稿会。大家充分交流,逐部审订内容,最终确立了这套书的书名、体例与出版日程。

这套书是一个开放的书系,还会有更多的皖籍评论家加入,也可向上延伸,呈现皖籍评论家文艺评论丰厚的历史遗产,或者更可以打破地域之限,以引出当代"中国评论家"书系的出版。当然,若以文学评论为开篇,此后艺术评论更加丰富的面向能够予以呈现,则这套书会有一个更为恢宏的未来。

从动议策划到付梓印刷,历时两年。在传统出版竞争激烈、出版市场压力巨大的大背景下,花费时间、精力与资金出版这套书,安徽出版集团的支持体现了时代的担当,而这担当后面的支撑则是对文化建设的深度尊重与共建热忱。在此,感谢安徽出版集团的眼光与魄力;感谢给予本书系出版以具体支持的朱寒冬先生,他的督阵与推动为我们提供了动力;感谢安徽文艺出版社姚巍社长与各位编辑的踏实、严谨,他们为这套书付出了巨大心力。

目前八部理论评论著作《景观与人物》《偏见与趣味》《不辍集》《中国当代女性文学散论》《成为好作家的条件》《余华小说论》《蔷薇星火》《在大历史中建构文学史》已经放在了各位读者面前,同时,它们也进入了文化与故乡的时空序列中,它们必须接受来自故乡与评论界的双重检验。我们乐于接受这种检验,同时也相信它们经受得起这种检验。

2024 年 6 月 26 日　北京

目 录

总序 何向阳 刘琼 / 1

辑一 理论与现象论

文学:人格的投影

——文学研究的一种思路 / 3

部落与家园

——近年小说的一种文化倾向 / 29

"审父"与"恋祖"

——兼评寻根后文学文化主题的流变 / 49

家族与乡土

——二十世纪中国文学潜文化景观透视 / 70

复制时代的艺术与观念 / 102

景观与人物

——中国式现代化视野下的都市写作 / 119

辑二 作家与作品论

呐喊中的彷徨

　　——鲁迅小说管窥 / 129

生死场上的勇敢跋涉者

　　——萧红小说略谈 / 134

"有了爱就有了一切"

　　——纪念冰心 120 周年诞辰 / 150

"新人"变奏曲

　　——王蒙《组织部来了个年轻人》《布礼》人物形象解读
　　/ 166

女性知识分子形象及人格心理的文学探究

　　——王蒙新作《霞满天》读后 / 189

弱者的胜利

　　——南丁中篇小说管窥 / 197

话说《经七路 34 号》

　　——南丁《经七路 34 号》读记 / 204

作家的忠诚

　　——徐光耀的人与文 / 212

有谁在意城市的血脉？

　　——冯骥才《俗世奇人》谈片 / 218

双生之爱

　　——铁凝笔下的少女 / 223

一个叫"我"的孩子

　　——莫言短篇小说论 / 230

"要有光"

　　——张抗抗中篇小说谈片 / 257

"自己同时代人的秘书"

　　——张一弓中篇小说重读 / 264

最根本的,最核心的

　　——重读梁晓声 / 271

于人心的幽暗处发现光亮

　　——刘庆邦中篇小说絮语 / 282

何以无边无际

　　——重读李佩甫《无边无际的早晨》/ 286

犹在镜中

　　——徐小斌小说中的女性 / 298

起寻花影步回廊

　　——范小青中篇小说探秘 / 302

从"烦恼人生"到"爱恨情仇"

　　——池莉中篇小说探秘 / 308

万物有灵,而平等

　　——阿来小说中的自然观 / 315

地域、时代与关系中的个人

　　——孙惠芬小说的一种解读 / 325

如何写好一个"人"?

　　——王跃文中篇小说的"钥匙" / 333

为故乡作传

　　——彭东明《坪上村传》初读 / 341

21世纪的上海爱情

　　——潘向黎新近小说论 / 347

活在她身上的传统

　　——观察王妹英小说的一个角度 / 354

"飞行者"的梦

　　——曾晓文、王芫、李凤群、张惠雯、陈谦、方丽娜片论 / 367

在木板上如何画下莲花

　　——吴文君、草白、张玲玲及其他 / 373

此间万物与心同

　　——希贤《此间》初见 / 384

后记 / 392

辑一　理论与现象论

文学：人格的投影
——文学研究的一种思路

长期以来，作为文学研究领域中的文学人格主题的问题，一直未得到公平位置与深入探索的事实，不能不使人感到遗憾。本文试图重捡文学与人格关系的话题，在对作家人格心理与文学创作精神的综合研究基础上，进一步澄清文学之为人学的本义；同时，力求在新的思维层次、新的思想台基上体现作家人格心理研究与文学作品研究的融合，并将通过对精神生态（文学现状）、精神生产（文学创作）与精神生成（作家人格、文学品格）三层关系的揭示，探索精神的个体价值及其对文学、社会的促进作用，以期找到文学和人类精神的共同本质。

现状透视

人格研究在国外，已发展为一门相当成熟的学科。心理学肇始，延伸至历史学、教育学、人类学、政治学、商理学等领域,并体现出愈来愈明显的应用价值:历史的回顾与检测中对领袖人物的个案研究,历次世界性运动的社会心理剖析,原始部落、民族的文化人格研究等,或在历史事件的捕捉、把握中将纯粹的理论与对历史的实际切入紧密相连,或试图找寻人类初始部族绵延成型的一种宗教精神,其一丝不苟与大胆创新,说明作为心理学分支的人格研究走出学院的抽象而与现实考察交融在一起,已是大势所趋。有意思的是,"人格"概念在国外,最初并不是作为某种理想被建设性地提出和肯定的,从古罗马的"面具"到阿尔波特总结的五十种定义的繁复与歧义可做证据。只是到了近代,Personal(个人化)才由戏台角色、人物身份到种种行为准则,再到伦理道德指标,及荣格的内外自我,完成了它社会化的经历。对比之下,阿尔波特的"一个人真正是什么"道出了人格的完整含义:"人格是在个体内在心理物理系统中的动力组织,它决定人对环境顺应的独特性。"[①]与此对应,人格心理学,则是从心理学的角度探讨人的行为倾向、阐明人的心理品质的心理学分支。它试图描绘人的全貌,区分影响人的各种因素,并解释这些因素怎样创造一个独特的个体。它以对人格结构类型、人格形成的基本条件、人格发展的动力、人格演变的途径、人的精神面貌的深

---

① 陈仲庚、张雨新:《人格心理学》,辽宁人民出版社,1986年9月版,第45页。

层考察,与感觉、知觉等初级心理机能的研究划清了界限。

比较起来,国内人格研究尚处于潜流状态。尽管中国自古以最重视人格的形象独立于世界民族之林,而且人格概念的初始含义里,社会意味较心理内涵浓厚得多,历史上也有不少充满智慧光芒的人格思想,比如儒、道人生观中透出的各自鲜明的人格理想,比如圣王理想、尧舜人格或"清静无为"的学说发展与历史流变,都传达出我国古代思想者对人的设计与考虑。圣人、真人、至人、神人在相当大的范围和相当长的历史中已内化为中国人的做人典范。但是,人格研究还是由于种种原因不断地被切断,以致今天人格研究在中国,一直是人文学科研究的一股潜流。直到二十世纪八十年代中后期,各思潮由鼎盛相继走向冷寂,文坛喧闹已渐平息的时候,有关人格的探索才悄悄地开始。这项理论,在重新开始时势必只限于概念论争而未能获得彻底阐释,但形而上的思索有时恰恰影响到研究的真正推进,况且对一个早已熟识的道理,很容易在一阵介绍辨识后,便知其所以然似的束之高阁,不予深究。所以,也许正是对人格的冷落、漠视和怀疑,才造成各类泛形式思潮中文学对意义的远离。潮流无可指责,但在全力满足于对包装和外壳的描摹以致在精细的叙述、刻画或卖弄里愈来愈陶醉、沾沾自喜时,则绝对找不到人格研究的位置。

尽管如此，陈仲庚、张雨新的《人格心理学》，宋耀良的《艺术家的生命向力》等著作却代表着这方面的探索和努力。但就文学理论、批评的整体来看，人格研究还缺乏系统的总结与灵性的表述，这种状况不能不说与改革中携带有的拜金、利己思潮冲击下人格意识淡漠的社会心理有关。而一贯自诩为指导文学乃至人生的批评、理论却对文学人生置若罔闻，津津乐道于各种方法试剂的配备与试验，以埋头苦干的外在劳碌掩饰它，实质上是对意义的回避与不经心。正是这样一种对方法的热情挤走了我们本该关注的目的本身，而对人格一知半解的氛围同样败坏了我们对意义的完善与追寻，它不仅使人格研究停滞不前，而且使得"文学是人学"成为人人承认的判断句式的同时，其深蕴的含义却在不知不觉间被抽空，以致文学不断地为时代所误解，不断地被纳进种种模式，不断地持续着它对人的远离。

旧话重提

中西方"文如其人""诗品出于人品""风格即人"等思想勾勒出文学与人深层的辩证关系。"文学是人学"不仅指"文学是写人的""文学是写给人看的"，这个命题更包含着"文学是人写的""文学是参与人的人格建设的"，因此对文学理解的深刻、全面取决于人格研究的引进。

我们已经知道,人格研究中特质论、社会学理论,代表着的遗传决定论与环境决定论两种单一倾向对复杂的人类精神现象的研究恐怕难以胜任,而精神分析理论又因生物决定论与还原论色彩过浓无法对二十世纪社会发展中的人的行为做圆满的解释,新精神分析学派及由此发展起来的人本主义在完成对冷酷无情的行为主义和与世隔绝的精神分析批判的同时,也确实提供了一种开阔的认识方法,我们在思忖它"最终关心和提高人的价值与尊严"的原则时,又不能接受它折叠历史的做法和抽象的前提。马克思主义关于人的理论克服了以上种种缺陷,将人看作"一切社会关系的总和",提出"建立在个人全面发展和他们共同的社会生产能力成为他们的社会财富这一基础上的自由个性"①思想,既以争取人类的最终解放为实践的终极目的,又以唯物史观看待与研究历史局限中的人,这为我们提供了与意义一致的辩证方法,是观念与方法的统一体,而作为社会历史方法与未来方向的联结点便是现实的人。

这与文学的关怀正契合。现实的人是以人格为标志的。人格的存在使人得以与其他生物区分,人格更是人面向未来发展自身的理由与标准。文学,自诞生起,到担负完善自身、

---

① 马克思:《〈政治经济学批判〉(1857—1858年草稿)》,《马克思恩格斯全集》第46卷上册,人民出版社,1979年版,第104页。

提高人类素质的使命,再到对人生意义、价值的追寻,其全部努力就在于人类精神生成中寻找提升人格的途径,从而防止精神贫困与精神"赤字"的局面出现。

所以,人格与文学历来是不可分的。文学的实现(过程与结果),都可视作文学家人格存在的一种外观,文学创作,则集中体现着文学家的人格精神。如果剔除了文学研究中的深层意义的人的研究,则无疑是取缔了文学的内在精神,而不包含人生观、目的感、责任感、价值观、意义性的文学,则使文学的认识、教育、审美作用成为一纸空文。

不是危言耸听,确有被取消的前例。艺术上,我们通常只是从形式美、黄金分割率、神话模型上理解希腊艺术,久而久之,希腊艺术被诠释为一种装饰,这种理解所形成的理论渐化为一种思维习惯,让我们忽视了艺术背后的人,忽视了人是"生命攸关的必须满足的一种急需"的创造之源;文学更是如此,它所凝聚的思想内涵远远大于形式本身。可是,当代文学研究中对人的消解趋向却愈来愈明显。因此我担心,会不会在遥远将来的一天,对今天文学的诠释,也会落得如今希腊艺术的命运,精神财富、文化遗产的含义不再是热血激情,而代之以冰冷石头的廊柱与花纹!所以,对文学中的结构、解构的过分热衷,常常使我怀疑。这也便是我们今天强调文学——人格关系的意义。

我总以为,人类的历史发展能在个体的生命发展中部分地再现出来。同样,作家在创作的"瞬间"所体现出的一切会在他本人的整个成长、发展中找到他的精神轨迹,也就是说,不管作家在某一部作品中所传达出的思绪如何被人或他人认为只是他某一阶段意绪的变化,实质上已包含了庞大复杂的历史与文化,包含了体验这一瞬的精神波折的整个现在与过去,完整地反映了他的人格。文学之于人格,譬如现象之于本质。可以这么说,在文学这个峻峭高耸的冰山下面,有一股潜在、动荡的人格激流。文学,不过是人格的外观。文学,是人格的投影。

人格研究,正是在这一层面,才体现出它对重新看待文学提供了怎样巨大的帮助。

作家—人格

对被称为"人类灵魂的工程师"的作家的人格研究是切入这一课题的关键。

历时研究:探讨作家人格生成。依据:人格是不断生成的动态发展。研究人格生成中早期经验、成人心理诸因素对作家人格的影响,研究"代"型作家及作家人格主动性的作用。早期经验是影响人格的最原始因素,它生成了人格的深层内容,它为人格生成打上的这层底色,是在创作中显露出来的人格烙印,从这个意义上讲,每一部文学作品都是一部作者的精神自传。

应用于文学研究,有以下三种途径。

途径一:从早期经历看创作,如各类文学教科书中探讨环境对作家情感、思想的影响。如,对狄更斯幼年生活的贫穷、莫泊桑的私生子身份、鲁迅少年时家道陡落等与创作关系内在性的研究,这是文艺社会学的一个主要观点。

途径二:从创作行为看早期经验的介入。如有人曾以"被记忆缠绕的世界"为题关注莫言创作中的"童年视角",认为莫言小说中对饥饿、水灾场景的反复描写是作者童年生活与童年意绪的阴影折射,而爷爷、奶奶的形象对父母亲的取代又隐含着作者幼年与父母血缘关系的淡薄及由于缺乏抚爱失衡的内心,哑巴形象(黑孩、小虎)的一再闪现则是童年压抑性格与遭际的符号化。文章指出:"……耐人寻味的是在故事表面情节的演进过程背后,蕴藏着某种特殊的心理模式。"在一片为莫言"新感觉"主义、形式重构、语言颠覆的喝彩声里,能有这般对作品、作家的深情投入与冷静化出,同样是耐人寻味的。作家人格内部研究的切入,超越了环境—作品的二元对应思维,完成了对这一横线两端的中介因素——人的强调,带有精神分析色彩。

途径三:作家在实践研究外,也要从古今中外文论中寻找理论依据,充实与推进经验研究。巴乌斯托夫斯基曾说:"写作,像一种精神状态,早在他还没写满几令纸以前,就在他身上产生了,可以产生在少年时代,也可能在童年时代……对生活,对我们周围一切的诗意的理解,是童年时代给我们的最伟大的馈赠,如果一个人在悠长而严肃的岁月中,没有失去这个馈赠,那他就是诗人或者是作家。"①童年记忆在作家人格生成中所起的最初决定作用,可见一斑。

当然,创作过程相当复杂,早期经验只是作家人格的萌芽,唯其如此,更不应轻视它对文学的特殊影响。

人类的早期经验,又称族类记忆,包括种族记忆、民族记忆、集团记忆等,是指超越个体直接经验的、人类祖先往昔岁月的生活经历以及在此之前生物进化的漫长延亘的历史进程所形成的一种心理积淀。正如我们的大脑经过世代进化及人生经历波浪的不断重叠冲击,有些痕迹渐渐加深以致频繁刺激逐步固化为本能,成为支配一代代人生存的一种无形的力量,一种烙印,一种精神的胎记,它构筑了我们的人格底座。

---

① 康·巴乌斯托夫斯基:《金蔷薇》,李时译,上海译文出版社,1980年9月版,第22页。

荣格"集体无意识"与近年学界"社会性遗传"[1]的探索给我们以启发。人类早期经验(一种内在性,即内心体验,不同于通常所说的经历)作为潜结构储存于比个体早期经验更底层的个体心灵层面,虽然它在个体的意识中是不确切的、片段式的、意绪化的,又因非亲身经历呈现出一种似有似无的蒙昧状态,但它作为一种远古记忆的情绪存在于更深的人类本性中,并潜移默化地影响一个人的行为模式、人格内容。人类早期经验是存在于意识阈下的,是人类的一种情绪记忆,是人类早期经历在个体人身上留下的痕迹,它以一种非理性的状态存在,是人类心灵结构中超个体的力量,是有机生命的底蕴存在,是生命的原动力[2],是一种人格潜结构,是历史生命对现实生命的介入与关联。

---

[1] 参见左其沛《关于品德心理生成机制的探索》一文,《争鸣》1990年第5期。文中列举大量资料与事实,认为"心理活动,尤其是伴随行为的心理活动,可以影响生理功能,时间长了,又可以使生理的器官和组织发生改变,通过遗传一代一代地固定下来。这是后天的'习性'可以改变为先天的'天性'的原因",并得出结论:"人的社会性可以遗传,人的社会情感也可以遗传。"另,21世纪70年代西方学术界新兴的"社会生物学"主张的"基因遗传理论",详尽地论述了相类似的观点。参见[美]E. O. 威尔逊《论人的天性》,贵州人民出版社,1987年8月版。其他从生物角度提供思路的有[英]德斯蒙德·莫里斯《裸猿》《人类动物园》、[奥]康罗·洛伦兹《攻击与人性》等。

[2] 宋耀良:《艺术家生命向力》,上海社会科学院出版社,1988年11月版,第32页。

强调对个体而言所具的先验性以及后天经历激发下"先天性向"与潜在意象显现,即强调作为人类进化遗传基因的绵延的精神的存在而不是简单接受经历的存在的理论,应用于文学,包含有:

(一)文学风格学研究。对历史某阶段文学特有的风格,或一民族、国家形成的文学风格的宏观概览。前者如古代文学研究中对唐代文风的探讨,作为政治文化外部研究的补充,以人类的早期经验、以唐代为切面研究唐以前民族心理积淀与唐文人的人格构成,从中挖掘唐文人与唐文风联系的深层原因。后者如对俄罗斯文学忧郁风格的研究。

(二)文学民族学研究。研究文学民族性与民族心理深层的民族记忆(种族记忆)的内在联系。

(三)文学主题学研究。研究一个民族或一个时代文学主题的深层的人格原因。

(四)意义研究。文学的内涵研究、国民性研究、集体无意识研究、主人公意义研究等。如阿Q形象的意义探求。

(五)作家研究。作家人格与文学作品表现出的人格痕迹的对应性中人类的早期经验的作用,包括血缘研究、气质研究。某一作家气质所受人类的早期经验的影响,包括心理接受机制因素。

(六)比较文学研究。不同民族作家的比较。民族记忆的作用、影响。如少数民族文学与汉族文学的不同,同一民族作家的比较。民族记忆的渊源性、共通性,如同是回族作家的张承志与陈村的比较。

成人心理:研究成人诸种成长因素对人格生成的影响,包括时代背景、社会现实、生活阅历、人生意识、文化积淀、后天教育等。

分析方法:综合影响人格成长的诸种因素,以纵向"代"型为线索,以个体成人心理分析为主体统摄始终,求证个体成人心理—代际关系中的成人心理—人格变量研究—人格研究—作品差异间的联系。

(一)"代"型研究。对作家进行断代研究,与文学史的研究相结合。介入成人心理与现实人格的对应性,及社会发展进度与个性成长程度的对应性研究。如对二十世纪五十年代与八十年代中国作家的"代"型比较研究,则必须融入不同的时代背景、历史进程、社会思潮、现实条件以及由此形成的作家世界观等,从中探讨社会铸塑下的作家人格与文学的对应性。这是一种影响研究。

(二)"代"型研究中的主动性。强调人的主观方面与自觉性造就人格的部分,以修补影响研究的环境单一性,是一种能动研究。

美国人格学家阿尔波特的人格＝遗传×环境，即"人格"（包括人格亚系统：特性、习惯、情操等）是遗传与环境乘积的函数公式，表明人格是在追求长远目标中的不断发展的内在的动态结构，其成熟标志是自我统一，而自我统一人格结构的核心是机能自主。这对我们的作家人格主动性研究提供了帮助。作家将历史的事件放在人类发展长河中加以审视，他们在历史价值之上设置了更高的标准——人格价值，以心灵、精神的真实对立事件、物的真实，而文学正是在无情的历史淘洗与岁月流逝之上确立生活的意义与信念，尽管对于那些影响我们生活的外部条件来说，我们是受动的，但对于我们选择对这些条件的反应来说，我们是自由的，这种置人的主动性于被动接受命运之上的美学态度与价值观，正是文学的追求。

所以，人与环境的关系是辩证的，人是他们本身历史的剧中人物和剧作者。由此来看，社会历史发展与人格发展是互动的，正像作家与社会的关系是双向的一样，而自我统一人格的形成与否则取决于两方面结合的程度。所以，主动性研究是作家主观心性研究的一种，它强调个体性、自主性、能动性，作家超越时代铸模的部分。可用它来研究社会环境中凸现的作家人格，如对鲁迅人格的研究；也可用它促进作家人格修养与自觉塑造。

共时研究：探讨作家人格构成。依据：人格与人的各个孤立方面(如性格等)不是一回事,也不是人的各个孤立方面的相加,或私人材料之和,它是一种整合。作家人格是以整体对创作发生作用的,共时研究弥补了历时研究的片面与隔膜。

人格结构:

(一)人格潜结构(前结构、预结构)是由作家的生理基础、作家个体、人类的早期经验影响构成的,它更偏重于感性、感情的发展,有道德雏形,构成了文学中的意绪部分,具有神秘色彩,构筑人格的原始、自然层面。就是说,除后天铸造、习性结构外,作家人格还有先天的器质、气质、禀赋及性格因素,包括人的生理条件、气质类型等。人作为生物—社会—文化的活动系统,人格生成中的社会甄陶必然是在一定生理基础上进行的,人格是灵与肉的统一、精神与形体的统一。

(二)人格结构:指由作家成人心理、时代背景、社会现实、生活阅历、后期教育、文化积淀等因素构成,它偏重理智,对应于文学中的思想倾向、人生观念与理性语言,是相对定型的部分,构筑人格的社会、现实层面。文艺社会学偏重于这一层面的研究。

(三)人格后结构:是一种在境遇中的自觉信念的感悟、培养、训练,包括人格的定型与发展、创造与完善,代表人格中的意志部分,构成了文学中的理想色彩与浪漫精神,它是不断生成的部分,构筑人格的未来、理想层面。

作家人格是由这三层面构成的一个"格式塔"式的整体结构。以此观念运用于文学中,可研究作家人格构成中某一层面缺失或偏重对创作的影响:研究单一人格因素的正、副作用对文学的影响,以及作家风格间的比较等。

"群"型研究:研究地域文化、生活经历等构筑的同一空间的作家群体。

(一)"群"型类别。包括题材群落(如军事题材作家、农村题材作家的划分)、情感群落(如伤痕文学、反思文学、知青群落、寻根派等)、地域群落(如湘军、晋军、豫军等)、文化群落(楚文化、少数民族文化等)、性别群落(如女性文学、男性文学)、景观群落(如山地景观、海洋景观、草原景观、西藏系列、商州系列、葛川江系列),此项研究在地域文化与作品的网络里凸现出人格的类的差异,为文学研究扩大了视野。

(二)"群"型研究中的个体性。对应于群体人格的个性研究。研究同一群落中的作家间的人格差异与个性因素,如对寻根群落中的阿城与韩少功的个体研究,强调作家的人格个体性。

综合研究:探讨作家人格统一体。

将历时研究与共时研究相融合,全面考察人格各因素综合的研究。可用于对某位作家一生创作的整体研究,如老舍研究等。

文学—品格

文学是人格的投影[①]，就是说，文学与人格存在着某种对应性，表现于作家人格与文学品格的对应性。多数情况下，人格与品格呈正比关系。人格是一种选择，文学则直观地体现着这种选择，什么样的人格对应于什么样的创作，人格的高下决定着文学的品位，文学的存在决定了文学家的存在（方式），而文学家的存在方式同样决定了文学的存在（价值）。二者是互依的，人格与文学的辩证关系同样说明了作家人格与文学品格的对应性。

歌德曾说："在艺术和诗里，人格确实就是一切。""……关键在于是什么样的人，才能做出什么样的作品。"[②]这为我们结合作家人格考察研究文学提供了一个角度。文学不仅与人格有关，而且与人格层次有关，并关涉到人格层次的形成和建设性的人格发展。在此，借用瓦西里·康定斯基比喻精神

[①] "文学是人格的投影"中，"人格"除作家人格外，还应包含社会人格，后者属社会学研究部分，暂存不论。而从作家研究学角度看，社会人格又是通过作家人格体现的。故本文试图将之融入作家人格中，即作家人格中的文化性、历史性等。

[②] 爱克曼：《歌德谈话录》，朱光潜译，人民文学出版社，1978年9月版，第174页。

生活的名言①,文学层次分布则是:文学这个巨大的锐角三角形是以人格为水平线划分为若干不等份的,底部是低层人格对应的二三流作品,较高层人格对应的优秀作品处于三角形的中间部位,而代表人类思想精华、作为人类追求向往的目标、陶冶与检阅自己的精神原则的经典著作则处于三角形的顶部,即人类精神的峰巅。而且,具有指导人、鼓舞人、使人高尚的作品,只能出自具备这种高尚精神的人。

鲁迅说,"从喷泉里出来的是水,从血管里出来的是血"。

梅洛·庞蒂说:"生命与作品相通,事实在于,有这样的作品便要求这样的生命……生命是作品的设计。"艺术与生命、文学与人格就是这样绞绕、燃烧在一起的。不胜枚举的有关文论传达出了人格与品格的必然联系。

我们的工作,一是研究文学品格与作家人格的对应性,相应地提出作家人格自我塑造的课题,为进一步提高作品质量、繁荣文艺寻找内在根基;二是如何将这些闪光的思想、散论系统地加以总结、研究,进一步深入文学内部,研究从作品中透

---

① "精神生活可以用一个巨大的锐角三角形来表示,并将它用水平线分割成不等的若干部分。顶上为最窄小部分,越低的部分越宽,面积越大,整个三角形缓慢地,几乎不为人们觉察地向前或向上运动。今天的顶点位置,明天将被第二部分所取代,今天只有顶点能理解的东西,明天就成了第二部分的思想和感情。"[俄]瓦·康定斯基:《论艺术的精神》,查立译,中国社会科学出版社,1987年7月版,第7页。

射出的人格面貌。我想,将文学作为作家自身人格的外化与确证的研究有益于一种精神的确立和对当代正在流失的文学意义的挽救与追寻。

悖论新说

人格悖论现象(人格与文学的非一致性)一直是文学研究中的争议焦点。因为从表面上看,悖论现象的存在像是对文学—人格对应的一个悖谬。所以,作为文学—人格反命题、负例的研究也是从侧面求证或丰富文学—人格命题不可回避的一环。

人格分裂、双重人格、多重人格等反映了时代、历史的制约和人格的丰富、复杂性,而对人格内涵的不同理解则是对悖论现象作不同解释的分水岭。将人格的历史内涵、文化内涵、个性内涵、阶段性等因素纳入考虑,很容易看出,以往那种不承认人格—文学层次对应性的错误,均源于人格界定的模糊与对人格层面理解的狭隘。所以,我不同意只将作家的现实人格或人格在现实层面的某一阶段的表现当作作家人格整体的研究,或仅从生理、心理甚至病理出发将作家作为神经症患者或不同程度的变态者的研究。它们的偏颇、谬误不仅在方法论上的割裂联系的形而上学态度,而且已影响到社会心理长期对作家的看法,由消解创作的庄严神圣而消解文学的价值、意义,并且在滋长大众文化与社会心理中病态的好奇与市民气时也大大削弱了精神存在的影响力。

但这并不是说我们完全不承认人格悖论现象。作家——人类精神的先锋与历史事件的敏感者,更是承受着理想人与现实人相冲突的双重角色,经历着他所处的时代和他超越时代的思想间的斗争较量,承受着对精神的追求与个人各种欲望与利益在一定历史条件下相互排斥的内心撕裂感;精神的先锋世界与外部滞后的自然的世界,追求的上升人格与下坠的人之生物本性,在人向自我的生成中,在人的人格成长中形成两股反向的拉力,使人处于感性与理性、理想与现实、族类与个体的缠绕、纠结中,由此凸现出的含蕴作家创作精神的文学作品便不可能是单纯的、同一的,而必然表现出复杂纷繁的形态。因此,作家人格中各因素矛盾、分裂、背离状态等普遍现象也将要在文学创作中表现出来。

但人格是一种整合,是作家对世界观与创造力的主动又不自觉的整合,所以人格研究与心理生理研究不同,是超出心理层面的精神层的研究。这种研究,承认作家比一般人更敏感于现实,更执着于理想,更坚定也更脆弱。承认他们精神中比普通人有着更强烈的反向的力量,甚至影响到人格整体使之出现分裂与偏向,但更承认作家从事创作的非凡的创造力和对人格各因素的统一、整合能力以及使他们能够忍受现世超越现实走向理想的人格中的英雄气质与坚定性,它体现了人类向上、向前地推进,体现了个体在巨大的现实力量面前能够不失英勇地维护人类梦想的浪漫精神。而只停留于人格结构底层的意识、心理研究的一般论者,他们目光所及的地方,只是一些零碎的皮毛,诸如对分裂、冲突型人格的猜测、窥探,隐藏在貌似科学中的卑琐与猥亵影响了他们对精神的关注,没有人格的作家研究与丧失了精神的精神研究使得文学的教育意义于不知不觉间被取缔,代之以单纯的娱乐、消遣或高级审美消费,并渐渐在一代读者心灵中发生效应,强化了文学的治疗和消费观念,文学本意的继续消解,总有一天,文学会退化为语言的游戏、形式的实验,像所有玩具,当它们被创造出来时,在一代儿童手中新鲜一时,而当它们不再引起玩者兴趣时,就变得像一堆文明的垃圾,那才是文学的真正悲剧。不作用于人的生命,给人的生命以支点,点燃人更好地燃烧生命,或拒绝关注生命的文学,迟早会踏上这一途径,人格的丧失便是这一命运的开始。

当然,人的被动性、本能研究不可或缺,但只固结于生物层、心理层的内省是无暇关注更高的目标的。人格悖论现象的存在已被公认,问题是如何完成对它的圆满解释。以往研究只停留于心理层不作深究或研究中带有明显的病理主义倾向,都严重影响到对文学这一复杂精神现象的正确理解。所以,为更好地把握现象后的本质,以促进文学—人格命题的开展,将现实层面人格与艺术层面人格以及二者统一体精神层面人格结合起来,以探讨作家人格整体的研究,已成为大势所趋。

人格整合

精神层面人格对现实层面人格与艺术层面人格的综合统一即精神人格统一体,它的引入有助于我们对文学的更深理解。

它肯定写作本身正是一种人格整合,是心灵对心理的整合,是暂时性、阶段性服从整一性的过程,是现实人格与艺术人格的统一,写作是不能脱离这种整合而存在的;作家作为现实的人可以是分裂的、具双重人格的,作为作家其性格也可以是冲突、偏执甚至乖戾的,但作为写作正在进行的这一刻的他来讲,则必须具有精神人格统一体,即具备足以容纳分裂、偏执诸种现实人格、艺术人格的内部整合能力。换句话说,作家在从事创作时,他是以这种精神人格统一体去面对他的文学世界的。

"文学是人格的投影"命题中的人格,指的正是这种包括人的精神矛盾、人格分裂、多重人格冲突在内的人的统一人格。文学,是这个统一人格的投影。作家人格整体即是他的创作精神,它包容了心理层面的人格分裂状态、矛盾冲突性以及心理上双重人格的存在。而文学与人格的对应不是对应于心理层面的人格,不是对应于单个、片面的、被肢解甚至有病态征兆的分裂人格或片面型人格。写作是一个作家以整个身心(人格整合)贯注的过程,作家不可能在从事创作时只将他人格的一个侧面或片断带给文学,他全然不自觉地将其人格统一体投入写作中,他的创作精神是他精神人格统一体的具体表征。而从文学角度说,文学是人格的投影,即包含作家创作时的人格态度,又包含作家人生中的人格取向,还包含了作家创作出的人物人格面貌,作为人格投影的文学这一复杂系统,包含丰富的历史内容。

精神人格统一体不是抽象、空洞的,它包括主体主动性,是由外力(社会)塑造成型而又表现于另种形式(精神)的外观的,若被塑的人格没有超越或相对挣脱现实即外力塑造的机制,人格因素中没有反塑机制以对外力予以一定程度的反动,那么作为人格投影的文学就只能停在被压模成型的层面,精神人格统一体的引入使文学人格研究由对文学中透射出的人格屏障、人格萎缩、人格异化现象深入人格生态研究。比如,可将鲁迅作品人物的国民性与鲁迅对人格的认识深度及鲁迅人格联系研究,探讨精神生态超出社会环境的部分,将作家研究推向深入。引入精神人格统一体概念的另一意图,是要求作家人格的自我完善和人格中的核心——世界观的自我塑造。成为作家的途径有多种,可以是通过一部作品一举成名,也可以是对一些经历与学识的搬弄,但最终要写出优秀作品以提升人之精神,则只能是自我人格的高尚。高尚,不是途径,不是方法,它是对真正作家的一个衡量。一段时期以来,崇高、神圣、使命感、责任心、教育功能一直是被冷落与嘲笑的对象,但文学不会也不应为时代的某个阶段的不正常而改变它的方向。正如精神人格统一体的产生受制于一定的历史背景、社会境况、生活经验等客观条件一样,它并未固结于此,其成长超出了它们并能动地影响到环境、时代的存在与变迁。

这给了我们一个提醒,在文学人格研究中,一切自以为是、居高临下地将研究对象放置于割裂了社会、历史、生活的纯生理—心理背景下的研究是可笑可悲的;而一切自鸣得意地将作品与人格一一对应起来自以为天衣无缝的机械、单向的决定论(无论环境决定论还是人格决定论)研究也是值得怀疑的;而任何将充满了躁动的灵魂置于病态范围内贬低研究式的做法不仅是割裂历史的,更是让人嗤之以鼻的。唯有将作家置于一定的历史空间中研讨作家人格心理以及由此折射到文学实践的创作精神,并在文学作品中捕捉这一创作精神反映出的人格心理这一双向的链形研究,才会使我们把握到我们想了解的一切。

这便不仅仅是一个单纯的方法论问题,它为我们提供了这样一个机会,那就是:在人格研究的同时,正在进行的,还包含对研究者本人人格的检验。谁能说,这是在研究范围之外呢?!

结语一:如果说作家人格论是由环境到人格并为文学的生成解释打下基础的推论过程,那么文学人格论明显的是由文学逆推至人格,以求得在对应联系中显示或检验人格诸因素的相互作用与生成效力,不仅如此,还对照性提出人格塑造与生成环境改善问题。所以,纵向的、寻根式的精神生态与横向的、剖面式的精神形态,是文学—人格研究的两个紧密联系、前后衔接、互为反正、相互推动的方面。

作家精神生态形成系统相当复杂,在包含政治风貌、经济基础、地域因素、生活经历、家庭环境等外在因素外,还包括时代精神、社会思潮、民族传统、文化氛围、宗教信仰、教育影响等群体的潜文化因素。就个体精神生长而言,还包含遗传机制、个体生活经历、性格结构、心理定式、感觉方式、人生意识、价值尺度等个性因素。如果说时代背景、个体信仰是"阳光",政治、经济、文化是"空气",理论泉源是"水分",个人现实生活、经历是"土壤"的话,那么,这几种条件及其关系不同,则形成发育不同的人格之树,文学作品就是这棵人格树上长出的叶子,文学—人格研究就是由叶子的良莠辨识人格这棵树的强柔特质并由此追溯到它生长的环境影响,与此同时,建设和改善人格环境以推进人格与文学的正常发展。

这种将整体人与生态圈相联系的全景式地理解人格与文学的态度,体现了将作家微观研究纳入宏观背景中的方向。

结语二:"文学是人学"的更深意义绝不止于"文学是写人的"(文艺社会学研究)、"文学是写给人看的"(文艺美学研究)、"文学是人写的"(文艺心理学研究)和文学是由带有人类共性与作家个性的人写的(文学人格研究),它的更深含义应是对理想人格的创造(人格教育),这是长期以来湮没在各种方法中实际上又为我们忽视的。

无论是社会改造以带动人心改造,还是人类素质的良性建构,其中包含的人格建设内容、塑造理想人格的理想,都使这项研究纳入民族精神重铸与人类文明建设范畴。在开拓外部世界取得节节胜利的同时(我们承认经济建设是人格成长的外部生态因素),能否掌握自身的命运,加强内部空间同步建设,关注利于人素质提高的内环境的作用与实现,以利于人的社会情感、崇高抱负的发展,人的人格与潜能的最大实现,这显然是一个带有时代特征的全球性问题,也是时代向精神研究提出的课题。

结语三:正是这一过程使我们的研究超越了情境研究即物质层面展开的外部因素的静止研究,走向意向研究,在精神层面上展开人本身特质的动态研究。在对文学艺术与人类心灵成长的总体探索中,在力图超越文艺心理学界限以对心理人类学①的融入中,将作家人格精神现象作为人类精神的一个样本与例证,力图"从当前时代的深处把人类情感中最崇高和最神圣的东西即最隐深的秘密揭露出来"(恩格斯语)。所以,那种搜集、摘取、割裂了与人内在联系的作家零碎资料以解释文学的方法已丧失了支撑点与说服力,我们已进入一个寻求文学—人格联系来研究作家、文学的时期。而在一切研究中面对各种新理论、新方法的不断涌现,我们不应忘记的是人类的心灵的伟大、人格的伟大。这,应该是今天我们谈论文学的依据。

费希纳曾说:"艺术的目的是教育,不仅是智的教育——这是学者的事,不仅是心的教育——这是布道者的事,而是整个人的教育。"整个人的教育,人格的教育,这是我们共同的目的。

---

① 心理人类学,又称"文化与人格"理论,20世纪二三十年代发展起来的人类学中的一派,反对以生物学意义的成熟研究人的传统观念。它研究个人心理与社会环境(主要指文化因素)的相互关系。代表人物有本尼迪可特、米德(文化、国民性研究)、林顿、A.卡狄纳(哥伦比亚派、价值态度体系研究)等。不仅研究文化对人格的影响,而且从相反角度,对个人的心理结构怎样反映在文化上也加以考察。

部落与家园
——近年小说的一种文化倾向

记不得开始与结束、日期或界限,新时期文学在经历了"伤痕""反思""改革""寻根"后戛然而止。此后,多种潮派的共生并存代替了以往的历时发展,小说有先锋主义、新写实等实践交互冲击。而在文学整体的踟蹰处响起的另一种步履,潜在于小说创作中的家园意识与部族文化倾向,与愈来愈明显、轰动的写实主义相逆反,其静默强劲又含而不露确亦不容评论界忽视、冷淡。

从大的范畴说,它应划为寻根的另一支脉流,是寻根后弥散文坛的怀旧倾向。这样说,部族文化小说为避免狭隘性也可称之为寻根后文学,不同的是,它更拒斥现实的界限而带有浓重的血缘与部族气息。进一步说,它跨越或摒弃了传统反思的文化层而直接步入更遥远的历史时代,从对具原始生命力的人群与事物描绘中以达到对现代文化孱弱、畸形一面的反叛。

自然,这使我们想起与之类似的一系列文学潮流以及对潮流的评判。但事情并不那么简单。在以韩少功、郑义、阿城、贾平凹、郑万隆为代表的寻根派已成为新时期文学历史后,空白与断代似不可免,而文化一旦被触及并被从单纯的政治、社会中分离出来的这种关心与反思,则不是一下子便能主观地切断的。与"寻根"不同的是,处于潜流状态的部族文化小说,其阵容、势头与影响都因力量的分散(作家不属一个地域,没有固定的作家群)和理论的缺失(没有明确的创作宣言,没有主导的理论方案)等原因而与一九八五年以来文学躁动后的沉寂一脉相连。

也许,静默的实践源于一种更应珍视的创作心态;文化,在一些时候需要追寻的狂热与颠覆的勇气,更多时候,恰应是一种难得的思考与深沉。但是这种状态使研究者的努力显得力不从心。对于绝非炙手可热相反却颇遭冷遇的这类文学现象的选择本身,就已预示了这一工作的命运,这命运恰与研究对象的境况合上了节拍。

回归抑或还原近年小说的部族文化倾向主要表现在题材择取上,或写作者未曾经历的、遥远的祖辈往事或族类回忆,或在对家族史、部落史、民族宗教史、县志、乡镇野史中的某一段落的勘察、追述中力图透射一种血脉延续的神圣性、矛盾感,或写蛮荒岁月、自然环境中人的强悍、鲜活的生命力,或以反历史主义手法写历史,自觉不自觉地带出对某种单线进化论的深刻怀疑,这在现实题材中也有相当的渗透。家园、部落、现实、历史就是这样纠缠在一起。譬如,李佩甫自《红蚂蚱、绿蚂蚱》到《李氏家族的十七代玄孙》《金屋》以至《无边无际的早晨》《田园》,无论是写现实还是写部落历史,都包含着这种生存现状与生存原态的矛盾,在历史—现实、虚—实两个时空里往返穿梭的脚印,不能不说与作家本人世界观中徘徊于对文化与进化的皈依又背离、回归又背叛、沉醉又逃匿的双向意向有关。血缘主题、地母原型在这种创作心态中渐渐分化为与土地的分离、家族的分崩离析下的人的生存状态的无奈,写历史发展的代价和前进中的价值悲剧,而人极力抗争的东西正是他的血脉相依的主题的反复出现,又道出家园意识本身的宿命式的悲剧感叹。与李佩甫以写现实解体回视部族文化不同,郑彦英近期小说比之李氏心态的拒斥、眷恋,表现出一种更为明确的动作感与指向性,《西风》《黄道》还可看出作者评价时的两难,但到了《石胡笳》与《秦腔》则将一种原始力量写到极致,矛盾阴影减弱的同时,掩不住的则是对一种与现实孱弱对立的强力与精神的敬畏、怀念,这种仰慕之情甚至不惜对历史发展中恶的因素的肯定。这种区别应归结于影响两位作家人格结构的遗传基因、地域、文化,中原文化积淀的深厚与沉重和关中地貌所对应的旷达、粗犷性情比较起来,后者更易抛开思辨而选择极端。同是关中秦川地域的杨争光的小说,也透露出了这种气息。

其他如周梅森的系列小说、田中禾的《轰炸》等,虽不属严格意义上的部族文化,但都呈现出一种"回归"的走势,不是回归原版历史,而是回归创作者心目中的历史,以历史事实为依据又跳出历史事实的樊篱走向心理的现实,一方面回归乡村(部落的一种遗存形式),一方面还原人之质朴与率真(部族人的一种内质),而无论回归还是还原,都蕴含着一声提问:家园在哪里?有没有可以回去的家园?"没有田园!"这是李佩甫在《田园》中想说明白却愈说愈不明白的一句,以致作家本人也掉进田园的眷恋与沉湎里,小说结尾主人公跪在生养他的土地上叩头的虔诚动作使他旋即弃村出走的行为显得可疑。杨金令不是高加林,却承袭了高加林式的矛盾,只不过他不是在城乡两个现实间举棋不定,而是在心理与现实的两维空间中举步维艰,田园(家园)作为人精神慰藉处所的无偿性与宽容,使得作者本人无力否定它而按作者理性的预先设计去发展,淡泊的手法当然更无法掩饰其灵魂的挣扎与矛盾。家园遗失在哪里?又将在何处得以重建?这一思路使得众多作家踟蹰于失与未得的空白间,追寻过程的链条在这一段与其说是向往不如说更多地靠着怀旧连接、维系的,所以,目的地的指向亦是多元的。"家在哪里"的精神彷徨在这里微妙地转向写对生命的理解,以上的问句就这样由文学切入了人生。但在这疑问里包含有对来路的过于频频顾盼,也使得创作少有一种坚定无畏的否定气度,张扬生命的同时是不是也泄露出它不敢正视整体生命的底气不足与面对现实的懦弱的可能?

心伤为谁

人类对家园(精神家园)遗失后的寻找是世界文学不朽的母题,这一母题可追溯到弥尔顿的《失乐园》《复乐园》或者更早的希腊神话故事。变革时期中国现实的种种问题为它的发展提供了契机,由此当代文学的这一母题呈现出中国特有时期的特有风貌(以上所述的"回归""还原"便是表现形式之一),很容易想起的是《最后一个渔佬》《流浪的土地》中作者极力想挽住岁月而不得的无奈、惆怅,李杭育的"葛川江"系列将一个渔民的部落在时代大潮与历史变迁中的解体写得充满深情,新旧的对立与摩擦、人的固执与彷徨、一个个背运者的孤寂与执着、背时又坚毅的人格力量和作者既褒扬又叹惋、悲凉的矛盾心境夹杂在一起,让我们看到新旧更替的历史标准与现实原则之上,还应有一个关于道德、人格与信仰的永恒的法则,足以与命运对抗。他的真正失落不是江水的工业污染,古老的捕鱼方式的衰亡,土地的流失,人与人之间的算计、较量,他为只在现实原则规定下(命运统治下)的人的不自由感到不平,当保护他们的信念原则还未在转化中及时建立时,他们便被眼花缭乱的商品化的大潮裹挟了去,这便是李杭育的心伤。这也曾是巴尔扎克的心伤。这样的心伤,何尝不包含自身的体验在里面? 那样的挽歌,唱给部落,也唱给自己。

但是我们并不满足。较之过程中的感叹,我们更关心的是泪水过后,回归尽头的那个前途。

先锋与传奇

尽管如此,我们不能否定以回归作为形式的部族文化的超前性,为此先锋派作家对这一题材的热衷提供了旁证,"回归自然""回归历史""回归祖先"的意向当然与他们反叛现实(包括反叛旧的现实主义方法)的姿态遥相呼应,肇始应从莫言写高密东北乡的"红高粱"系列算起,对"爷爷""奶奶"辈英雄事迹叙述中的敬意与叙述本身的炽烈语气影响了近年一批作家。同时期的洪峰,则对长白山的猎人们部落式的生活颇为倾心,并不顾及寓意的隐匿将一批小说取了相当直白的题目:《生命之流》《生命之觅》。他的《瀚海》小说集前的"小传"中,更充满"上溯三代都是东北土著"、受教育"仍旧半开化,这是遗传基因作祟"的自豪。其他如苏童的旧式妇女系列

《妻妾成群》《红粉》及近作写家族衰亡的《米》，迟子建的"大固其固"的东北家族生活，马原的"西藏"，叶兆言二十世纪三十年代的陈旧往事等都以各自的感觉方式宣布了历史颓败的无可挽回性，但其间又有不大情愿的无可奈何在里面，这层意义上，"部族文化"倾向又实在是寻根文学留下的话题。但又不能不说，寻根的同时尤其后期随着这一潮流的广衍与分解，随着一批不同于《爸爸爸》的作品的诞生，"寻根"发生了逆转，不再是纠缠于文化传统层面的批判，而进入生存方式层面的探索，批判性的渐次减弱与历史感的进一步抽空，使得这阶段的文学一方面关注于人性存在而拓展了文学空间，一方面也造成了文学对社会现实的相对冷淡。探索的不可绕过的阶段性，让人想起电影界同期或早期的"探索片"，它注重电影本身语言、符号、意绪的形式确给新时期电影带来了观念上的转变。值得注意的是，除去几部现实题材影片如《黑炮事件》等，占有相当比例的影片取材于历史、民间，且传奇性强，如《黄土地》《一个和八个》《红高粱》《晚钟》《黄河谣》等，都获得了国际电影界的奖誉与好评，其中所反映的多半是中国土地上的人的自然生活方式，并带有浓厚的地域特征。其间所蕴含的生生不息的生命力与部族文化的强悍气息暂不作论，更值得深思的现象是创作者（编导）的年龄几乎都在三十岁左右，客观历史事件、经历、当时生活实践无从谈起。这似乎对一向被尊为圣训的"文学直接来源于生活"的命题提出了悖论,所以,文学源于的生活,不只是亲身经历,不只是间接习得(书本、资料、档案),还包括创作者心理结构的深层原因:种族、血缘记忆不能说与创作全无关联,而后者,恰恰是成就一个作家的关键。

每个人心底都藏有一个心照不宣的"创造历史"的念头,这种"心灵内在化的补充过程",正如"在非神话化的过程中,我们打破了我们所创作的每一部部族小说背后的神话,因此重新神话化便要求我们在每个神话的背后来编撰小说"[①]。这就是先锋作家对待历史的态度,不是复写,不是书记,而在历史本身中加入自己的一份主观,那种厮杀场景与敌我对峙时的较量,那种阴霾境遇或艰辛苦难中的忍耐与抗争,都大大激发了作家的想象(比较起来,他们是宁愿抛弃较之平淡得多的现实而选择思维、语言上的不受羁绊与肆意发挥的),以致寻根一派乃至整个小说创作态势由内省到外倾,与哲学小说的浪漫、深刻并行。倾向于故事叙述与奇异事件的这股力量,可以看作小说文体与内容的双重回归,在民间故事、唐传奇、志怪小说、白话小说中我们时时可以发现它的影子,动作感、戏剧性、情节性乃至史诗意识、部落感情为其特征,又使我们

[①] 苏拉·P. 拉思:《将部族浪漫化:部族文化在文学描写中的固定形式》,戴侃译,转引自人大复印报刊资料《文艺理论》,1990年第10期。

在横向比照中想到"哥特式小说"、欧洲浪漫主义作家群和拉美的魔幻现实主义。无怪乎评论界这样评论:"在中国,紧接着八十年代初期'三无'小说的尝试之后,传奇小说突然而迅猛地发展竟成为一个十分突出的文学现象,这类作品有许多不同的层次,各有不同的艺术价值,它们反映的社会审美趋向使文学家无法忽视,以至有许多位在借鉴现代派手法上取得令人乐观的成绩的作家,又写起情节性很强的小说,乃至传奇小说来。"[①]广义理解传奇小说,就不会贸然将之归类为贬义的通俗范围。先锋小说中的大众性内容与前卫性文体的关系,先锋派作家与传奇文学的渊源是当代文学研究亟须关注的一个课题。

但有一点,先锋派的"文学关心的是怎么写而非写什么"的"回到文学本身"的宗旨,使它不断强化叙述重心,相对来讲,忽视了思想的先锋性,所以在变幻莫测、刻意创新的方法中也流露出一种心态的老化与落伍。因此,在冲锋陷阵之时,小心不要掉进复古主义的泥淖中去,恐怕是先锋作家中部族文化小说创作走在前列者的第一警惕,这在近期先锋派小说对颓废历史追述的迷恋里已初露端倪。先锋,绝不只意味着手法、观念的新奇,更确切的含义应是思想、精神的超前,如若

[①] 王先霈、张方:《徘徊在诗与历史之间——论小说的文体特征》,长江文艺出版社,1987年11月版,第5~6页。

只追求文学观念的革新而在思想上腐朽,退化到去讴歌展现没落,的确是文学与前卫的双重悲哀。

胎记还是烙印

部族文化小说作者在三十岁左右的年龄现象与"创作源于生活"规律的突破都使得我们的研究不得不切入主体创作心理与作家人格体系。可以肯定,某种心理潜结构早在一个作家成为作家前已置于他人格的最低层面,正是个体"出生在其中的世界的形态已作为一种虚像诞生于他的心间"[①],荣格的"集体无意识"与近年学界的"社会性遗传"理论证明了这一点。

这种超越个体直接经验的,人类祖先往昔岁月的生活经历以及在此之前生物进化的漫长延亘的历史进程中所形成的心理积淀,权且称之族类记忆(包括部族记忆、民族记忆、种族记忆、集团记忆)。它是远古时代初民经历沉淀的经验在后人身上的烙印,是人类早期经历在个体人身上留下的痕迹,它常以一种非理性的状态存在,是人类心灵结构中的一种超个体的力量,是有机生命的底蕴存在,是生命的原动力,是历史生

[①] 《荣格著作集》第七卷,第188页。转引自[美]卡尔文·S.霍尔、沃农·丁·诺德拜《荣格心理学纲要》,张月译,黄河文艺出版社,1989年7月版,第34页。

命对现实生命的介入与关联。这种先天性向,这种存在于更深的人类本性中的远古记忆一遇后天生活经历激发则会显现出来,影响一个人的行为模式、人格内容。对于一个作家,则在他创作实践中带上这特有的精神胎记,无论思想深度、题材选取还是叙述方式、习惯母题。族类记忆,这是一个作家人生的命脉与精神中的秩序,是于繁忙尘嚣中稳定的、不为所动的、难以扰乱的内心判断系统,是一种内在的生活方式和内心经验的历史的真实。这种潜结构中少有现实秩序原则的侵扰,是一个相对封闭的体系。这就是部族文化小说的作者大都处于未开发区域或边界的原因。这一层,族类记忆,是烙印也是胎记。

情归何处

少数民族作家作品,血缘力量较之地域观念更根深蒂固地保留了族类记忆,并能将这一潜在意向在创作中发挥得痛快淋漓。

英武不屈的血性和天然、达观的宿命构筑了回族出身的张承志的含而不露、外冷内热的血质,在这种精神血缘里他同样承受了回族的苦难与奋争的历史,这历史更多的是作为一种"心史"即"人类历史中成为精神文化的底层基础的感情、情绪、伦理模式和思维习惯等"①被承袭的,"心史"不仅指有关心理事件的历史,而且带有浓重的原始意绪。从《黄泥小屋》《海骚》《金牧场》《西省暗杀考》贯注的对不公历史与外族欺凌的愤怒与抗议,对凝聚有世代心血的信仰、"念想"的维护与敬仰中,我们可以找到那从未中断的、回族深层心理长期积淀下来的人心的对峙、战争的沉重与相持的壮丽。历史上回族所受暴虐的残酷、所负苦难的深重与由不屈、激烈反抗带来的惨重的失败与心灵的戕害,给这一民族打上了有关杀戮、流血的可怖烙印,这种对于自然和人的膜拜与恐惧、崇尚与压抑对于现世苦难的缄默忍耐又倔强反抗的矛盾心理无一不投射到张承志的人生观念与作品里。血缘的含义是远远超出文化或学术所能做出的概括解释的,它是一个"命",使张承志"天性难改地把民族之劫与生身遭遇连在了一起",正像苏非主义那句格言,"所有时刻都在前定的事情里,所有事情都在前定的时刻里",这种宿命般的原始意绪在张承志小说中深藏的巨人原型中表露无遗,巨人原型即"我想成为父亲"。"父亲"在这里代表着一个部族的领袖,一种血缘的力量,一种族血的延续,它超越了日常角色概念。对"父亲"为维护信念与尊严不惜牺牲,宁折不弯的血性,作者表露出满心的渴

---

① 张承志:《历史与心史——读〈元朝秘史〉随想》,载《读书》,1985年第9期。

望,近作《西省暗杀考》与《错开的花》中,"父亲"意象叠印于金积堡回族抗清领袖白大帅、义士老满拉、喊叫水马夫、伊斯儿和义军头领白锋、宗教导师老铁阿身上,他们以刚烈不羁、愤世嫉俗和真诚坚韧、沉稳厚重而成为回族性格的象征,这种骨血遗传的火一样的品性,是作者挣脱不掉、刻骨铭心的根。而张承志的最新长篇《心灵史》则一反往昔隐匿于字里行间的对本民族的热切赞颂与倾诉转向直接展示伊斯兰教一支教门——哲合忍耶教派的奋争历史,这里多的是独白与宣言。作者甘为这一教派的代言人的浓烈情感赫然见于这部书的前言。而它装帧采用的纯色的黑底红字也似乎喻示着一个宗教派别的生存原则与内在精神。

身为满族人的庞天舒亦以《蓝旗兵巴图鲁》标明个人创作的转向,作品以"萨满教"歌词作为引子,而在正文中不断重现,以此展示一个民族的强韧内质,对应于野性与热血的内容,手法上也充满了对峙与张力,而在完篇之后,作者补白似的写道:"很久以前,我就知道我是满人。……老祖母……说起我们胡图礼家族,说起我的一位镶蓝旗先祖……那许多传奇把天空都照亮了。"这再次提醒我们,在强大发达的汉文化占民族文化比例百分之九十的人文世界里,还另有着虽势力微薄却精神强健的一支。

近年少数民族文学中缅怀民族历史、英雄事迹,追述氏族生活、神话传说的小说渐渐多了起来，民族意识、史诗意识都得到了发扬。如果说，汉族作家在汉文化中心的社会还是自觉地通过接受理论、革新观念而意识到进化的文化负面以追寻失落并对立于现实的话，那么少数民族作家则天然具有产生这种思想的机制。对后者而言，他们思想的基础是更感性、更直观亦更深沉的，所以一旦他们的思想观念形成后，便不会像理性地接受某一思潮的文人随波逐流地在方法浪潮中浮沉，如张承志在新时期十多年的"寻根""实验""改革""写实"等派别此起彼伏的躁动、喧哗里，从未放弃过他用以立命的三块精神大陆。而且，他们较之汉族更易走向宗教与原始图腾崇拜，宗教仪式的神秘与神圣、古朴与庄严，宗教情绪的宁静与恒远、燥烈与炽热更易作为情结贯彻通篇。抗拒同化与抗拒异族侵略一起构筑了少数民族的部落文化小说的硬韧内里，这是一种民族意识的觉醒，而在对本民族传说与故事搜集与开采中，在对宗教的永恒性、神秘性的维护与仰视间，真正的作家能否摆脱种族的狭隘性从而达到更独立亦更宽广的思想境界，确关乎作家的心灵发展与艺术生命。

　　社会发展与原有生存方式的冲突、困惑并不是靠着对强悍的一味赞叹便可化解的，如何在文明同化的步伐里保持本民族独有的节奏，如何解决人类进步与种族发展间抉择的阶段性的两难，不仅依赖于反蜕变的痛切，更依赖于对蜕变的反思理解。没有困惑,对于泼洒生命的少数民族中的部落文化创作,是好事还是坏事?

情归何处?是不是我们必须或只有回到从前?

看不见的城堡

几年前,王安忆的《小鲍庄》曾被不适当地纳入寻根之列,如今看不如说是写了一个以"庄"为范围的文化群落,从一个浓缩了中国乡村的小鲍庄里一个孩子的结局设置就可看出这种反思选择的残忍,而在最近的《叔叔的故事》里这种反思的决心则指向对"父兄"辈的审视。虚构与真实的交错叙述固然重要,我更感兴趣的是,作为反思文学的一支脉流何以在对"代际"的批判与透视中也走上部族文化的道路?我指的是扩大了的部族,精神的部族。"叔叔"成为一个精神符号或文化的代名词,"叔叔们"则可视作附丽于某种文化、精神的部族,这是一个"代"的部落,"古典浪漫主义"是其核心原则,故事叙述上既投入又跳出,有合情理的虚拟与合逻辑的补充,这使得"叔叔"的部落大厦的外装修一层层地剥落,最后剩下它的钢筋水泥骨架。这样的手术使人想到进化论的无情。在地域部落、文化部落趋同与向往的热潮里,王安忆固守自己的精神部落,保持独持人格批判的冷静,坚持留给读者一个背影。

这场出走不能不说是对部族文化的一个背叛。

作为问题,而不是只作为概念存在于部族文化小说中的思考,透射出一种曲折的社会关心。文明与愚昧、异化与真朴的相互冲突又相互纠绞,一方面使得这类小说超越了前几年小说对自然的单纯追求;一方面也在自郑万隆《异乡异闻》大兴安岭森林系列对"种"的赞叹与莫言《红高粱》高歌生命力的蓬勃、粗犷之上涉及一种对集体凝聚力的向往。在讲究个体、个性价值、关注内心的社会时尚里,部族文化小说在社会心理多极化取舍间能够逆潮流规律注重个体生命张扬的同时也表现群体存在,注重社会价值、历史价值、文化价值、个体价值的多重体现,除需要一定甘冒为风雅文人墨客不屑的勇气外,诚然还有它对凝聚力建设的决心在里面。由此说到它发展壮大的文学原因,便不必回避它对忸怩作态的形式主义的反叛,风起云涌、盛极一时的华丽服饰与精美包装套在文学身上日益吞噬掉了纯真、质朴的核心而只剩不堪一击的外壳,以在各思潮的掌声里都能各领风骚、粉墨登场,确是对文学意义的轻蔑亵渎,部族小说在形式上还未加入这一行列而保持与内容相应的一份干净。文学内部的另一层原因来自理论的激发与推动,二十世纪五十年代"神话—原型批评"注重发掘文学背后的人类原始神话,列维·布留尔的《原始思维》、泰勒的《原始文化》、詹姆士·弗雷泽的《金枝》等对民间仪式、原始宗教的人类学研究拓展了创作的思维空间。这种精神方法与对过于倾斜社会政治的文学的反感获得了同构性,新批评实验的接踵而至,使得对文学的认识由单纯社会历史角度转到人类学、心理学更开阔的层面。"我们的时代离开生命的本原越远,艺术和诗歌就越坚决地渴求回到那里去。向往原始模型、榜样,向往藏在深处的不变的东西,出现了只有艺术家才能满足的迫切要求"[①],诚如斯言。部族文化小说中的浪漫性是对一直被视为圣尊的狭隘的现实主义的反叛。当然,文学中家园意识的增强也与寻根小说的流变相互关联,变革时代初期热切投入后,中期发展中确有针对问题的茫然,由此对过去生存方式的怀恋与对精神家园的找寻成为必然。

另外,不可忽略的是作家本身对地域因素的重视,集中挖掘、开采脚下土地里的矿藏,于是有了"湘军""晋军""豫军",李杭育的"葛川江",贾平凹的"商州",郑万隆的"黑龙江北部森林",马原、扎西达娃的"西藏",洪峰的"长白山",张承志的"内蒙古草原,中亚 新疆、伊斯兰黄土高原",张宇的"豫西洛宁",乔典运的"卧龙盆地",郑彦英的"关中秦川"等。在近年发表的小说中都能找到这些意象的延续,而生态作为心态

[①] 丘·勃列克尔:《新的现实》,第10~11页。转引自班澜、王晓秦《外国现代批评方法纵览》,花城出版社,1987年11月版,第201页。

的化身又无不传达出一种对人类质朴的怀念,这是现代复杂的人际关系纠葛与雅致又虚弱的生活方式里所缺失的。由此,崇古慕俗的心理在风神高蹈了千年的文人、知识分子中间获得了生存的土壤。单这一点,这类小说便具有价值再发现的况味,它是一种精神上的认同,"向后看"是为找寻衡量人生存标准的尺度,无论写血缘关系为纽带的家族,还是以礼俗习惯为经络的部族,都在得到与失去之间踌躇,它力图超越文明与愚昧,以对社会学进化论评价的局限性的突围寻找到一种客观、崭新的理性结构与审美样式,但又因它对处于进化过程中理性与直觉,智力与活力发展中不可跨越的种种不完善的忧心忡忡,使得它又在借古喻今,这绝对是一种现实态度,即对文化的反省。于是,比照其他或直抒现实、贴近生活,或纯写历史、录取事件等小说来,这类小说似乎被夹在了中间,而且是永恒的诱惑与双重的不满足中间。所以,读这类小说,为它对质朴与刚性追求的热情所迷恋时,又不免同时怀疑起怀旧是不是亦是一丸糖衣药片。梦醒之后呢?这是夹缝时代常有的尴尬事。

由此来看,部族文化小说有其正负面的价值,一方面,拓展了文学的空间。作为一种质疑式的参与,对历史的进展,人性中某些因素的失落要求重新评判,带有作家主观性色彩与乌托邦式设计,文体上也促进了作家想象力、创造力的发挥。

另一方面,也因其内部动机含有一定的对现实的逃遁而造成效果上与社会、读者的相对脱离,文学的现实关心与聚焦点的消解使其不能直接地切入时代,同时也遭致时代的漠视。作为反文化的一种,它提出的于废墟之上的建设方案,终因其无实的虚设而仅限于蓝图或空中楼阁。与此对立,新写实主义的兴起则走了另一个极端,写大众的现实关心而成为于文坛沉寂中掀起轰动效应的一股潮流,热点研究的意识固然令人钦佩,但又局限于"柴米油盐"现实空间而成了专写厨房、卫生间的家庭小说,太贴近生活原版又使之失去了思想的深度与文学把握现实的力度,所以,这部分作品又面临着速朽的难题。部族文化小说的难题来自作家本身,即能否在取材上"回归自然",同时也能在文体上回归朴实、去除矫饰,哪怕是对自然的强化与做作也让人怀疑它主旨的朴素、可信。

因此,部族文化小说是优劣参半的,它呼唤野性的主题当然不能单纯地理解为一种无视社会规范的主张,也有其促进人性发展的愿望,人性发展与社会发展的互为前提性则表明,这类文学的思虑与探询在人性完善的同时也包括社会规范的进一步更新与发展,因此,它涉及自然保护、人性建设、社会发展等方面,有一定的文学美学价值,但它也存在对社会发展进程中的人道主义的局限性认识不足、对原始的负面理解得不够、对超人与超验的思想哲学过分推崇等问题。总的来说,这类小说意象上择取明确,包括戈壁、草原、荒漠、平原、牧场、湍流、高原,与自然背景相对应其风格追求原则可总结为凛冽、苍烈、悲壮、凄美、冷峻甚至残忍,诚然在传奇色彩、苦难生涯、流浪汉形象中,在自然与个体的强悍与刚性中糅入了对生命价值的肯定与张扬,但如何在类的、集团的、集体的、部落的、族的思想中,在乌托邦建设即虚构出另一世界与不完整、不完善的部分现实对立的决心中,在确认个体价值与集团利益的双重基础上,以现实思考的介入对桃花源式的暧昧予以澄清,恐怕是它所要反思的问题。也就是说,部族小说能否坚守自己有助于国民精神的强化与民族凝聚力的增强,如果能在人物—家族—民族—种族—人类的链条发展中融入对历史的责任对未来的使命,部族文化小说则可望诞生纪念碑式的作品。

但愿这样的想法不是神话。

"审父"与"恋祖"

——兼评寻根后文学文化主题的流变

经由理论倡导、创作实践与评论界鼓噪而沸沸扬扬的寻根热,已冷却六七年了。随着寻根派的解体、寻根文学的逆转,有关文化反思的话题已不像前些年那样能引起理论界的关切或不安宁,把这些陈芝麻旧账抖搂开来,在当今波浪迭起的形式主义热潮里,显得尤为不合时宜。然而,寻根存在于新时期文学的事实及其对今天的影响力,使我们谈论起它就像谈论刚刚过去的昨天。时隔六年,往事也看得更清楚了,比照寻根由"热"到"冷"那段轰烈又仓促的历史,我们感兴趣的是它作为一种已逝的潮流所遗失或留存下的东西,是它作为一种意识,深嵌在文学对历史文化的认知里的意义,是它本身作为一种文化现象,所能反映出的根深蒂固的审美结构与民族心理,并且那种固化与循环又在怎样地进行和持续。在当时炙手可热的"寻根"争论中,是不可能获得这种审慎与冷静的,得益于时间所提供的机遇,时至如今再续起这个旧的话题,便有了可供研究当今文化小说的参照系。

寻根作为一种文化现象对于今天的价值,首先在于寻根文学作为一种反拨力量达到了当代文学前所未有的激烈程度,关注文学内部思潮[①]流变的论者会注意到,新时期文学的反拨力量从"伤痕文学"开始,并步步深化,由社会政治到道德伦理再到文化心理,以致文化心理内部又分为诸多小的变项;而从文学内部看,文化心理的注重又是对道德伦理、社会政治的反拨,这反拨不仅在艺术上,而且暗示了文学的一种意识趋向,其间,寻根思想的迫切、尖锐对这种趋向起到了推动作用,并强化了新时期文学的反拨力量。反拨是三重的,内容、形式和意识。从这个意义上看,"审父"与"恋祖"所代表的两条思维线路就绝不仅仅是寻根文学内部相分歧的两种文化态度,而是新时期文学的两种相互胶着的矛盾情结,它们的彼此交融与消长,甚至贯穿了自五四以来的中国新文学的始终。

文化土壤、精神气质、理性认识、内化的体验、封建与反封建斗争的轮回,什么是二十世纪中国文学的根本问题?文学的深度价值究竟在哪里?中国文学又将如何在不破坏古朴文明的基础上完成挖掘与批判愚弱的国民性的使命?它如何加

[①] 指区别于外部形式革新的文学思潮,包含主题意向性及群体作家创作精神等。

入"民魂重铸"中去而不推卸它人道的责任？种种问题接踵而至……也许"审父"代表的文化反叛精神与"恋祖"依托的文化自足心理以及这两种文化心理的较量,会为我们反顾寻根和本文在民族文化心理背景下将要进行的对寻根后文学文化主题流变的探讨提供一些例证。

对于文学来讲,反省的任务远未完成。

审父　恋祖寻根的惶惑

一开始,寻根文学就不可避免地陷入了迷惘,对文化二元的矛盾的不同理解和对"寻根"被动性本质的主动选择使寻根派关于寻根的口号、宣言尤其是与理论不相符合的创作实践,充满了难以解决的悖论。

一九八五年起至翌年,"寻根"的声音响彻文坛:韩少功《文学的"根"》、郑万隆《我的根》《不断开掘自己脚下的文化岩层》、阿城的《文化制约着人类》、郑义《跨越文化断裂带》、李杭育《理一理我们的根》《"文化"的尴尬》,遍及《文艺报》《文学评论》《小说评论》《文学自由谈》《读书》的专栏评论;以及人们由此展开的文学民族性与世界性的学术讨论和掀起的前所未有的对文化人类学的普遍关心(这种思潮的影响力一直持续到今天,大批文化人类学著作被译介过来,学界的这种主题偏向不能不说与当初"寻根文学"的推波助澜有关)等等。伴随寻根派的理论宣言,寻根文学的创作实绩也令人刮目相看:或对民族性和民族文化心理中愚昧、保守、呆滞等传统惰力与病态进行批判;或对植根于生命个体维系民族存续的生力加以张扬;或发展为对于古朴风俗、原始事物等情感上的向往崇慕;或表达"一种对于比当时道德所裁可的生活方式更为本能的、更加热切的生活方式"的酒神式的"热望"[1],前者以韩少功的《爸爸爸》、张炜的《古船》、洪峰的《瀚海》为代表,呈现出批判的走势,后者则以阿城、何立伟、莫言(《红高粱》)、洪峰的《生命之流》《生命之觅》所推崇的对民俗文化的精神回归一以贯之,概括说,前者意在"审父",后者偏重"恋祖",随着"文化—进化"母题的进一步衍化、创作实践的铺展与深入,可看出"寻根派"实际所持的对文明的不同态度,一面是由文明的悲怆而感"改造国民性"的需要,一面是由对文明异化的感受而呼唤野性,这种矛盾当然是埋在宣言背后的,得到与失去间的踌躇使他们在获得了一致的前提下最后分裂为两个声音。这两种截然相反的声音在当时熙熙攘攘如市声般的读者争论里此起彼伏。

有关寻根的民族化、现代化、世界性等问题的争论,确有助于澄清一些在创作前远未得到很好整理的理论背景,并对

---

[1] 罗素:《西方哲学史》上卷,何兆武、李约瑟译,商务印书馆,1982年11月版,第38页。

文学的文化反思有不可低估的现实价值,但令人遗憾的是这场笔仗似乎打得过于概念化,反而笼统地分不出问题的主次,更为可惜的是,寻根一开始便陷入的文化分歧并没有受到相应的重视,以致随着发展,在它亢奋地步入高峰之后由于没有理论的进一步支撑与创作的相应依托而跌入低谷,陷于惘然。譬如,"审父""恋祖"这两个词也曾在寻根讨论中频频出现,它们所标识的两种文化态度也曾被提及但却一带而过,问题只是轻触了皮毛,远未得到解决,文化作为伤口与借口,同时发挥着效力,这种折磨到根基、痛到心核的过程所带给我们的绝非只是蜕皮的艰难。

寻根的茫然源于寻根意向的不明确(在"对中国文化的重新认识"这一出发点上是共同的,但如何认识则存在明显的两种态度)。例如,韩少功"民族自我"的重铸意识所涵盖的寻根"不是出于一种廉价的恋旧情结和地方观念,不是歇后语之类的浅薄的爱好,而是一种对民族的重新认识,一种审美意识中潜在历史因素的苏醒,一种追求和把握人世无限感和永恒感的对象化的表现";阿城则偏重强调文明的丢失物,他对禅宗、易经的空间结构等"中国哲学与文化中含有的自然本质"推崇备至的态度,在他的寻根亮出偏重承继、张扬传统文化的底牌同时,显然否定了他的"民族重铸"会首先历经对劣根性的揭示而走上"改造"之途。这两种貌合神离的文化取向似乎已经奠定了一个结果,而理论准备的不足(宣言的突兀,缺乏厚实的文化哲学功底,只依托现代文明与反现代化思潮相冲突的西方文化背景,思维起点有一半依然是西方式的,是被动的主动,"文化断裂"立论根据不足,过于感性化)、理论本身的矛盾(如上所述),以及理论与实践的脱离(现实因素不可避免导致"张扬民族传统文化"的寻根中途转向"改造国民性",以反封建为第一要著),使作为内化文化的寻根文学思想渐趋架空,理论对实践的不能涵盖与包容,或说实践中的作品经验思想与先验理论的脱节,造成了"寻根"意图的愈加暧昧不清,再伴生有论者、读者各异的接受语码,使得对寻根文学的讨论陷入对文化重新界定的怪圈中,循环的混乱与三岔口式的误读大大削减了寻根文学本应有的给予文坛与人心的震撼。

另一原因来自艺术对文化的排斥,"寻根"还未来得及拓展、深化,便被裹挟进了别的潮流中去。文体变革的热情,叙述语言的投入,解构结构的痴迷,种种实验,使得这场反思被拦腰斩断,使得作家"对中国人民心灵发展历程中的阻塞、沉滞、积淀、物化在风俗中的人心"[①]的敏感无从置放。同时,传统文化的强大吸力在内部自寻根伊始便决定了的分裂乘虚迅

[①] 曾镇南:《南方的生力与南方的孤独——李杭育小说片论》,载《文学评论》,1986年第2期。

速瓦解了这场反思的持续性,阿城"三王"中庄禅的出现,使评论界文人获得了心理同构的满足与欢欣。这种鼓舞阻碍了《爸爸爸》的脚步,探索变得迟疑,静养修心的无为气质作为一种调和色中和了中国文人在道统政统之间的求索徘徊,同时,它所代表的乐感文化也稀释、调解了"审父"意识的尖锐,批判的严厉在认同的赞许中被肢解了。"寻根"概念的偷换,一方面标志着寻根批判者"审父"意识的不堪一击的脆弱;一方面也暗示了民族心理环境的艰窘、衰弱的自尊和有限的承受力。

当然还有时代,经由以政治运动为显像的文化颠覆,新时期前期文学已对畸形政治这一表层进行了清算,接下来的文学所肩负的是文化反思与文化求救的双重任务。历史发展的急骤、时代要求和知识思想界文化变革的迫切,文化反思与求救被压缩在同一时空完成并被同时压在文学肩上。这种共时的要求使得中国作家创作时始终处于踌躇、兴奋、焦灼、惶惑多种情绪氛围间,两副担子一起挑的文学在走过一段路程后不免气喘,显出心理准备不足的慌乱和底气不足来。

"文化用来观照什么"的前提没有解决,寻根出现了它始料不及的失衡,"恋祖"思潮随即盛行。小说有"爷爷""奶奶"辈的荣耀,仰慕祖宗前贤的心态溢于言表;诗歌有倡导原始生命力与本能的莽汉主义;艺术有朴野古拙绘画风格技法的风行;佛教热、老庄热、禅宗热、瑜伽热、气功热的风靡……同时,"审父"的声音在"恋祖"的喧哗里愈加微弱,一场反思就这样被消解、同化了。自信所带有的盲目使任何来自文化的反动都不可能以昂奋的姿态持续多久,传统势力的庞大、乐感文化的强力,时而以"文以载道"的"帮忙文学""廊庙文学"为代表表现出来,时而又被把玩人生的"帮闲文学""山林文学"代替,在标明与现代文明相悖的逆向思维的作品里,我们极易找到这种感伤与本能的自慰。寻根"恋祖"的逆转,淡化了"审父"文学的怀疑精神与危机意识,削弱了民族病态一面(孱弱、贫困、落后、守旧)的表现力,文学"忧患意识""启蒙作用"的被遮蔽,阻碍了文化小说的心理深度和正常发展。同时,文学的平面化追求已使得作家难以在摹写外部世界或对祖上家业的津津乐道之外而对民居文化形态之下的民族心理再做深入反思。道路出现了塌方,寻根所标志的箭头已不再指向内心体验,或许正是这种揭出自己、批判自己引发的疼痛造成了这场滑坡,体验的目光被阻隔在这边,回避体验的寓言便应运而生了。当然,"恋祖"是最好的借口。情感力量对逻辑力量的取替,使文学对文化的反思显得盲目仓促、浮皮潦草,对于文学而言,它所面临的断裂非但不是如阿城们所言的五四对"民族文化"的破坏,恰恰是鲁迅"审父意识"的断裂,一种盲目的自大消解了这个伟人所提倡的向内检测自己民族的冷静与自觉。这大约是与国人文化心理结构及其脆弱的承受力有关的。障碍不是来自现代化的冲击,恰恰来自对现代化冲击的莫名恐惧,这种恐惧滋长的土壤或许很少维护人性的成分,反而扯着人性之旗掩饰其闭塞、守成、无知、狭隘的文化心理。所以,新时期的文学"寻根"所面临的不是东西方两种文化夹击下的客体的无所适从,而是对两种文化的主体选择都太过仓促,而且被动,这是它夭折的主要原因。正如当时已有人预言的那样:"'寻根'文学一方面力图重铸民族的自我,一方面又在淳朴的风土人情之下唱起了对传统美德的恋歌,结果就有可能在找到民族的自我传统的同时重新丢掉觉醒了的人的自我,致使重铸云云成了一句漂亮的空话。"[1]可惜这样的声音在当时被湮没在赞语与菲薄的嘈杂里,并未引起应有的重视,"恋祖"原始文化思潮依然席卷文坛。也许在"审父"与"自审"之后,我们真的孱弱到需要这样的强心剂?还是在中庸文化远未隐退的国度里,这样的平衡在我们企图抗拒之前就已裹挟了我们去?

---

[1] 李劼:《"寻根"的意向和偏向》,载《文学自由谈》,1986 年第 1 期。我以为,主体问题不解决,"找到民族自我传统"也会成为一句空话。民族的自我传统不只是形式或者风俗民俗,还是这背后的文化主体,遗憾的是大多寻根作家过于热衷表层,正如买椟还珠者只满足于盒子的华美而丢弃了价值。

袖手先锋　逃路暧昧的边界

　　先锋派对文化的态度是袖手的,它以对"审父""恋祖"的同时消解而取缔文化本质,其做法又恰恰借助的是两种寻根共有的形式:回顾。因而,先锋派的面貌不得不被认为是"向后看"的文学,时间:二十世纪三四十年代、更久远,或年代不明;地点:小城、陋巷。苏童、格非、余华、叶兆言被评论界看好的作品,无一取材于当今。比较民俗文化的复兴宏愿来,他们更看重的是笔下的事件与当今的时间这段距离,而不是通常他们放置故事的那个氛围,很明显,对比贾平凹对商州村寨、汪曾祺对江苏高邮深情注目的精神回归来看,先锋文学的无文化状态是一种精神无从安置的"游移"。以余华小说为例,《古典爱情》《鲜血梅花》都试图借古人或虚拟而写人生中的偶然性,然而命定的循环和人在循环中的渺小感却通过不喜不悲的自然主义态度表现出来,以致这种深蕴存在的含义在一种冷酷的中性叙述中不断被解构。在几近可看作自传的《呼喊与细雨》中,写祖父、父辈人时亦充斥着把玩、雕琢、调笑的态度,再也找不到寻根文学"审父"时的痛彻、心悸,一切都自然而然、合理地发生,没有什么可值得大动肝火,或为之点燃热情。

　　先锋派在抛弃了"恋祖"所带有的融民族文化重建的复

兴情绪的同时，也对"审父"包含的忧患意识不屑一顾，甚至不是怀旧，在这里，有关"审""恋""怀"等所带有的感情色彩与主体因素被一致抹去，降至零度。先锋派的之所以"先锋"大概即在于它对这复兴与忧患的全抛弃，对于他们柔弱的肩膀来讲，一个民族太不如一个自我来得轻松。鲁迅的拯救国人魂灵的"现代理性精神"与沈从文人性缅想的"精神返乡情绪"，以及横亘于文学、历史、自我之上的那个文化系统，都被他们或多或少地看作非文学的负重。渴望跳出也是寻找逃避之途的先锋所追求的大概只是一种无所依傍的纯粹（或虚无），或通过对两种文化态度的拒绝甚至以对文化态度本身的取缔而达到纯艺术之境。不难看出，诸如"游戏"等以艺术为借口的形式主义理论从叙述、方式、语言、结构内部更新文学观念使之从非文学的政治、经济中解放出来的同时，也消解着"忧患""职责"和"使命"。也许，先锋文学对人生存境遇的了悟有其独到之处，但这一有关生存的见解的深刻敏锐同时也被它所崇尚和运用着的不偏不倚的中性叙述迅速瓦解，这种抽空一切的冷漠以及隐藏在这冷漠叙述背后的不投入，是不是已经透出了某种文化折射的阴影？清算的岁月已经结束了吗？文化批判的使命已经完成了吗？是不是我们找到了那个根基或内核？或者前人做与不做，已完成或未完成，都影响不了喝茶看戏的我？为什么"作家越来越善于用平静微笑的态度远远地欣赏自然与生命,用和谐悠然的态度去稀释人的冲突,看械斗争执就好像看湖光山色、灰鸟翠竹一样保持着不悲观、不困惑、不心悸的态度,能'从血泊里寻出闲适来'"[1]？为什么文学发展到今天却成了一种无关人格的存在？

对比张承志的伊斯兰文化、贾平凹的秦汉文化、韩少功的楚文化、李杭育的吴越文化、郑万隆的东北文化、乌热尔图的鄂温克文化,甚至阿城的汉文化传统,无文化(大概也是一种"文化")的先锋文学好似站在一个看似决绝其实暧昧的边界上。这种暧昧在于:先锋的反文化不是以一种文化来反对另一种文化,如"审父"所持有的以进化的现代化反对愚昧落后的部分传统文化,或"恋祖"所持有的以传统文化中人性美好的部分来抗拒剥夺它的文明的异化;而是以一种无文化状态来替代文化,确切地说,是以一种对文化的消解态度来指导创作,先锋小说由解构"情节"到解构"情结",彻底否定了影响群体的那种共同的原始意象与先天倾向以及经验在成长中所形成的人格的自主取向。既不同于"审父"文学的不满于文化所采取的直接批判、抗争的方式,亦不同于"恋祖"文学不满于文明所采取的带有逃避倾向的曲折性的批判,先锋文学企图在"审父"与"恋祖"之间找到一个空白地带,在批判意向

---

[1] 薛毅:《挣扎与超越的可能——对近年小说文化背景的透视与批判》,载《文艺评论》,1989年第3期。

与崇慕意向之间以存放它的阐释意向所代表的对意义消解的持平、冷静。批判或赞成都被视作不纯的东西,文学的人格力量也被作为文学的累赘而不被提倡,文化越来越多地被当成一种事件的外部景象而非渗入人心、血液的东西被道具般地搬来搬去。然而,各不相取的"真空"状态,果真存在吗?谁能辩解这种对文化的决绝其实暧昧的态度不是一种逃避?对历史责任的逃避更是对先锋使命的逃避,以及将真正的文学未来人类未来的高高挂起。在先锋派作品里我们找不到文化态度、人生观念、主体人格,包括创造的激情或颠覆的勇气,客观主宰着一切,责任更被视作可以耻笑的东西而在文学精神里近乎绝迹,难道这就是观念的进步?我们迷惑:挣脱了政治羁绊之后的文学又掉进了怎样的一个形式主义黑洞里?

也许我们所要警惕的的确在内部,一位袖手的文人,他没有"荷戟独彷徨"四顾茫然的苦闷,没有"两堆干草间"徘徊、取舍的犹疑,没有西西弗斯蔑视苦难并加以超越的勇气,只有与己无关的旁视和隔岸观火的漠然。也许这恰恰是先锋派的危机,随其自生自灭,对丑恶不剪刈,对美好不护理,在"审"与"恋"都退隐到了更为客观、更为淡泊的位置后代之以不忧不喜的麻木与游戏、嘲弄的态度以自我麻醉,并在玩语言、玩叙述、玩暴力、玩死亡的"奇妙的逃路"上"不敢正视"人生以为自己的怯懦寻出种种借口来。从这种对命运对人生的低首顺眉、逆来顺受、混世欺人、得过且过的"怯弱、懒惰而又巧滑"(鲁迅语)的态度里,确也散发出先锋派身上未脱掉的国民性的腐朽气。在竞相比赛自己叙述的聪明与高明的文字游戏时,对人的命运的深痛关切在哪里?批判封建重建人格的严峻、恳挚的文学传统在哪里?鲁迅式的"于浩歌狂热之际中寒,于天上看见深渊"的悲剧意识在哪里?难道真如先觉者于热闹中看到的大限:"……使自我的麻木锻炼成为一种清醒的、能把痛苦当有趣、能把残酷当滑稽、能把生命当玩具的增添了更多内容的麻木。使庄子的鼓盆而歌的情致……有新的翻版。这是一种很高级的'看客的文学'。"①

先锋文学能不能走出这个边界,直接关系到一代作家个体的精神健全,然后才可谈及文艺的发展。

温情主义　寓所乡土的硬壳

十八世纪以来的文学,无论是何流派、思潮,几乎都是作为技术革命的反叛而存在的,它所融汇的古典传统与现代化进程之二元冲突几乎可以看成是近二百年来文学不衰的主题。二十世纪末中国的乡土小说亦不例外。从反封建文学发展史角度讲,它最有可能承继"五四""改造国民性"以重铸民

---

① 薛毅:《挣扎与超越的可能——对近年小说文化背景的透视与批判》,载《文艺评论》1989年第3期。

魂的使命,但它还是选择了温情主义的沉湎包容而加入反现代化(负面)的合唱,不同的是,中国乡土文学强劲的本土固着性,文学中对"农业文明""自然主义"的流连,暗示了以精神对抗物化社会的隐义。

我们先来看看以与物化社会对抗的这种精神的实质,与先锋文学的隔绝的陌生化相反,乡土小说力图营造一种亲切的审美观念,在回归、抚慰等情态中,它们确实延续了寻根"恋祖"的精神回归的路径,并为精神找到了落脚的现实土壤。这种移情是以对外界的失望为起始的,乡土小说的缅怀性质、平衡作用与传统文化的固着性、封闭性相融,从而产生了一种焦灼的血缘求证意识和不无惆怅的怀旧心理。乡土的过去作为作家生存的土壤精神化之后,时常把他从常规世界的纷乱里牵引出来,使他像幽灵一样,掠过他曾谙熟的地方,尽管漂流中,那些他力图摒除的东西还会不可阻拦地从潜意识里跳出来呈现于他面前,但他还是宁愿暂时地休息与遗忘。这种血缘的力量表现在一批乡土作家的作品里,路遥的《人生》、张宇的《乡村情感》、李佩甫的《无边无际的早晨》《田园》等,几乎无一例外。一方面是对"只有直接有赖于泥土才会在一个地方生下根……才能在悠长的时间中,从容地去摸熟每个人的生活,像母亲对于她的儿女一般"的乡土的拳拳眷恋,一方面是对温情脉脉的乡土文化竟包孕没落、残酷、腐朽等封建性的因素的痛恨；一方面是对现实历史作为前进的无可挽回的陌生式人文关系扩散发展的认识，一方面是对"很多离开老家漂流到别的地方并不能像种子落入土中一般长成新村落，他们只能设法在其他已经形成的社区中插进去"①的隐隐忧惧。乡土情结的分裂使上述作品亦无一例外地呈现出情节发展与情绪表现的不平衡，结尾的匆匆收束某种程度上是作者对自己逃避的完成，再深一步地探询很可能引火烧身、否定自己。乡土作为一种精神水土的本在性的深深植入与作家不可割舍的血缘关系，使他们无法抽空自己以成为旁证，所以他们宁愿选择和承受主体理性的撕裂也不背叛乡土传统②，而且，这种选择是与"父亲文化"纠缠在一起的。《晒太阳》（张宇）中这样一段话集中代表了这一取向："父亲是我们家的一堵墙，我们在他的墙下避着风风雨雨成长。父亲是我们家的山，我们靠山吃山。父亲是我们家的一条河，我们喝着他的血汗长大成人……哗哗流动的洛河水呀，每当走在这儿，听见这河响，看见这浪翻，总觉得这就是我的父亲……我的父亲，就是我的上帝。"这个"父亲"不能不被看作乡土文化的象征。

---

① 费孝通：《乡土中国》，三联书店，1986年版，第6页。
② 其实在生活中他们的移居城市已经背叛了乡土，正因如此，在艺术表现中他们想留存一块精神安眠之地。也许他们并未清醒地意识到世界性文化思潮并自觉以返璞归真来批判文明带来的瘤疾，而只是想以一种无伤害的缅怀来消除或仅仅是缓解现代生活的压力。

这种乡土的束缚与光荣、文化批判中的暧昧、批判与温情杂糅的乡土情结、意识与潜意识的双重分裂和大于作家本人的部分乡土文化从内部消解了文学的"审父"意识与批判精神,并将作家本人分割在世俗生活与精神成长的永恒悖论式的挣扎中。而这挣扎带给文学的尴尬绝不只是意向的简单转换,批判意向被消解了,由崇慕意向发展而为的沉湎意向和代表这一意向的温情主义的泛滥正说明了传统文化根深蒂固的心理吸引力与同化力,连作家也不能逃脱这个怪圈,也许这份挣扎从阿Q力图画过的那个标志着无限循环的"零"的圆便开始了。所以这类小说采取的与音乐回旋曲相近的结构绝非巧合。小说结构像一个圆环,曲式(情节)发展好像始终出自离心力地向前运动(高加林、杨金令们对乡村的逃离),又每每向轴心折回(他们最终对土地的回归),这种循环使情绪达到一唱三叹、回旋缠绵、余音绕梁的感应效果(《乡村情感》中由"我"吼出的"面条饭"歌),这种迭唱手法强化了温情效果并以这种温柔之丝结成了蚕蛹,一层层将读者裹住,一面是乡情温柔的锁链,一面是对内视的逃离;一面是对情绪的关注挤走了价值关心,一面是理性精神的可怕的平衡力。蚕蛹变成了硬壳,把我们的作家紧紧裹在乡土里面,使他们精神的目光无法穿透历史文化的层面而探究实质,使他们在外界受伤时找到了可供退缩的寓所,这寓所一样的外壳使他们温暖,使他们安于微醺的回忆,这回忆使他们不再想去睁大眼看那乡土里同样在疯狂生长的稗麦。津津有味的沉醉、寡欲清心的中和再度割断了"改造、重建国民灵魂"的主题,一面是民族文化的巨大的向心力、凝聚力,一面是传统文化的软弱性与惰性,从高加林、杨金令、杨润生身上很难说看到的不是我们自己,只是包孕并保存于乡土硬壳中的东西被对异化文明的抗拒和对朴质人性的张扬所遮蔽了。乡土,我们的文学并未打破这个硬壳,反而将当作一剂包裹我们伤口的创可贴。

文化守成　限阈文学的超越

也许我们暗中已经渐渐接近了那个有关文化的命题了。现代化与反现代化思潮间无休止的冲突在于现代化的悲剧内涵:"它带来的每个利益都要求人类付出对他们仍有价值的其他东西作为代价。"现代化的、民族的、文明的、原始的、异质的、本土的、综合论上的进化、渊源的留存等不得不在这一前提下采取应对或自卫,这种自梅光迪、梁漱溟、辜鸿铭已开始的本能的抗拒到八十年代末并非"最后一个"的李杭育的持续性,说明文学无法从这种对外的文化应对中脱身出来,来磨砺它对内反封建的利剑。现代经济、技术思潮冲击下的文学正如十九世纪的宗教(无法与科学思潮相敌)的没落,这种快速的挤压所标志的社会发展剥夺掉了宗教或文学的理性的一面,而逼迫它不得不选择或靠近、接受非理性诸如情绪化、神秘性来做它用以支持自身的顶梁柱,这种置换不能不说是一种畸形的精神发展,一种被迫,一种较矫枉过正更糟糕的文化变形。而文化为什么会变形,这又与历史上我国传统文化一直处于防卫的地位有关。这种防卫心态下的文学正如一个未准备充足就被推上擂台的拳击选手,一阵毫无章法的招式之后,便显出力不从心的虚脱。正如美国学者艾恺所说,"现代化本身具有一种侵略能力"[1],而在这种"侵略"性面前,只有强有力的文化才能克服由外来文化带来的"自我认同"的急迫感、落后的自卑感或一种因过度忧惧害怕而反应为夸张的自负与狂妄,而真正强有力的文化恰恰是敢于自省的文化,为求自新,敢于自我批判、自我审析,也只有这样,才能克服长期以来的国民封闭的惯性心态,民族才能借助反省的梯子向上走。真正的文学不是为了保存人类文明所要求付出的那部分而龟缩到单纯的淳厚民风中去或以浸泡于带有原始色彩的文化风尚中自安自慰,真正的文学应该是在内在的文化与外在的文明相分歧相对峙时也能有所从容,一面自尊、自信,一面自觉、自省。防守的文化已经造成了我们文学的软弱,时而它是为保自身以"恋祖"敌视同化的强心剂,时而又成了畏缩于

---

[1] [美]艾恺:《世界范围内的反现代化思潮——论文化守成主义》前言,贵州人民出版社,1991年版,第2页。

现实医治伤口的温情创可贴。也许理论界早该呼唤一种自强的精神,而不是一味沉湎于叙事、结构等外在包装的可怕的唠叨中。我们的文学已经付出了代价,假如还能允许冬烘学者们对外表事件口沫横飞地讲上十年,那么,下一步我们付出的代价可能就是文学本身。

文化是有限阈的,然而文学应该是具有超越精神的。文学的超越首先在于作家人格的自强,文学是人格的投影,什么样的人格对应于什么样的文学,而一个敢于不断剔除自身缺陷的人,才有可能谈到他进一步铸造民族品格的使命。

文学、文化正是这样相辅相成的,无论你作为一个人如何感慨机器的喧嚣、污染的扩张、生态的危机或信念的丧失、精神的贫困、素质的下降,无论你怎样在这之上作为一个作家选择怎样的创作来做人生的依凭,我愿你们用心记着:"文艺是国民精神所发的火光,同时也是引导国民精神的前途的灯火。"(鲁迅语)

说这话的人一辈子正是这么做的。在暗夜里,他点着了痛着的心,把自己烧成了一支火把。

以上是我近期对文学的文化思考,话题是由寻根文学的两种意向引发的,而作为寻根后文学发展的隐线,它们消长、沉寂的文化心理又使我的论述多次越过了文学本身。受着埋在文学之下的文化主题的吸引,说了以上这么多,不无偏颇,只是想在形式主义泛滥及理论界的姑息之外说些自己不同的想法。在我们能够坐下来安然讨论文学之所以为文学的纯粹艺术的一面同时,还有一些东西是不应被我们轻易丢弃的。譬如,文学的建设功能、批判精神、价值关心、文学的民族重铸意识,以及它为寻找推动历史前进与文化更新的内在力量而不惜潜入历史生活积淀的深层结构中对整个民族人格进行检视的勇气。

也许这才是文学苦心孤诣要寻找的地壳之下运行的岩浆部分。它首先是一种精神,然后才能做到对违背人性的行为说"不",对符合人性的做法说"是"。这就是我所希望的当代文学。意识到这一点,它距离走出文化困窘的那一天怕已不远。

家族与乡土

——二十世纪中国文学潜文化景观透视

从来,家族情结都是作为一种文化复合体,补偿或平衡着文明象征,同时也是文明遗失物的文学。随着工业社会的加速推进,这种状况,在二十世纪更加凸显。正仿佛是我们在前行的同时不得不弃掉包袱而在弃掉时又不能不为这历史要我们付出而非我们自愿付出的代价叹惋一样。应运而生的家族回顾,从十八世纪末那部《红楼梦》埋下的伏笔,到二十世纪末的新历史小说、新感觉派、寻根文学、后现代主义先锋小说,几乎囊括了二十世纪尤其后期中国所有文学运动和文化思潮。家族主题,不仅跨越了历史的迷障,而且超出了技巧、形式、方法与叙事。可以说,没有一个历史时期或阶段,对人命运的关注和在这关注中所注入的历史感,能达到当前所具有的这个深度。

本文正是在这个背景下展开的,试图探讨贯穿中国现当代文学的"家族—乡土"母题。这一母题在整整一个世纪的动荡里能够相对不受政治社会、经济条件、文艺运动等影响的文化潜在性,又提示了这一切外力背后的中国传统内质的坚硬和它对文学强韧的渗透力量;浸润往往是缓慢的,而仅是时间的契合能使它在同样土壤的外界文学中找到参照吗?二十世纪六七十年代兴起的拉美"爆炸文学",其碎片在十多年后缓缓落在大洋彼岸黄土地上,甫一落地就溅起的万丈尘土,使我们看到了源于文化也源于生存的共鸣背后一种更广阔意义的人类家族的联系。马尔克斯《百年孤独》等作为横线,《家》《春》《秋》(巴金)、《雷雨》(曹禺)、《四世同堂》(老舍)等作为纵线,以及更早的作为一个王朝的苍凉背影的《红楼梦》,为我们的讨论提供了支点。

为叙述方便,我们将"家族—乡土"母题归类为一种亚文学思潮。它的潜流性质,与那些经由理论家提供(如改革文学)或外国文艺思潮引进(如"后现代")而产生的文学思潮不同,它带有更浓的文化意味,更悠远绵长、纤细柔韧而不具轰动性,也更符合"思潮"内涵,而不似于其他外力下引发的自觉,人为的"一窝蜂"运动。其冥思性、自发性无疑也更透视出一个民族未经修饰的文化传统,并更本真地反映出作家的人格心理和附丽于这心理背后的国民性。

所以,看当代文学的家族情结,我们的目光似乎应该放在比《红楼梦》更远的位置上。以这一目光再来看《根》及《百年孤独》甚至《王朝》的影响，就不会偏颇到认为"家族文学现象"是一种无根无土的移植；它自身的文化渊源与心理基因，甚至于物质世界无动于衷的血缘力量，支持着它由《红楼梦》到《白鹿原》，越过了一个世纪的沧桑。尽管百年时间政治风云变幻、经济起伏跌宕、文艺流派纷呈，各思潮亦可谓乱花迷眼，而"家族母题"却能沉潜其间，始终未断裂，这种渗透到民众意识、潜意识内部的文化品格，已成为文学研究必不容忽视的一个方面，也是本文讨论的基点。

贸然套用费孝通《乡土中国》开篇一句："从基层上看去，中国社会是乡土性的。"我们说，中华民族，在其最基层意义上讲是家族的。中国文学，一直未能摆脱这两种力量——乡土和家族的纠缠，而在每一新旧世纪交汇处，这种似乎与生俱来的尴尬、矛盾都能得到最强烈的体现。从茅盾《子夜》无可挽回的失意到李杭育《流浪的土地》抵不住冲击的感伤，从张炜《古船》的悲悯到陈忠实《白鹿原》的苍茫、李锐《旧址》的凄怆，在讲求契约连带的商业社会迎面驰来的速度里，在契约社会与亲族连带关系社会即家庭作为制度、家族作为传统的血缘社会易位的空档里，历史再次让文学体味了割脐带的最后的也是彻底的疼痛；现实中渐次退隐的仪式却在文学的反抗中获得了它在现实中再难拥有的辉煌，搅扰着乡土中国的家族情结就这样将文学中一直长盛不衰的一系列对于传统的文化命题的争执与递承串联起来,承担起集中反映社会转型期亦是世纪转折点民族人文心态的使命。

半个多世纪前,王礼锡在伦敦完成德国学者F.缪勒利尔《家族论》翻译后,曾感慨:"世间一切事象与学问,只是一部历史。"接着他又说:"对历史的研究通常有两种障:第一是时障,第二是地障。"①对于家族母题同样如此,方法论上,我们今天无法跨越时间隧道去考察当时的境况,我们也没有力量去一一考察所发生的一切,面对物理世界的纷繁、哲学的玄想与史实的榛莽,我们所能凭借的只有文字;而这个题目的太过沉重,不仅因为初期文明所留下的可考见的辙迹,已被文学的车轮辗得无从辨识,更在于中国作家几乎没有哪一个没触及过家族母题和带有家族情结的事实,在对史实典籍的回顾与对人类命运的瞭望中,历史于是被换成了心像。从八十年代最早一部以家族为主题的《李氏家族的第十七代玄孙》(李佩甫)的神话覆灭的惶惑到《桑树坪纪实》(朱晓平)、《最后一个匈奴》(高建群)、《我们家族的女人》(赵玫)、《米》(苏童)、《呼喊与细雨》(余华)、《六十年旷野》(张廷竹)、《故乡天下黄花》《故乡相处流传》(刘震云)、《蓝脉》(关仁山)、《金龟》(尤凤伟)等文化倒错的掂量,家族母题由乡土小说向城镇、

---

① [德]F.缪勒利尔:《家族论》,王礼锡、胡冬野译,商务印书馆,1935年版。

都市、个人体验各层面的扩展趋势,反证出中华民族两千年家族土壤的深厚与乡土文化的普遍性。

人类寻求一种更大力量的渴望和与这强大力量永远结盟在一起的理想,以乡土文化为基石,以家庭文化为轴心,已无一遗漏地表露于文字。事实证明,家族作为仅高于家庭的二次人类集团,作为以情境中心的处世态度、相互依赖的处世方式为特征向心性世界观的集中体现形式[①],作为进一步显现宗法的、礼俗的、血缘关系共同体的组织结构与观念集团,早已不再只是文化的一面镜子,而是固结文化的一根缆绳或锁链,可以说,构筑了中国文化大厦的"家族—乡土"母题,也构筑了二十世纪中国文学最不可忽视的景观。不仅如此,浮出海面的"家族—乡土"母题,今天所形成的以不容忽视的姿态高耸于人们面前的这座冰山,还以更为丰富的内涵表露出它对一个民族过去历史与未来建设的参与决心。

主题曲日渐显明,无论环绕它的是怎样一些变奏或作为辅助和余音的副歌表现。

变奏一:作为"历史心像"的家族母题

以陈忠实《白鹿原》为代表。(陕西,简称陕,黄土地貌,

[①] [美]许琅光:《宗族·种姓·俱乐部》,薛刚译,华夏出版社,1990年版。

秦、唐等著名王朝及闻名中外历史大事件如西安事变等发生地）

洋洋五十万言的《白鹿原》,展示了清末辛亥革命、民国建立、抗战、新中国成立半个多世纪近现代关中的历史画卷,同时也着重写了以白嘉轩、鹿子霖为代表的两大家族的争斗、变异以及父权的沦落。家族命运作为民族历史的投影,涉及家庭的哲学基础、婚姻仪式、夫妻关系、寡妇与亡夫关系、尊师制度、对人生晚年的态度、祖先崇拜、宗族势力、地域观念、血缘意识等方方面面。有意味的是,作者从生殖文化入手,即白嘉轩连娶七位妻子以求子嗣,一下切入了以父子为轴心的亲族结构深层,揭示了家族传宗接代的实质。由此展开白嘉轩置田亩、立乡约、修祠堂、建学堂、正民风、兴仁义等一系列建家立业的举措,更为深入地探索到家族内部事务的文化内涵,将家族与民族、政治与宿命、国史与心史、命运与心性的相契与悖反结合起来,并在家族演进流程的丰繁里,通过修身齐家的白嘉轩与治国平天下的朱先生确认了民族精神同时也代表了作者本人人格理想的两面。陈忠实以怀旧的执着重塑的"白鹿精魂",使历史题材小说由史的价值跳跃到诗的价值的层面。然而,其表述的以家族文化为代表的传统之韧性、之樊篱,又使我们不能仅仅从史诗角度来评判。正如陈忠实在《白鹿原》中写到"这个村庄和白氏家族的历史太漫长太古老了,漫长古老得令它的后代无法弄清无法记忆……好几代以来，白家自己的家道则像棉衣里的棉花套子，装进棉衣里缩了瓷了，拆开来弹一回又涨了发了；家业发时没有发得田连阡陌瓦连片，家业衰时也没弄到无立锥之地"，形象地说明了父系家长制的延续性、凝聚力和严明的族规纲纪使家族处于无大起大落稳定状态的基本现实。对于正、反、合的历史，作者创作谈中一句"所有悲剧的发生都不是偶然的，都是这个民族从衰败走向复兴复壮过程中的必然"①。与题词引用巴尔扎克"小说被认为是一个民族的历史"的话一起，提炼出整部书的主旨。

也就是说，相对于传统中国人文化心理结构而言，《白鹿原》更注重民族生态与人的生命历程所构筑的历史。因此，它在政权、人性、人类文明史三种真实观中选择了后者，由家族兴衰消长所鸟瞰到的一切，它都要做出道德—历史—美学—人类学的综合评价，而这评价之上，又由兼有赞赏与批判的历史主义的公允态度作统领。所以，尽管白、鹿两家族长之争有其倾轧的黑暗性，尽管白所宣扬的仁义礼智信及其在宗族内部所行使的强权控制有统治独裁意味，白嘉轩依然被描写为族长中的仁人善者。其超越纷乱世事、"腰杆始终挺得直"的

---

① 陈忠实:《关于〈白鹿原〉的答问》，载《小说评论》，1993年第3期。

长老风度流露出作者审美的钟情。作者不掩饰他对传统复归的雄心,在白嘉轩与朱先生——乡绅与文人身上他注入了太多的期望,较"白鹿精魂"所铸就的圣人人格而言,礼教之压抑、家教之限阈、族规之残酷、专权之对自由的剥蚀,在历史的演进中,或可忽略不计。这是陈忠实一代人的痴迷所在,并且,这痴迷随着工业文明、商业社会等世界化的后现代思潮的推进更为深切。我们从中看到了伦理规范、文化心理、乡俗民情之上的一种信仰,其力度与质感在超越文化评述的同时,也超越了历史。所以,《白鹿原》从这个意义而言,是理想主义的,是作者附丽于一片风土和一段历史的心像。理解了这层,便不难想象作者写到虚伪狠毒的白孝文得势时的痛切,比起这个,作恶一世的鹿子霖陷于疯痴的病态晚年反被蒙上一层凄凉色彩。魔幻迷离的白鹿传说与从此置换出家业兴衰的带有神秘色彩的鹿家原坡上二亩慢地,历史究竟以怎样的方式完成着怎样的循环与推演,作者给我们留下"粉白秆上粉白色蘑菇似五片叶子"之谜的同时,也给我们留下了对历史的反思。

另一部以史写心的长篇是高建群的《最后一个匈奴》。作者以三代人、四个家族构建全篇,将陕北历史、地理、风俗、民情等融入进去,重点刻画了吴儿堡杨氏家族中杨贵儿、杨作新、杨岸乡三代传人。陕北的沧桑与深沉,都在声声呜咽的信天游唢呐声里得到了回应。在这部可作为中国红军革命史辅导读本的书中,作者将民族的复兴理想藏在那段不寻常的岁月里,他在现代人于物质现实中已变得越来越孱弱时,倔强地呼唤生命的力与民族强健的精神,题记"谨以此书献给陕北四百五十万堂吉诃德"所蕴含的热血与决绝,标识了历史无可抵挡的心灵价值。

变奏二:作为"文化寓言"的家族母题

以张炜《古船》、李佩甫《李氏家族的第十七代玄孙》、李锐《旧址》为代表。(山东、河南、山西分别简称鲁、豫、晋,黄河横贯的平原地貌,民族文化发源地)

相对于陈忠实一代的社会价值关注和历史主义信心,四十岁上下一代则对国民心理与民族文化内涵倾注极大兴趣。

张炜《古船》写"土改"到"文革"时间段落里洼狸镇隋家、赵家、李家三大家族间族权与政权相扭结的争斗。以阶级划线为表象的政治运动引出以血缘分界为内里的宗族械斗,揭出了政治表象背后的文化内涵,即在以家族气氛、宗族势力为文化前景的土壤上,任何运动、斗争都会不同程度上地异化为家庭之间的比试、较量甚至倾轧、杀戮。无论是贫农代表的赵炳还是开明绅士后代隋见素,都未能摆脱血缘的锁链与本质的乡土性,家族文化强大的束缚力使他们变成了族权之争的工具,被控制被操纵。在更大意义上讲,则是封建文化的牺牲品,他们既害人又为更大的文化背景所害,《古船》的价值在于揭出了这一底蕴文化的双重悲剧。《白鹿原》中白嘉轩与朱先生对"白鹿原"成了"鏊子"的感叹所喻示的也正是这一实质。

较之《古船》文化的痛切,李锐《旧址》对家族主义的进一步清算则鲜血淋漓,小说从一九五一年霜降一天的处决开始,"镇反"对象包括九思堂李氏家族三支子嗣所有成年男子(李乃之除外),即三十二个李姓人的肝脑涂地。历史所必需的政权巩固无可厚非,但推进历史背后的那只文化的大手却颇可置疑。"血统论"的投影在文化这一长长的幕布上洇出的一层层血色,提醒了我们阴霾的存在。文化上的地方主义和价值观念上的家族主义以及政治结构上的裙带关系、血缘主义,更有英雄主义中掺杂的强权崇拜,已成为文化人格中的基石部分,更大的范围内,也使得一个政权在文化清理匆促时不免深陷其中。这时,具有向心性、凝聚力的家族中心文化所具有的僵死性、封闭性、停滞性的负面则趁机释放出来,与"五服社会"的等级制实体相对应的"血统制度"以其重血缘、鄙人本的对个性自由的篡夺而实化为强大的排外性。"一人得道,鸡犬升天""一人犯法,殃及九族"的心理背景,余秋雨在其《流放者的土地》等文化散文里将这种株连与专制鞭辟入里地归纳为以亲族关系为基层的文化渊源,不无道理。如果说银城李氏家族李乃敬与白园白瑞德的较量,还可功利解释为传统文化与西方文化的冲撞,小农作坊与商业经营的对立、更替的话,那么在李氏家族命运跌宕里重复出现的"古槐双坊的旧址"则已越出了现实文化的转型,而将之推到了一个更为久远的背景之上。书中对李氏家族祖先上溯至汉朝被刘秀封为固始侯李轶的历史旁白,给绅士李乃敬、地下党李乃之、留学生李京生三代命运罩上了一层文化的神秘面纱,也使从东汉建武之年至二十世纪八十年代的古老家族故事与近两千年的文化体系有了寓言式的结合。正如有论者言:"它太长太长,以致长得看不清楚,远远超出于我们的视线之外。当我们越过一部部已经发黄的史籍,越过口口相传的传说,去确证它的起源和联系时,禁不住产生一种不真实的感觉。……归根求源,所谓的'历史',的的确确是一种能把意义变得隐晦的奇怪的力量,不知有多少人已经体会到了'历史本身就是寓言'这句话的真髓。"[1]

在此之前,血缘共同体的力量在朱晓平《桑树坪纪事》中已有很深的触及。李金斗作为村主任,兼有家族族长权利。他将血缘利益以及聚族而居的家族中心主义发挥到了极致,

---

[1] 李洁非:《废墟上的铭文——李锐长篇小说〈旧址〉主题分析》,载《当代作家评论》,1993年第4期。

使得二十世纪中后期桑树坪像一个封闭的土著部落,原始地履行着对外族"侵入"者的精神的征服与血缘的蔑视;让同族人获取安全感、依赖感的家族体制也使人重变为家族襁褓中的婴儿,对独立性、自主性、个体性的阉割成为不自觉,人们在本能只能被选择的家族庇护下更与作为自己人生掩体的集团有不可分割的联系。因此,宗族在成为一个对家庭和社区生活有制约、强化和维持作用的重要组织之后,而成为一种文化、一种集体无意识。"贫穷者向'族'寻求保护,富裕者则从中祈求一个安全装置,以免丧失其社会和经济地位",集体无意识中的家族意识、血缘情结、儒家文化与政治中央集权化统治,很难说谁为谁的滥觞;宗族给个人的保障与它支配个人的力量相平衡,如以被取缔个人权利为牺牲,而"个人之所以保留在集团中,寻找对集团的归依,与集团规范趋同,甚至屈从于集团的暴政,是因为他能在集团中得到在别处得不到的个人社会性需要的满足"[①]。这种互为因果的相辅相成还包含宗族连带责任的原理,即"在对诸如反叛那样的重大罪过施以刑罚时,可能会殃及全体宗族成员,而当该宗族某一成员获得了荣誉时,宗族的全体成员(尤其是直系祖先和子孙),都会

---

① [美]许琅光:《宗族・种姓・俱乐部》,薛刚译,华夏出版社,1990年版。

感到光荣"[1]利益属性与亲情属性紧密结合,社会血缘与自然血缘巧妙置换,使家族制度之下的一系列体系得到完善。"我"置换为"我们"之后,一种极权式的顶集体主义之名的集团主义的支配力量滋生并壮大、扩展为社会控制势力、酋长、族长、头人、长老的暗影,造成权利的膨胀、真理的模棱、正义的缺席。

由此回眸"寻根"文学,也含有家族意识的外衍,是家族中心主义的社会扩展,是某种隐含着将历史主义、集体主义(或集团主义)绝对化后而将个体自我无保留植入类的集团的、为寻求某种安全与依赖等潜意识的一种行为投射。所以,尽管它曾有犀利的批判,却越来越被时间与心理的双层砂纸打磨掉了,由此到了后期,其对历史对政治的见解便由尖锐勇敢变得闪烁其词了。

同样,以家族主义为主体的文化清算,依然因其清算者的深居其中而未能做到彻底,血缘—家族—乡土的锁链,已成为摆脱不开的羁绊,成为血脉的一部分。所以有赵柄死前的挣扎与忏悔,有李乃敬重振家业的披肝沥胆,六姑婆的母性的柔韧与刚毅。对于家族文化,作者一方面批判,一方面又与之有

---

[1] [美]许烺光:《宗族·种姓·俱乐部》,薛刚译,华夏出版社,1990年版。

着难以剪断的血脉牵连,理、情的分裂、"十里一徘徊"的心态,造成了文化批判的两难。以两千年文化哺育大的后人去动摇两千年的文化心理结构之根基,必然承受改换心态的苦痛之根源在于:血脉的祖先,也是我们精神上的文化祖先。

早在二十世纪八十年代中期,李佩甫《李氏家族的第十七代玄孙》触及家族文化的黑暗性即封建性一面时,就已表现出这种纪德式的暧昧。这部严格意义上的家族小说,以十二则"奶奶的瞎话儿"贯串起一种文化下的两个时空,在展示二十世纪八十年代大李庄村李氏家族"被各种欲望燃烧着的第十七代人"的现世生存状况同时,将祖先创世的神话与守业的艰难的五千年文明历程依次展现出来:小指有着双指甲盖的血脉标记、七奶奶七续十数卷《李氏祖谱》的壮绩、李氏先祖多卒于八十二岁的宿命、七奶奶游荡于大李庄四周不息的魂灵及其于三周年祭日时"引魂幡"的飘然西去,原始初民的拓荒与现世子孙的纷扰交叠,统统都笼罩在这种神秘主义的魔幻气息里。小说开始时借七奶奶续家谱缘由"使后代明祖明宗,知其家族血脉之渊源"所感叹的"每个家族都是民族的细胞",与七奶奶三周年祭日时的旁观"生与死仿佛有一道分界线,又似乎没有。无论是躺下的还是活着的,全有那血缘的'脉线'穿着,这'脉线'便是一部家族的历史,盛盛衰衰,繁繁衍衍,一代一代地续下去"达到了首尾一致。作为一种文化寓言，李佩甫更为客观地表述了血脉对人的命定，并通过家族认识土地与人的千丝万缕的联系。小说起始时那张《李氏祖谱》简略图表是应受到重视的，李佩甫以之暗示了血脉的周期性以及地域环境（地缘）与遗传基因（血缘）的内在联系，家族与大地——乡土的难以分割，则体现为"屋里"意识。他在《金屋》中进一步揭示了这种形态化的家族式环境而有的固守性及内里的空虚，然而"家与土"难以分割的力量所聚集的磁力毕竟太庞大太神秘了，以致近期李佩甫的作品如《无边无际的早晨》《田园》等家族主题幻化为地母意识，乡土的观念加固了，"逐步换血"的意识弱化下去。杨金令、杨润生以及更早的高加林的失落、沉沦正在于他们丢失了"我是谁，我从哪里来，要到哪里去"的血脉追问，理性的果决渐次为意绪上的温情所代替，所以每每造成曲终的不安和尾声的犹疑。这种困扰所携带的严峻、孤单，喻示了一代与乡土脱不开干系的知识分子文化人格深层的悲剧性分裂，文化的历史轨迹是如此错杂，以致只能以神话去弥补文化的缺欠同时也平衡人格中理与情、崇信与忧惧并存的矛盾。这再次说明了，"人们在理智上认识、接受、容纳、许可的东西，在情感和心态的大门前都常常被禁止入内。在这方面，传统的力量毕竟更有影响，支配和控制得也更久长、新旧模式的激荡和纠缠混杂也更为繁复、多样和难以清理"①。家族主题同样如此。民主之无土壤,如若推进,必首先对传统进行剥蚀,而有谁撬得起这块顽石,由此意义回视,不难理解韩少功《爸爸爸》的苦心孤诣。因有血缘与乡土的双重羁绊,这代作家一面承受中国文化精神的二重分裂,一面挣扎于中国文人人格二重分裂里,既有批判性地针对其封闭、老旧,又有生于斯长于斯的不忍。

毕竟,自秦汉始到明清,宗族、家族为主体的社会制度历经两千年的嬗变、巩固,已内化为国民性格中的深层结构。传统的包袱太重了,而祖先是农人或本人就刚刚告别土地的作家逃离乡土又凭借乡土,乡土性已作为国民人格的一部分,超越了具象与空间而沉淀在血液里。所以尽管我们一方面吸收着大洋彼岸那位叫马尔克斯的作家的魔幻手法,他的布恩蒂亚家族七代人的故事叙述、他的马孔多小镇创建到毁灭的即拉丁美洲百年兴衰的喻示,接受他借乌苏娜之口道出的"仿佛世上的一切都在循环"的历史慨叹,却未能从心理上接受那个"长着一条猪尾巴的婴儿"的未来。中国作家无论身居闹市的还是暂留乡间的,都是"进了城的乡下人",这种移民的漂泊心理与软弱感,使他们更在意识上而非方法上默契于同是大洋彼岸而处于北纬方位(地理纬度与心理纬度都更接近)

---

① 李泽厚:《中国现代思想史论》,东方出版社,1987年版。

的阿历克斯·哈利的《根——一个美国家族的历史》,"寻根热"可以证实这部追溯祖先而描摹出一个非洲黑人家族七代经历与感受的书曾引起的震撼。作者在美国《时代》周刊一九七七年二月十四日谈及创作时说道:"血统联系的共同感有一种魔术般的魅力……团聚使人感到一个家族关心自己,为他自己而自豪。"作者在书中又写道,当"我"想查清一个姓氏以便知道祖先所属部落而请教姨婆,所得到的回答是:"你着手干吧,孩子,你可爱的外婆和他们所有人——他们都在天上看着你呢!"而当"我"找到"老家"在祈祷仪式中与村民们一起跪下时,翻译过来的祈祷词是:"赞美真主,他把我们中间一个失落了很久的人,又送回来了。"它所提供的继承感与归属感,和它对"成为无源之水、无本之木"的恐惧的对抗,它以家族对抗世界的公式探索家史的努力,是对以"我是谁,从哪里来,到哪里去"为主调的这一二十世纪的生命哲学命题的最好阐释,而这也将为家族主题的进一步变奏提供了契机。

温情是部分的妥协,只是因为没有找到温情以外的东西。对家族中心文化的叛逆,正如对马孔多镇的百年所需要的那阵狂风,刘震云《故乡天下黄花》《故乡相处流传》似已初露端倪。

让我们看看,真正的"破译羊皮纸手稿者"是否已经出现?

变奏三：作为"生存镜像"的家族母题

以余华《呼喊与细雨》、苏童《米》《妻妾成群》、格非《敌人》为代表。（江苏，简称苏，吴越文化，长江流域，土的影响力渐退，让位于水文化，漂泊感与生俱来，乡土成为观念）

里尔克曾讲："人存在于万物之中，是无限的孤独……使人和万物产生关联的任何一样事物都有助于人的精神成长。"与此对应，余华《呼喊与细雨》第一页就写道："再也没有比孤独的无依无靠的呼喊声更让人战栗了，在雨中空旷的黑夜里。"精神"孤儿"状态的余华一代自然找到了家族的题目，借此回归的途径找到存放个人体验的家园，但是文化的自觉拒斥又使他们在真正切入家族主题时走着悖反的道路，拒斥依附的更为孤独的深井似乎正预谋着他们的踏入。

作为可能是二十世纪末最后一代作家，比较于上一代的文化介入，他们更趋近于物质现实的复原与物质现实的放大。而在这一情形下，必然有什么被放在了如胡塞尔现象学的括弧中，存而不论。所以，在被称为"先锋一代"的小说中家族更多地作为叙事载体而非文化载体被叙述出来。尽管如此，我们或可还能读到一种类文化意味的血亲复仇、家族颠覆与历史颓败的主题。家族主题由"文化寓言"变形为叙述结构或背景而蜕出文化纷争的姿态，也许是苏童等小说被称为具有"中间小说"特性的原因,好恶藏在背后,不露声色的文本解构中,我们确也可找出抹不掉的乡土情结。"我是这米店的假人,我的真人还在枫杨树的大水里泡着",与其说是《米》中进城后的五龙的独白,不如说是飘荡在中国历史文化长廊里的一种巨大的回声。与《呼喊与细雨》一样,作者都不回避其回到真实生活中去而不能的绝望,被家庭成员排斥的绝望,但这绝望不是文化意味的,而是生存意味的。

家族成为生存的一幅镜像,个人心理经验中的内在矛盾被提到了高于文化心理的从未有过的高度,随之而来的是推至前台的纯体验式的自传性表述。若说四十岁一代着重文化渊源的话,余华一代则在文化后果即文化所造就的现时态的物质现实上展开叙述。一方面,其能从历史中真正走出来而借历史舞台上演人类现实生存困境的剧目,使生存状况在存在层面而非文化层面更真实地得到显露;另一方面,其全然扔弃历史—文化话语的再叙事所探究到的存在,又因形式探索的重量而露出切不进文化内部也即心灵内部的窘态,较之四十岁一代的审视、俯瞰和由文化喻示所表达的悲悯之情,而显出平视的客观、阐述的冷漠和对物质现实之合理的无奈。与《古船》中隋抱朴"我不是恨着哪一个人,我是恨着整个的苦难、残忍"的内心不同的并不仅仅是这代主人公说不出这样的句子,而且连愤懑激越都在因受着嘲弄而消逝。

没有超越感的生存状况,使其作品既非形而上也不形而下,而是真理的诗性价值少于真理的科学价值、体验少于观念的形而中。由此,家族的意义被偷换为时间的意义,成长、孩童视点、故人、往事,已逝岁月的复现,成为余华等写家族旧事时所倚重的,而不仅是所凭借的。手段与目的悄悄发生了置换。他们所侧重的是时间之流中他的历任自我,是以家族为框架空间中作为"我"这一点,而非代表两大文化势力的几大家族间的争斗或演进的关系面,个人体验与时间被提取出来,而这也正是普鲁斯特的贡献——祖母、父母、姑姑、童年乃至整个贡布雷城市在一小杯椴花茶中浮现,其中以个体为中心的回忆过去的方式,是他的彻底之处,也是他的动人之处。

而家族中的个体视点——"我"之选择本身即是一种对家族中心的反叛。所以改写"父亲"形象成为必然。余华《呼喊与细雨》中的"父亲"孙广才懦弱、残忍而无能,苏童《妻妾成群》中作为男人表征的"父亲"只被处理为一个虚浮的影子,格非《敌人》中父权象征的赵家大院最终难逃崩溃命运等,画出了父法没落、权威丧失后的颓败图景。吕新《那是个幽幽的湖》中也以余华等人常用的以孩子"我"目光看一个古老封建家族沉沦情状的视点传达出:作为某种传统文化符号或权威意识形态的具象化的"父亲",已经不起这种孩子的凝视了。

对"父权"否定得最为极端、集中的是苏童《我的帝王生涯》,一位帝王的没落已然透出一个时代终结的影像,令人不禁想起《族长的没落》中被称为"将军"的那个独裁者,那个日夜"被惊惶啃啮着的"隐修士般的暴君,对比马尔克斯笔下"强权的残暴",苏童更为极端地写出了强权者的无能,写出了强权后期的腐败和强弩之末的末日图景。这就是说,较之"真正的男子汉万岁"的呼号与"我是永恒的"宣告和"无论怎么说,政府——那就是我"的族长专制,苏童的"帝王"则已喑哑到发不出任何具威慑力的声响;而对比马尔克斯的"比世上任何一个人都更年迈、比史前任何水里和陆上的动物都更古老"介于一百零七岁和二百三十二岁之间的"将军"大权旁落的惶惑,苏童的"帝王"三十岁就身染疾病,多愁善感、空虚无聊以致自暴自弃、死于非命。"我到底算是什么人?难道是镜子里的影子?"的"将军"自问与其杀人如麻的统治一样让人心悸,寡头政治及所对应的父权观念、家族文化在此打了一个结。惊心动魄的是那只"没有命运纹路的手掌"和盛着有病的平足的"巨大靴底的沙沙走动声",马尔克斯与苏童将家族放大,赋予了历史生存的类的影像。吕新在其另一部写大家族历史的《手稿时代:对一个圆形遗址的叙述》中,更公开地表白:"我们不会把这些东西认为是历史,它只具有一种发生和不发生的可能性。"不留余地的坦率与对质疑本身的怀疑所构筑的生存图景之真实之可怖,封死了文化解救的企图与光亮。

所以,余华等人少有文化束缚或"两间余一卒"式的徘徊、犹疑,反传统意味也更为干脆。族长、"父亲"类传统权威的没落暗指了家族势力的崩溃,也曲折表明了在以生存情态为主题的家族回溯里,他们缅怀的只是逝水般的被提纯了的时间自我,而不是占据一定文化位置的空间自我。从他们笔下,便几乎找不到一个族长式的刚毅面容,如莫言《红高粱家族》中"我爷爷""我奶奶",甚至如李乃敬等英雄末路的无奈和对这无奈的悲怆。相反,在颓败的历史话语中浮现的是一幅存在的萧瑟景象:陈宝年、孙广才的暴虐、残忍,后代对之的刻骨之恨,以及包含作者本人对其江河日下命运的快感体验。

这方面,不能不承认余华一代受马尔克斯影响较上一代的彻底性。上一代只吸收了神话结构魔幻手法而未能涤清中国传统文化对文字内部的影响力,甚至因受文化引力而不忍将之连根拔起。而余华一代则下手更狠更准,他们不回避"有尾巴的婴儿"的命运,敢正视《族长的没落》的暴君,探求生存焦虑,询问终极意义,在家族主题下将文化现时态即文化生成后现实中人的存在窘迫一层层揭示出来,直至社会原文化原因之后更深层的生存血脉。

对比之下,水乡的余华们更少乡土性及稳定感、安全感,无法解脱的流逝感、漂泊感在封死了文化家族归途之后,转为寻找生存的家园。生存家园的寻找,源于对生存与存在等环绕二十世纪主题的一些重要命题的关注与不安,也是在更宏阔更精神层面甚至更为类的意义之上的追寻与遥望,这同样是一种奠基。家园中心,依然是寻求一种更大力量的渴望,依然逃离不了乡土性的特点,这再次说明了中国传统的黏附性,或可视作人类软弱期的一种心理风土,一种受压抑民族长期消极而带来的特异的心理取向。不排斥其凝聚力情况下,我们也不回避其借家族、亲族、家园等集体心向所筑成的一面挡风的墙,人是从何时慵懒到只想"回家"呢?是文化的固执抑或是生存的需要,百年终结之前总要有襁褓中人吗?寻求永恒的精神寄托,寻求暂时的心灵避难所,那只刚刚揭开个体生存幕布的手迟疑了一下,又轻轻放下了,我们的目光依然未敢朝向个人。

  在谈论以"生存镜像"为主题的家族情结时,林耀华的《金翼》是一直被文学史忽略的作品,这部副题为"中国家族制度的社会学研究"的书以小说体裁写成,却不是一般意义上的小说。它二十世纪四十年代在纽约印行,一九四七年在伦敦出版,并曾流行于日本学界,这里之所以不将之归纳入社会学专著范畴,并不在于它采用的小说形式,而在于它在讲述辛亥革命至三十年代中后期南方闽江中游农村黄东林、张芬洲两大家族兴衰史时的叙述语气,在于和《家》《子夜》创作几近同时的《金翼》与热烈无缘的独有的金石味。无论是故事还是韵味我们又均可从四五十年后先锋小说中找到或浅或深的痕迹。如"金鸡山高耸而苍翠,蛮村就位于山麓的低坡上",令我们想起韩少功《爸爸爸》中的鸡头山。金翼之家"得名于附近一座形如金鸡的山,山峦的一侧如翅膀一般伸向新的房舍"的风水与家业兴衰的对应预示,又令人联想到陈忠实《白鹿原》中鹿家原坡上二亩慢坡地与白鹿传说及白、鹿两家命运的神秘关联。而对死亡、婚葬仪式、墓祭、庆典、习俗等描述上的旁观态度与纯中性的叙述语气,以及边叙边议的方式,又能在余华等的家族小说中找到对应,如"怀乡病偶尔也转移一下他的思绪,使他想起翠绿的金鸡山下的农田和村庄,想起他童年时在祖父身旁走过的小路""离家乡几年之后,他现在开始怀着一种至爱的心情看着葱茏的田野",如果单摘出这些白描般散淡的句子而不引注,很难与先锋小说消解式叙述相区分。类比的意义在于联系,依然有关文化与生存。《金翼》在族类争斗、兄弟分家、生意竞争等躁乱的家族事务中仍能透出相当冷峻的乡土意识:"根,这个字显然是意味着那一部分生长庄稼的土地。"引人注意的是以下几段文字。写东林幼时祖父的死:"我们日常交往的圈子就像是一个由用有弹性的橡皮带紧紧连在一起的竹竿构成的网,这个网精心保持着平衡。

拼命拉断一根橡皮带,整个网就散了。每一根紧紧连在一起的竹竿就是我们生活中所交往的一个人,如抽出一根竹竿,我们也会痛苦地跌倒,整个网便立刻松弛。"写东林成年后:"把祖父母的遗骸入土一事在过去二十年间一直困扰着东林,这不仅出于子孙的责任感……这对他这个活着的人来说是多么宽慰呀。"写东林老年:"尽管已经年老体衰,仍然是这所大家庭中的最高权威的代表。他的控制虽比以前削弱了,但依然存在。"没有他的话,法律起诉就会被提炼出,外界就会来插手管理和控制这个家族,只要他还活着,黄家就不会完全破裂。"像步入衰老之年的常人一样,东林没有更多的奢望,只期待着看到儿孙满堂。比起过去,他目前更是家庭团圆和成功的象征……他相信,他的儿子们所有的优点和成功,都不过是他自己德行的反映而已。"依次形象地体现了家族中人际关系的依赖性、向心性、凝聚性、封闭性与延续性。尽管其有比余华小说更为社会化的农业系统与渔业贸易相冲撞的文化、时代背景和个人经验的差异,但它对"一部家族的编年史"的修订是建筑在对生存状态的镜像描述基础上的。

另外,与此题相关的还有《活着》《祖先》(余华)、《边缘》(格非)等。

可以看出,对生存镜像的过于关注,限制了某种历史的眼光,所以很难找到"命中注定,一百年处于孤独的世家绝不会有出现在世上的第二次机会"的最终的坚定,相反,在历史转型期从给出的一些破碎图景中我们寻到的只是一些流畅语汇难掩的郁悒与感伤。

以这三种家族主题变奏为主体,已形成三股流向性较强亦较广泛的文学景观,以下作为副歌的三种支脉尚未形成强大的文化阵势,而更具个体探索性的特征。

副歌一:边地精魂与家族

以《系在皮绳扣上的魂》闻名文坛的藏族作家扎西达娃似乎更关注是家族故事、边地情境背后的民族精魂,这一意向在其新近长篇《西藏,隐秘岁月》中做了小结。小说将一九一○至一九二七年,一九二九至一九五○年,一九五三至一九八五年三段时间西藏社会的岁月变迁抽出来,写了达朗家族五代人的生息繁衍和几代女人次仁吉姆的命运。"通过自己的笔画出这个民族的灵魂",作为一部民族魂灵的家族史,其中"次仁吉姆"这个不断重现的名字是有意味的,如小说中言:"次仁吉姆就是每一个女人。"更有意味的是年轻一代次仁吉姆对老次仁吉姆的最终背叛。家族与传统的态度是深寓其中的。

副歌二：女性命运与家族

赵玫以满族后裔身份写下的半自传体长篇《我们家族的女人》，其民族情结则一再被女性情结冲淡，小说以"我"与"他"的爱情自叙为主体，不断穿插进奶奶、大娘、婶婶、姑奶奶、大姑、姑妈、小姑、嫂子等在情感生活上各不寻常又结局相似的命运，剪影式地勾勒出"我们"家族女人的群像。作品是"大陆女作家爱情系列丛书"，写的也确是男女婚恋、情感纠葛，值得重视的是作者以对"爱是永恒的忍耐"这句祖母以来的命运的信奉不断切入更深的情感追问，以对金戈铁马民族与血洒疆场的先祖、炮火硝烟的战事等掠影般回视，更认定了那个关于女人的刚烈、极端和逃不脱的定数与宿命。血、血脉、血统、血缘，命、命运、命定、宿命等字眼交替出现，叠印出作者内心的挣扎与混乱和这混乱之上的坚定、果决。"这是一部由血缘而造成的家族的哀史。这哀史中的不幸者又均为女人……""家族是一扇巨大的门……只要你走进来，无论你是谁，你都将被笼罩在家族的命运的阴影下。你们中一个也逃不脱。"这种已近乎信誓的句子表明了作者对"血缘神秘联系的默认，对血统与命定圈索的屈从"，与其他家族主题的变调不同，赵玫对家族的坦率态度直接来源于她对血脉延承的顶礼膜拜，"一代又一代，血便是历史""你并不孤单，不是你一个人。你是被系在家族女人的血的锁链上""我那家族的血正在我体内循环并已经越来越清晰地显示出了一种无以抵抗的力量"……家族在赵玫笔下不是作为一个背景、一个文化象征,或是民族的缩影,而仅仅作为一个天命在最基础的意义上被继承着,被文明赋予在家族观念之上的种种表象被剥蚀了,"血"的意象使赵玫的"家族"充满强烈又迷离的宿命情结而没有由文化带来的批判意识或人格分裂。这是赵玫较他人的更彻底处。所以,尽管现代作家"我"满脑子飘浮着杜拉斯、伍尔芙、卡伦的影子,但还是无从摆脱那个与生俱来的血的宿命和家族神秘的咒符。

副歌三：个人心史与家族

以描摹世态见长的王安忆也许在其几年前的《流水三十章》中已暗示出了今天的一种家族走向,近作《纪实与虚构》《伤心太平洋》《光荣蒙古》《进江南记》将自己的家族纳入改写、创造的范围。其间有"茹"姓的考据,有浩繁史料的寻觅,有庞杂典籍的佐证,有流布于传言间的先祖往事,历历在目是家族的几次重大迁徙、变故,从北方草原的天寒地冻写到刮有灼热海风引人伤痛的马来西亚槟城,再到溽热潮湿的南方水乡,家族的经历于驳杂丰富的史实掌故中剥落出来。在目前文坛"寻根热"冷却冻结无人问津,作家将目光投向了更广阔的海洋时,王安忆一个人孤军奋战式的"寻根"所带有的更个体的意味,反更能透视出世纪末现代都市人心态的普遍性。"没有家族神话,我们都成了孤儿,恓恓惶惶,我们生命的一头隐在伸手不见五指的黑暗里,另一头隐在迷雾中",王安忆于"孤岛"中写普遍意义上的"移民"的悲哀,于扑面而来的市民主义成为主宰的平庸里,即便是虚构也要创造出一个英雄神话来。对"家"的乌托邦式的回视、追寻,与"游牧民族""移民性格""漂移""外来户""没有家园"等语汇一起,辐射出王安忆于人类的高度而非性别、种族层面的注视人生的一贯性。家族,由此越过民族,被视作人类的缩写。王安忆在日渐冰凉的功利世界,写自己的刻骨铭心,写亲族或家族历史以作为"创造世界"的一种方式,从柔然族到蒙古族到浙江绍兴"茹家湾",将寻根、成长与幻想融在一起,她所要对抗的是什么呢?以一种臆想中或是往日中的强悍!家族作为人类存在与生活的世界性背景,在她笔下,交叠着繁盛与荒凉。这就是王安忆的家族故事,与其说她是在回答"谁家的孩子怎么长大"这一困扰现代人的普遍焦虑与生命哲学的基本命题,不如说同时,她在以这种创造神话的方式将一个融入了自己写作梦想的有关生存的更高的理想落到纸上。

到此,对家族的百年回视似乎应画一个句号了。由十八世纪末曹雪芹写四大家族荣辱兴衰的《红楼梦》引出的,二十世纪三四十年代缩影的《家》《春》《秋》(巴金),将家族横切开的《狂人日记》(鲁迅)、《雷雨》(曹禺),都市新家族的《子夜》(茅盾)与乡镇村社家族的《金翼》,将家族与国家双重命运结合起来的《四世同堂》(三卷)(老舍),八十年代的《爸爸爸》(韩少功)、《古船》(张炜)、《李氏家族的第十七代玄孙》(李佩甫),九十年代的《白鹿原》(陈忠实)、《旧址》(李锐)、《呼喊与细雨》(余华)、《纪实与虚构》(王安忆)等,以家族为背景、框架、内容、意绪的作品构筑了二十世纪中国文学史,同时也构筑了二十世纪的中国历史。由此,"家族—乡土"母题获得了与二十世纪人之生存的同构性。

尽管居于文化内的文化分析已不可能做到旁视,处于世纪内的思悟又不可避免介入其间的近视,然而,作为潜文化的家族情结存在于几代文学中的事实,反证也澄清了一些长期模糊着文学理论的命题,最起码也是一种梳理。让我惊异的是地域与作家的关系。写家族的作家多集结于黄河流域的事实,及新近吴越文化"新寻根潮"的兴起,似乎都预示或暗隐着某种隐秘。较之中国文学的民族性提法,我更坚定地认为"中国文学的乡土性"概念的准确。"乡土性"已作为一种国民性,散射在无论乡村或都市的作家笔下,与上溯几代都是农民先祖的读者有着极为强烈的共鸣;以家族主题引出的"新寻根思潮"又得以与世纪末人的生存焦虑、边缘孤独获得了内质上的默契。毕竟,家族情结由道德伦理、社会历史已进入美学、人类学及世界性话语的更深更广的层次,尽管对它最后的结论,我们的文学所需要的还是时间,去慢煮、综合、再造。

人类学家普遍认为,种姓发展的一贯趋势是:一切人类的现象皆从自然的到文化的,从本能的到智慧的,从种姓的到社会的,从部族的到个人的。家族小说是否也会延续这一趋势而顺乎自然地发展,或家族小说在二十世纪尤其世纪末期的兴盛是不是初期家族到全盛再到解体的演程终结之前的最后留影?或者,家族小说所表现的整体意识能否作为对抗某种沉沦或萎缩的精神方案而重唤出人类的英雄气质,而成为建立一种更高意义宗教的历史代价或马前卒?家族意识与儒道文化、现代化进程及这一进程中价值观念更替的关系和前景,已经远远超出了本文的论述,对于已暗示了一种转折的现象,任何预言都是无力的,任何告诫指导也将是荒谬和多余的。

需要补充的是,家族主题的过于沉重与繁复,已不止一次使我感到叙述的艰难。这篇拖有近两年思索的论文直到如今,其深蕴的文化之丰厚驳杂还是让我心悸。行文至此,我深深觉得,对这一主题的总结与清算,远非我一人所能完成,可能也不是一代人能够解决的事情。而之所以有勇气提出这一课题,全因了如下一句话所蕴含的热情:"当你开始谈论家庭、世系和祖先时,你就是谈论地球上的每一个人……"①

几个世纪以来,文学,正是这样一种信念,令人怦然心动。

---

① [美]阿历克斯·哈利:《根》,陈尧光等译,三联书店,1979年版。

复制时代的艺术与观念

　　大众文化作为一种趋势或我们置身其中的境遇,已是不争的事实。以复制为特征的后现代文化构成了我们研究、讨论甚至生存的共同语境。电子技术的普及,现代信息传播方式诸如电视、电脑的流行以及伴随而来的技术性、迅速传播性,大覆盖面、大批量化生产,商业需要、商品消费、可交换性、流行性,大众与通俗的土壤,价值标准的倒置与悄移,价值与使用价值间的摆动与不平衡,富兰克林金钱哲学的风靡与社会欲望的普遍性,种种事实表明,复制观念在获得广度方法应用的同时,亦完成了它从形态到意识的深度演变。以下现象概览、观念透视及人格取样等三方面境况即标识出"复制"对人文语境到人文传统直至人文精神的递进式消解或渗透。

概览:从现象看复制对人文语境的渗透

(一)文学。

当代文坛印刷崇拜表明,文人仍无法脱身功利。复制借此达到对文学的浸淫。当代中国文学景观显明地注释了这一点。传统意义上的纯文学即严肃文学形势:打入流通领域,向畅销书靠拢;如陕军东征现象,更早的散文推销策略到最近的"布老虎丛书"的广告战略,以及由此所激发出的沉寂已久的批评的热情;一方面是长篇小说炙手可热,一方面是人们对《白鹿原》等获普遍公认的纯文学发行量的欢呼雀跃,连一向心存警觉的评论界也卷入其中,以或褒或贬地投入客观承认着纯文学的批量发行、百万订数是文学进步繁荣的象征。伴生的另一种聒噪来自一九九三年深圳文稿拍卖活动及对创下百万成交纪录的剧本的论辩争吵。由此,文坛焦点不仅在于对市场的争夺,而且文学再度暴露出它对大众流行的需要。市场与文学的这种互动的结果,复制观念由形态进入意识,即由流行转入对流行的渴望,并反馈、控制文学创作。

前卫意义的纯文学即先锋文学姿态一:拐进娱乐市场,向影视靠拢;如张艺谋现象,从莫言《红高粱》开始,刘恒《伏羲伏羲》(《菊豆》),苏童《妻妾成群》(《大红灯笼高高挂》)、《红粉》,余华《活着》,直至苏童、格非、须兰、赵玫等"武则天现象"。伴生的另一种聒噪是对获"金熊""戛纳""金棕榈"奖的沉迷感叹和对未获"奥斯卡"奖的愤懑与不平。姿态二如格非、北村、孙甘露、吕新创作,虽还坚守着文字探索而不投靠影视,决绝地保持一种纯化的艺术企图,然而与先锋精神南辕北辙的技术自体活动也暴露出其内里的空洞:对叙述的高过一切的兴趣,个性的模仿和趋时,为打破模式而频繁变换叙述方式以不断创新来避免复制嫌疑,结果是创新变异为花样翻新后的可操作性的出现,先锋异化,贴近或拉平于技术主义,本应标识精神前卫的先锋文学陷于物化的窘境。也就是说,对于先锋派讲,如何解答其对创新的理解——是出于个性,还是出于欲望,即在属心灵创作的真需要和属理性创作的假需要中做出区分,已成为它于终极意义与形式主义间定位先锋的前提。否则,先锋只会降入新潮,或变异为文本摹写,或变异为语言操作,而与技术性社会文化合流,完成它艺术性的自我肢解。伴生的另一种聒噪是来自对大师如博尔赫斯、马尔克斯、昆德拉以至近期卡尔维诺的几近屈从的膜拜。不是将之作为参照对象,而是作为用于检测自己作品的高高在上的标准或原本,致使许多作品成了其观念或模式的复制和临摹。于是,影视与文学的互动所造成的文学通俗化和技术与文学的互动所造成的文学模式化一起,标识了复制由意识观念向方法操作的延伸。

夹在两种潮流之中,无论是较偏向传统纯文学的、"严肃文学之子"——新写实群的分化,后期如刘震云等以"新历史"而对零度写作、现实复制的矫正或反叛意向,还是早期更具纯粹意义的、"先锋文学之母"——老知青群体的集聚,后期如张承志、史铁生、陈村、张抗抗等转向步入散文领域,直接进入美文以抛开叙述迷宫并不惜抛却小说形式,及小说领地里王安忆愈来愈忠实于虚构的孤军奋战的自觉与划界意识,都未能总体逆转文学多维度的复制征象。

当代文学的复制特征,外延表现为对万人空巷、洛阳纸贵的渴望。它在恢复着文学正在沉沦的教育功能的同时又暗暗消磨着文学内部的审美要求而使之不免呈从众、下滑趋势,从而最终取缔其真正的文学教育精神。复制的内涵是:(1)对个体、主体、个性的拒斥,代之以标准化、普泛性;(2)批评精神、怀疑精神的丧失,代之以顺应、适从,致使艺术悄离其精神核心而对大众水准亦步亦趋,从而彻底放弃它引领人向上向前的使命与责任。其后果是,继主流话语丧失解体后,人文语境的多元交叠及人文精神的倾覆与沉落。

自此,复制以对现实的复制、对文本的复制、对观念的复制、对复制的复制等几种纬度,完成了它对大众文化织锦上的经线编织。

(二)文化。

置身于这样一个时代,止于描述是无力和不负责任的。批评或文化的真实困境,并不在于总结与解剖、描述与批判的双向努力,抑或主题意义与主体人格的并重关怀。而且,它不仅要密切追踪这场解体、逃亡或说崩溃,更要切实为以之为特征的时代,找到或创造一种富有生机的新思想出来。以下三种文化策略可视作创造新语境的努力,遗憾的是,这些举措本身仍然不免打上复制时代的文化痕迹。

二十世纪八十年代西学东渐式的输血策略,即由外向内的他文化的引进与拿来,可视作对五四时期文化启蒙策略的认同、复归或发展。它虽起到主流话语解体后的人文语境缺失的弥补与重建作用,但仍无法作为主体进入民族主流文化。它或被不同程度地改头换面,或因中国文化巨大的同化作用而相融于本土文化而成其一部分,都未能抹去其启蒙时期所带有的浓厚的复制色彩。百年历程一步跨过的轻盈无法掩饰负面的苦涩,"后殖民主义"批判虽然苛刻,却也道出了东方对西方复制的极端形态。赛义德有关东方主义、西方主义的论述能够在中国学人中激起如此强烈的心理感应,也从双重意义上说明了东西方文化对流时的不平等。第三世界只能用问题与国际交流的民族知识的悲剧性体现在中西学术交往中的文化的落差与不平衡,次权力话语只能处于对权力话语的复制地位,其中隐匿的与精英文化自身所倡导的文化思想的悖论性,反为大众文化的勃兴埋下了伏线。

二十世纪九十年代发展传媒的波普策略,实质是主流文化与精英文化引导、合谋至少是默认的一种自上而下的市场化策略。新闻媒介的参与其中,广告工业、影视企业的崛起,证实了这一点。只是市场机制依自身规律的运转删除掉了它应许普及的内容而只保留了普及的形式,市民文化乘虚而入,待其蔓延开来后,无论主流还是精英都只得望洋兴叹,大众文化策略即娱乐性的失控局面,又反过来构成了对主流、精英两种文化的双重讽刺。无可否认,在争夺市场的广告推销中,纯文学获得了向下渗透的机会,客观上参与并影响、提高了大众的审美趣味,艺术不再成为贵族特权,恢复公民话语权力,正是波普策略的根基和出发点;但同时,艺术商品、消费观念、快餐行为也迅速消耗了艺术本身,"甲壳"读者大批涌现,并日渐成为文化市场的潜在控制者。同时,精英文化因不甘心其文化主权角色的被替换而更加拼命追回它的由上而下的控制地位或发言权,并因此以对大众读者所体现的大众文化的部分妥协,如对读者数量的追求、对轰动与名气的沉迷,而下降下滑到商业胃口主义的通道中去。自此,复制意识在替代品、象征品的艺术消费里不仅获得了合法地位,而且已经游刃有余。

贯穿其间的文化退守式的后撤策略,摈除了输血策略的急功与波普策略的近利之嫌,并以一种整体的自觉退守亮出其对抗市场显文化、保存传统潜文化的企图。其在平面化的时代里力图找回深度、找回时间和历史感的努力,具有可贵的反复制意味,然而在它成功抵御了外部消融与抹平的风气的同时,却并未消除其城堡内部的文化瓦解。复制仍然无孔不入。首先是文化后撤后的文化失守,后撤的初衷是挣脱政治、经济对文化的双重控制,后果却是文化价值的被抽空。作为文化特征的价值拒绝与政治、经济发生任何联系的结果是文化等同于民俗事务,饮食男女、占卜算卦、裹脚吸毒等反成了文化的代名词。其次是个性泛滥后的个性缺失,文化后撤初衷是要保持文化个性,后果却不尽如人意。以文学为例,无个性写作充斥文坛,类型化、模式化、公式化严重,个性等同于欲望,对个性模式的确认寓意了个性的消亡。文化的孤岛行为及其内部文化定位的困境和对个性的抹平,与大众文化对人个性同化的实质达成共识;理论如接受美学的反主体,文化如大众文化的反个性,文学如先锋实验的反人格一起,构成了对文化的合围,也暗示了文化创造者已走上秩序中的"失我"——或固守职业者角色或退缩至职业者都不如的闲适者状态。

三种文化策略虽各自不同程度地完成强化了其在人文新语境建构中的历史作用,却又同属空间性战略而面临着以占有(而非存在)为目的,以攫取(量的复制)、对抗(质的复制,而非创生)为手段的寄生性缺陷。也就是说,要么它无距离地贴近或追逐现实且仅止于平面阐释,要么为克服这些它不惜退回到小学研究而无视人文创见,总之,有关心而少关怀的、客体对主体遮蔽的文化分别从功能性(输血)、消费性(波普)、自足性(后撤)诸特征中体现出时代的复制品格。纵观二十世纪八十年代到二十世纪末,可见复制对大众文化织锦上的经线编织。

透视:从观念看复制对人文传统的改写

复制观念及其对人文传统的改写,表现在如下文化范畴与艺术范畴的新生流行性话语中。

(一)"人人都可当作家的时代即将到来。"

抹杀个性创造、崇尚批量生产的技术时代的典型话语,它有意抹平艺术家与一般人的差别,即精神、心灵、创造力的异于常人处,是一种"文革"时期"集体创作""人人即诗人"观点在现时代的折射。它不承认创作主体心灵的独异,不承认个性,只承认共性、群类特征,与商业社会价值合拍。它甚为流传且易于被接受的原因即在于,它道出了一种普遍的愿望或野心,满足了大众对作家独异性的压抑式反感和自己内在未开掘的潜创造力的空想满足。后者更是其获得广泛市场的心理基础。

由此可透视个性与普遍性之争在中国的命运,以及个性自由与流行观念的矛盾。平民化对精英意识的心理基础的消解与创作可复制性对"文人统一"观念的改写相辅相成。

(二)"你累不累呀?"

以反问语气表明肯定态度且反对之的口头禅,是商业社会娱乐休闲需要和精神集体困乏症的双重体现。源于对千年文化传统及"文以载道"教育功用的不堪重负,与娱乐性消费文化的兴起相对应,追求"不累"的享乐主义悄悄滋生。有意味的是,它是一句年轻人常用来指摘老年人的话,"你累不累呀"一声关切与嗔怨,使"生命中不能承受之轻"的提醒湮没在"过把瘾就死"的洒脱中。

不是复制的累,而是坚执个性的累与"载道"的累。此中含蕴着对与传统文人三不朽(立德、立功、立言)相对应的道统、政统、学统的三重指摘。在取缔责任心、道德感、使命意识同时,也表明人生观的可复制与对个性平均值的追求,带有极浓的人格干预色彩。

以上两种属文化范畴的流行性话语从平面、深层两方面体现出复制时代的求同思维特征。

(三)"重要的不是写什么,而是怎么写。"

对以往文学观的反动与对艺术本体、作家主体的恢复强调,使这句话成为新一代作家的圣经。它定论着文学群,并进而以大量偏重"怎么写"的作品事实,划清了与"旧"文学"写什么"的类的界限。

由内容到有意味的形式,重点转移后的新文学观念并未意识到它平淡话语里暗藏的危机与过渡性——对形式的过分热衷能够迅速消解掉形式的意味,而叙述的营造又使创新性的观念与创新的复制合流,文学平原上留下大量开采一半便遭废弃的矿井,深度意义丧失后的文学,在平面上获得了勘探的兴奋与表层的繁荣。

其对"兴观群怨"的反动,对为文"经国之大业,不朽之盛事"人文传统的改写,使文学亦不再承负修身立本、自我完善甚至治世安民诸多能指,而简化为形式创造的所指或复制技巧的切换。

(四)"真实即是什么,而不是应该是什么。"

真实的美学复归得益于二十世纪七十年代末那场讨论,从哲学上廓清了一些长期模糊的观念、实事求是的标准,使文学艺术不仅获得了批评的新生,而且沉潜到创作内部。对于真实的强调,使曾经把持文学的假大空式创作全无市场,从"伤痕"到"反思"再到"寻根""改革"等,各潮流都以直面现实人生为特色,直到"新写实"小说,更是全息式地写真摄取现代生活影像,以致读者很难将书中人物与自己身边生活区分个究竟。在这样的十多年文学发展亦即对文学真实的漫长回归过程中,没有谁会注意它的负面,这种对与生活无距离的真实的强调,在对假大空推翻的同时,也会悄悄销蚀掉高于生活的理想,并危及作家的主体与主观能动性。

真实美学的单向度发展,使中国文学在真实观念上走的是一条逆路:以往,它以突出形而上真实取消了事实真实、心理真实等客观存在;现在,它以对事实真实、心理真实的回归取代了形而上真实的追求,并有以对事实真实的强调抹去另两种真实存在的趋势。这种真实美学的退步是以主体隐遁的方式获取意义普射的,它抽空了文学超越现实的部分。不认清此而一味肯定,文学艺术的未来将以付出"应该是"的理想精神为代价,所换得的仅是"是"的现实描摹与市世图景。

对价值观念的曲意、对道德意义的更换、对浪漫精神的消解,与对以伦理哲学为主体的人文主义文化的改写一致,其核心有反传统的精英文化与大众文化合谋成分。人文文化的被瓦解,长处在于对道统的重新审定,但也反映出华夏文明传统、文化背景的特质——对主体的隐惧,并因人文传统的自动放弃与阵地的缺失,文化露出向中产趣味文化靠拢的端倪。

以上两种属艺术范畴的流行性话语从形式、内容两方面体现了复制时代的主体隐遁特征。以"复制"为征象的大众文化意识至此完成了它全方位地向人文传统的细节渗透。经纬穿梭,纵横交织,谈笑间,大网已经织就。

社会分工越来越细密所造成的同化意识,使整个社会转入表象化发展,对知识的求进亦由心灵冶炼到心智操练到知识表象,完成了上浮的过程。追问的丧失,"把有限的处境误认为存在本身",导致知识界对真理、真实乃至真相的层层放弃。一种常见的历史功能主义,一种流行的惰性与无力感随着救赎意识的缺失而蔓延,在经验取代存在取消体验的这场机械复制的运作中,零度写作、迷宫设置、包装迷恋、终极价值关怀的抽空,实用、操作的盛行,世俗个性的倡扬,前期知识者无不推波助澜,未料的是今天会发展到淘汰自身。这似乎应验了雅斯贝尔斯的一句话:"当知识者为了普及大众,而尽可能以合理化的方式,使所有的人都能得到粗略的理解,予以简化,但也因此变得空洞时,精神就开始颓废。结果水准逐渐地低落,成为群众秩序的典型特征,那些受过长期思想和观察训练,并因而获得精神创造能力的知识分子阶层,也逐渐消失不见了。"[①]知识者长期对自身人格建构的安之若素或讳莫如深,已然成为人文精神建构的障碍。

---

① [德]卡尔·雅斯贝尔斯:《当代的精神处境》,黄藿译,三联书店,1992年版,第116~117页。

取样:从人格看复制对人文精神的剥蚀

当代知识者人格结构现状的不乐观处,首先在于知识者对传统人格的少批判性的继承和沿袭。也可看作一种复制式的人格承递。上阶层"穷——达"两级模式,与现在"中心——边缘"话语相衔接,构成知识者传统心理定式,这种以自我情境为出发点的人格,虽分为"上达"与"失势"两种,却共有同一实质:社会良心不过是自身饥饱(包括生理、心理)满足后的余裕。"公子落难,小姐搭救"的千年不衰的文学模式以及其对边缘知识者自我价值只能在原始欲望的最基本生存层面上获取满足、实现的暗示,于当代演绎为饮食如《棋王》、男女如《废都》,无一不是知识分子于特定境遇里自我扩张的假想满足。这一模式在二十世纪九十年代的翻版更触目惊心处,在于人文精神的起落竟系于知识者上达与失势两种命运的偶然性上。而且,无论中心、边缘两种命运知识者都未能在其境遇里真正发挥其应该发挥的责任。

人格定位问题未解决,知识者面临着以下三个向度的异化。

殖民人格的异化:代表知识者人格的自卑一极。表现为创作上的"移情"与理论上的"失语",对西方艺术观念潮派的无分析式仰慕与以之为标尺而非参照的"洋奴"心态,趋新与媚外共生的移情,诺贝尔、奥斯卡情结等,取代了肃穆感悟式的创作态度。置于西方话语笼罩下的狭窄空间里,部分知识者成为"传声筒",其人格又因为他者复制的受动性而异化为被动型的复制类人格。内涵是主体性的缺失。

专制人格的异化:代表知识者人格自负一极。精英体制、权威意识、文化霸权话语为其外象。这种人格之下,施教者与受教者的关系是强制的带有某种权威眷顾色彩的权力赐予性关怀(即马丁·布伯的"我—它"关系),而非平等对话关系("我—你"关系),这种上对下的等级所含有的自我人格抬高及对他人人格的潜在贬抑态度,是对五四知识者倡导的民主与启蒙的双重违背。专制意识与专制话语隔开了知识者与大众的联系,受众丧失,知识传播的单向度结果,一是知识者的自娱,一是民主话语一方的大众文化成为替代。先锋派坚执"孤岛意识"的写作姿态及对暴力血腥"嗜爱"的作品内容,隐含了专制人格隔离与释放的两面性,它的早期自娱到近期同乐印证了这一点。专制人格所蕴含的对他者复制的企图,暴露了它悖于人文性的复制型人格特征。

职业人格的异化:代表知识者人格空档部分。文学"伤痕""反思""寻根"至"先锋"语言实验纯化过程中由"道"到"载"的后撤,理论现实关怀的存在主义、人性关怀的精神分析到文本关心的解构主义的还原,学界由思想史、美学史到学术研究、技术研究的退守，种种景观，标识了人文学科于转型期的急骤机械化、贫困化，即由外在化、符号化、操作化方式替代或淡漠道德灵魂倾向。另一种职业化是知识者物质恐慌感的突现，隐含了关怀者向被关怀者心态与角色的转移，譬如对新写实文学中知识者与市民价值观拉平的内涵，知识界肯定其方式创新的同时也少有人对此提出异议。这种默许与淡然是否已暗含了知识者格局定位失范后价值结构的某种变异呢？作家职业化人格造成了当代文学内涵的贫弱，多有合乎人性、心理意义的形而下、形而中的挣扎，却少有超越人性的心灵意义的形而上拼杀；多道义伦理的探索，少人道天命的穷究；多人性意味的哑摸，少人格意义的塑造；多欲望平面滑行的得不到的苦闷，少精神深层探险的无法选择的痛苦；多外在教化加之上的道义力量及过程论的困窘，少实质意义本体论的怀疑，如陶潜的"桃花源"，信仰、信念的柔弱处即在于乌托邦一旦变为文字就隐含了某些俗化的成分，终极意义的关怀在有关理想国的物质生活丰腴的图景里反而变得硗薄了。先锋派写作的居于人物体外将对象客体化的方式，也使文学多见人在情欲性爱苦海里原始的浮沉与痉挛，少见人在教义、信念择选上最内在苦痛与灵魂承受此痛的撕裂的战栗。而精神内部写作，是把自己修炼成一个居于人物体内与人物重叠的人，如鲁迅所言"连自己都烧在里面"，是浮士德与歌德不分彼此,耶稣与卡赞扎基斯互为镜像。

职业人格不同于职业道德、岗位意识,它是将知识分子精神使命蜕化为养家糊口的一碗饭的混世哲学的人格体现,是人道激情化为机械操作的典型的自我复制,它对精神性的剥蚀与殖民人格对主体性、专制人格对人文性的剥蚀一起,最终否定掉了人格赖以存在的独立性。

因此,淘汰和筛除知识者人格中的非本质因素和异化成分,同时以关怀的态度回到精神史内部结构的共在研究中去挖掘其深层尚不为当代理解却引导人类向上的价值意义,应该成为新型知识者人格与人文精神并生的前提。

以上从三方面剖析了复制意识对人文文化的层层浸入,外部大众文化潮流与内里创作者的个性大众化合围所造成的人文文化的沉落。延续了十九世纪以来历史上三种深度(辩证法的思维、弗洛伊德的潜意识、符号学的能指)的流变,其愈来愈削薄的人文色彩,其直观、普及的特点和不受地域限制,超出单一共同体的优势使其溢出文化而参与到公共生活方式、社会意识形态中去,使艺术成为大众消费并突破了它为某一阶层垄断的阆苑,但同时,也使艺术由愉悦、激情的主体创作转变为一种纯粹惯性的工业化生产,并向商业化倾斜。艺术的功能化、娱乐性、具体游戏的客观性及其对生命力的否定又表现在大批把外在物转化为内在物、把广告灌输给人的需要视作人自身需要的"发达工业文明的奴隶"群体的生成。而拆除信仰的复制观念的碎片,散落在公众舆论、群众效应所造成的集体无意识中,影响、定位着未来的文化格局与精神命运。

  无可否认技术文明对人类文化所做的贡献,而同时保持批判反思的立场也是对将来的历史负起责任。本雅明"震惊""灵韵""室内""收藏"等概念和他于机械复制时代仍致力于把"外部世界"还原为"内部世界",以个体体验参与恢复事物初始性、独特性的努力,对我们的思考不无裨益。文化整合时代所呈现出的驳杂画面,为我们全面考察这一时代精神状况提供了基础,这基础又构筑了我们重建人文文化的立足点与出发点;置身新旧世纪交接地带,不啻人文学者的幸运,为了未来,我们没有理由悲观,更无权放弃关怀和责任。

景观与人物

——中国式现代化视野下的都市写作

先说景观。"人类文明在非线性的时间长河中的每次幽微震颤,都值得被持续观察和质询。"

中国式现代化的提出,何止幽微震颤?而是掷地有声,更是金声玉振。它在理论上是崭新的,它意味着人类文明的新形态将经由我们这一代人创造出来。

中国式现代化的提出虽然在理论上是崭新的,但是在实践中一直没有停顿。当然它不是过去时的,它是正在进行时的,这个正在进行时涵盖了过去、现在和未来,或者说打通和连接了过去、现在和未来。这个中国式现代化的实践,或者从一八四〇年就开始了。从近代的"师夷之长"的理论学说到新文化运动,到改革开放,及至新时代,思想史、文化史、文学史代代传承,作为现代化主要标识的承载物的都市形象,也在我们的视野中不断翻新,渐渐明晰起来。

人类文明的新形态,中国式现代化新道路,实现现代化的全新选择、全新方案的实践中,这一代作家岂能缺席?

"人类文明在非线性的时间长河中的每次幽微震颤,都值得被持续观察和质询",何况人类文明新形态的建构、诞生和实践,更值得我们——在这一文明的"新纪元"式的时间和实践中——作为作家去做它的观察者、亲证者、注释者和书写者。这不啻时间提供给我们的千载难逢的机会,它无比宝贵。它其实是在向我们要一个与过去的现代化,或过去的都市发展、都市写作都不一样的全新的文学景观。

"城市是一种心理状态,是各种礼俗和传统构成的整体,它是自然的产物,而尤其是人类属性的产物。"(R. E. 帕克)由此,它也成为各国作家竞相书写的对象。都市的意象、都市的景观,经由与之相伴的与现代化发展并行不悖的书写,而建立起来了一个个令人难以忘怀的文学景观。

但中国式现代化进程为我们提供了一种新的命题,它所要求的景观是一种以往文学不曾出现过的景观。

首先,它不是九十年前茅盾《子夜》笔下的上海,不是老舍笔下的北京,不是巴金《寒夜》中的重庆,它也不是狄更斯笔下的伦敦、雨果笔下的巴黎、帕慕克笔下的伊斯坦布尔。那么,"它"是哪里?这个"它"是什么样貌?"它"经由艺术表达为我们提供出怎样不一样的"景观"?这只能经由我们的书写为我们自己揭晓答案。

再讲人物。

中国式现代化有五个方面的中国特色,其中第一个便是"中国式现代化是人口规模巨大的现代化"。党的二十大报告中提出:"中国式现代化是人口规模巨大的现代化。我国十四亿多人口整体迈进现代化社会,规模超过现有发达国家人口的总和,艰巨性和复杂性前所未有,发展途径和推进方式也必然具有自己的特点。"人口规模巨大,是中国式现代化面临的基本国情和具有的首要特征。

迄今为止,全世界实现现代化的国家和地区不超过30个,总人口不超过10亿,而我们一国14亿人口实现现代化,将使世界迈入现代化的人口翻一番,也将彻底改写现代化世界版图,从而成为人类文明史上一件具有深远影响的大事件。

数据显示,二〇二一年我国全国常住人口城镇化率已经达到64.7%,2022年年末全国常住人口城镇化率为65.22%,比上年末提高0.5个百分点,也就是说14亿人中超过一半的人口,8亿—9亿人是城镇人口。

也许,没有一个国家的作家会如此幸运。从前没有,现在也只有中国有。中国作家面对着9亿的城镇人口,以这样一个以亿计的对象作为书写对象,书写者的襟怀和视野一定会有所不同吧。

那么,随之而来的问题是,你是不是应该为我们提供一个

"人物"?"他"从14亿人中来,或者从9亿城市人中来,"他"从来没有被书写过,"他"是过往文学史中不曾有过、不曾被塑造出来的。

这个"他",你有没有信心、有没有能力将其塑造出来?

你有了那么多无中生有、栩栩如生的精彩的故事,那么,你有没有把握讲:"我今天要给你一个从前的书写中从来没有被写出来的'人物'。这个人物不属于上一代、上上代的创造者。"你能不能拍着胸膛说,"他"就属于"我""我们"这一代。你有没有这样的胸襟和气魄,说:"我的祖辈、父辈、兄辈都没有将'他'塑造出来,而我将'他'塑造了出来。"

我们的祖辈、父辈给出了许多人物,鲁迅先生给出的"人物"中有阿Q,有《狂人日记》中的狂人,有《祝福》中的祥林嫂,鲁迅给出的三个人物,从三个向度抽出三个线头:其中既有对农民的思考,也有对知识分子的刻画,以及对女性人格的探索。这些人物提供了现代化进程中最为关键的三个方面。

比如赵树理给出的"人物"中有小二黑、小芹、李有才,对二十世纪三四十年代中国晋东南婚丧嫁娶、日常生计、生产生活的观察,这些人物提供了我们足够鲜活的历史进程中的人性样本与例证。

又比如柳青给出的"人物"梁三老汉、梁生宝,如果研究二十世纪中国社会主义建设初期人物的思想样貌和心理状态,以及农民与土地、与粮食、与人众的变化中的关系,我们无论如何都绕不开这两个人物。

你可以说,"他们"都不是都市人物,但是你否认不了,"他们"的确是中国现代化实践进程中的人物。你可以说,"他们"都是半个多世纪,甚至一个世纪以前的"旧"人物,但你无法否认,"他们"在现代化艰难进程中的中国,留给了一代代读者深刻的文学记忆。

是的,你也可以说,也许"他们"的社会学价值、文化学价值,甚至人类学价值大于"他们"的文学形象价值;你可以说"他们"年代久远、地域辽阔;"他们"不属于今天,不生活在林立的楼厦之中,烟火的市井之间;"他们"或许生涩,或许刻板,或许简约,或许单面。

但是,我们也可以反问一句,你给出了"谁"? 你的"他"是"谁"? 即便不如祖辈给出的孔乙己(鲁迅《孔乙己》)、倪焕之(叶圣陶《倪焕之》),我们给出了父辈给出的倪吾诚(王蒙《活动变人形》)、方鸿渐(钱锺书《围城》)、章永璘(张贤亮《绿化树》)、高加林(路遥《人生》)了吗?"他们"不能不说是城市中人、都市中人,或者是城乡之间的徘徊者。

更不用说,我们的兄妹辈为我们给出的"人":王一生(阿城《棋王》)、陈千里(孙甘露《千里江山图》)、赵秀英(朱秀海《远去的白马》)、雯雯(王安忆《雨,沙沙沙》)。这些人物活在"他们"的年代里,也活在我们的阅读里,"他们"经由我们的阅读不断擦亮,从而从故纸中直起身来,坐在我们对面。"他们"坐在那儿,沉默内敛,却仿佛也在问我们,我们的那个"他"在哪里?我们什么时候可以以"他"和自己互为镜像,我们通过什么样的方式将"他"创生出来?

是的,我们还没有我们的"浮士德"、我们的"谢尔盖"、我们的"悉达多"、我们的"约翰·克利斯朵夫",生命与作品相通,事实在于,有这样的作品便要求这样的生命。"生命是作品的设计,而作品在生命当中由一些先兆信号预示出来。"

生命如何能成为作品的设计,文学如何能成为生活的前提,这对于一直视作品为生命创造物,并在这一理论观念下成长的我来讲是不可思议的。但文与人对位关系不可置疑,文、人统一到文、人同一,其间有许多生命的暗示,它必将通过文字最终显现出来。或者还是那句话,你要写出什么样的"人物",有时来自你的观察、旁证,而要写出"你"自己,则必须亲证它,或者叫"躬身入局"。"他"——这个人物要的是你的血肉、你的精气、你的灵魂。

中国式现代化,14亿人,9亿城镇人口,其中也许五六亿是都市人,其中的3亿到4亿是大都市人。联合国人居署《世界人口评论》有一个统计,二〇二三年世界人口前十的大城市中,东京以3743.52万人位居第一,德里以2939.91万人位居第二,上海2631.71万人,位列第三,北京则排在第九。

所以,身居世界第三大人口城市的上海,给出一个人物,一个不同于任何一个伟大叙事者故事中的"人物",让"他"走出去,使更多世代、更广大世界的读者阅读。这是我们时代的任务,也是我们生命的责任。

"他们"在向你招手、向你呼吁,"他们"在芸芸众生之中向你——这个书写者诉求。"他们"中的"他"需要你点石成金,而你,也会因找到"他"而不朽。

辑二　作家与作品论

呐喊中的彷徨
——鲁迅小说管窥

从"阿Q不独是姓名籍贯有些渺茫"开始,直到他"觉得全身仿佛微尘似的迸散了",阿Q的故事似乎可以收场,未庄的看客们似乎也得到了他们之所见。然而需要提醒的是,在故事之前的第一章,那"序"中第一句——"我要给阿Q做正传"。正传中之阿Q,区别于内、外、别传,鲁迅先生之"正"意,恰在于这一个虽独有,却是普泛的,在你、我、他身上活着,如民族的基因之一种,是需要自省与警觉的。然而多年之无觉,造就了故事里的阿Q,同时也形成了那个后来者点出的"精神胜利法"。

重读《阿Q正传》,不独"精神胜利法",我仍读出了近百年前鲁迅先生关注到的"奴性",发现"奴性"是了不起的,更了不起的是发掘到"奴性"之"两面性":之于主子,他是奴才;之于更弱于他的人,他又换了"主子"的面孔。这种人格之两重性,在阿Q身上不是很明显吗?鲁迅先生的点穴,意在规避,更旨在发出一声"呐喊",这呐喊多数是发散的,以引国人注意,而究竟也是"连自己都烧进去的"。

所以,才有彷徨。《祝福》作为《彷徨》辑中的首篇,是有"我"的。"我便一个人剩在书房里""第二天我起得很迟""我就站住""我很悚然",这个"我"作为叙事人,是一个男性形象,也许是可以和鲁迅先生互换的。祥林嫂的故事也自始至终是在"被看"的情境下展开的。"被看"之被动性仿佛确定了祥林嫂一生的命运,她的生活是在他人眼光下完成的,她一辈子也没有逃脱"被看"的命运,以至于成为她的一种性格,鲁迅将他人眼光下的中国乡村女性乃至中国传统女性的这个"宿命"写得力透纸背。祥林嫂在生时的"被看"还不难理解,鲁迅先生更写出传统礼教下使得"她"认定自己在死后仍要置于某种被关注、被绳系、被审判之"看",如此,这个上天入地均心无安定的女性连死都不敢。但终是死在了"祝福"之夜,连绵不断的爆竹声,置鲁镇于"懒散而舒适"的繁响拥抱中,"我"呢,亦不例外,"从白天以至初夜的疑虑,全给祝福的空气一扫而空了,只觉得天地圣众歆享了牲醴和香烟,都醉醺醺地在空中蹒跚",鲁镇人与未庄人并无区别,这貌似"无限的幸福"仍是鲁迅先生一直追究的灵魂的麻木。

《孤独者》也是以"我"打头的,只不过对面坐的是S城的魏连殳。魏连殳这个"同我们都异样的"仿佛是外国人的历史教员,给人印象最深的该是在祖母入殓时的不落一滴泪到众人将散时的失声长号,"像一匹受伤的狼,当深夜在狂野中嗥叫,惨伤里夹杂着愤怒和悲哀"。"我"是听了这无望的嗥叫的人,"我"也是劝他不要"亲手造了独头茧,将自己裹在里面"的人,也是眼见他为了"还得活几天"几乎求乞的人,更是了解了他"愿意我好好地活下去的已经没有了"的心理的人。做了不愿意做的差事,吐着心口怨逆的血,有着"我已经躬行我先前所憎恶,所反对的一切,拒斥我先前所崇仰,所主张的一切了。我已经真的失败——然而我胜利了"的警醒和分裂,魏连殳的结局自然可以想见,违愿的发迹,使得这个人彻底地孤独,在热闹里,直至在身后亲人们的议论里,"安静地躺着","口角间仿佛含着冰冷的微笑"。作为见证者之"我",在小说结尾处,拼命地挣脱,"像一匹受伤的狼"嗥叫在深夜的狂野、惨伤、愤怒、悲哀,终究为坦然地行走所代替。

几天之后,《伤逝》完稿,续写了子君的葬式,这是一个男人对女人的忏悔,又未尝不能视作一个知识者对于他之同道的忏悔,或者也是同道作为镜子照出的"我"的悲哀。子君未尝不是魏连殳的"变身",而"我"也由观者进化为亲证,如若说魏连殳之于"我"仍是一个他者的话,那么子君之于"我",则是"我""在不远的将来,便要看见辉煌的曙色的"理想女性之化身,是另一个"我自己",是"我"的"灵魂自我"。整部小说是在涓生的手记——"我"的自述中完成的,犹如祥林嫂的"被看",子君的形象是在"被诉说"中形成的。与《祝福》不同的是,这一个女性是城市觉醒的知识女性,是"我"在要"开一条新的路"中遇到的同道。于此这个"我"作为观察者不如作为亲证者的存在,对于子君的逝去之命运而自我无力的愧疚是深重而真切的,那是——"人必生活着,爱才有所附丽。世界上并非没有为了奋斗者而开的活路;我也还未忘却翅子的扇动,虽然比先前已经颓唐得多"。"北京的冬天"道明了故事的发生地,这一次不是未庄、鲁镇,也不是 S 城,但无论是庄、镇、城还是都会,那条命运的细线并没有因地域的转换改变而松绑,"我想到她的死",同时也"看见我是一个卑怯者"。相对于"我"面对祥林嫂的"地狱"之有无的疑问时的支吾与吞吐,《伤逝》中言"我愿意真有所谓鬼魂,真有所谓地狱",而"我将在孽风和毒焰中拥抱子君,乞她宽容,或者使她快意"的句子,写来已有《野草》风味。

这里所辑鲁迅四部小说均写到了"死"——阿 Q 之死,祥林嫂之死,魏连殳之死,子君之死。无论"我"作为叙事人、旁观者、亲历者、亲证者,作者都抱着"送葬"的决心,"葬在遗忘中"。之于这个旧的世界,鲁迅先生的目光是冷的,但这冷目光指向的不是终点,终点不在于此,它或在——"我要向着新的生活跨进第一步去,我要将真实深深地藏在心里的创伤中,默默地前行"……

这是鲁迅。如果只有呐喊,不是鲁迅,鲁迅,更有呐喊中的彷徨。他的视野里一直有"我",是省思的。

这是鲁迅。我曾在以往的文章中多次言说鲁迅小说中其实可以抽出中国社会问题的许多线团的线头,比如农民问题、女性问题、知识分子问题和婚恋问题。于此,我选了这四部小说,从这四个"线头"中我们或可抽出些丝来,来续接和继承二十世纪初最早的一位知识分子作家的灵魂研究。

此为记。

生死场上的勇敢跋涉者

——萧红小说略谈

一个作家的写作与他(她)的身世经历关系紧密,而一个杰出的作家的人与文方面的契合度似乎更甚,许多时候,它们甚至可以相互印证,互为解读。作家萧红和她的作品就是其中一个鲜明的例子。

萧红一九一一年出生,那年正值五月端阳,她出生在黑龙江呼兰县的一个地主家庭。她8岁时母亲去世,后来父亲再娶,与继母一起的生活似乎并不快乐。萧红后来能够回忆起的快乐大都来自她的祖父,18岁时祖父去世,她的孤苦可以想见。为与父亲为之订下的婚姻抗争,她19岁出走北京,入读女师大附中,然而经济的不独立,又迫使她再度回到未婚夫那里,如此反复,从北京到哈尔滨的辗转,仍是所遇非人,被弃困于旅馆,而这时她已怀有身孕。一九三二年她身怀六甲,得萧军等人解救,脱离困境。文学史一向认定《王阿嫂的死》是萧红的第一部短篇,然而从写作时间上看,《弃儿》一篇要早于《王阿嫂的死》一个多月,我以为若要从"第一"的时序而定,《弃儿》应为萧红的第一部小说。两部小说角度不同,但主题相似,可以说,这两部作品在萧红创作伊始,就是一个极高的起点,无论是艺术上还是思想上,它们共同奠定了萧红此后创作的主线。

平民视角与女性觉醒

萧红之所以能够被称为杰出的作家,在于她在一个大时代里,没有缺席于时代所要求一个作家的立言。当时代的许多作家当然也包括女作家在内,她因有两次北京求学的经历,思想上深受五四新文化运动的熏染,对女性之独立与觉醒的要求,与大时代进步的方向、步调均相一致。然而萧红又与她同时代的许多作家不同,她是一位有着女性自觉的作家,而这一点,从她的作品面貌来看,她也与同样有着女性自觉的此前此后文学史上活跃的女作家不同,比如庐隐,比如丁玲,比如冰心,比如林徽因,她们的知识女性身份的获得感要早于或强于萧红,因而她们小说中所关注的问题多集中于知识领域或由知识领域而延伸到社会领域。但萧红不同,她的个人身世与遭际,都决定了她的出发点不是自上而下的,虽有地主出身的背景,但家道中落和被始乱终弃,使她被屈辱不公的命运在心灵打上无法磨灭的烙印的同时,也获得了同时代女作家都难以具备的极为强烈的生命意识。

这种生命意识内涵宽广,来源于一种对人的生命的平等的珍视之心。这里的平等,不仅有大时代的文学所表达的男女平等,而且有一位女作家站在平民立场上的知识女性与未曾受过教育的穷苦女性的平等。正是这一点,使其文学展现出与其他作家所不同的面貌。

《弃儿》写困于旅馆的"一个肚子凸得馒头般的女人",一边是"水就像远天一样,没有边际地漂漾着,一片片的日光在水面上浮动着。大人、小孩和包裹青绿颜色,安静的不慌忙的小船朝向同一的方向走去,一个接着一个"的"松花江决堤三天了"的景象,一边是芹眼如黑炭,无目的地在窗口张望时心中"我怎么办呢?没有家,没有朋友,我走向哪里去呢?"的焦虑。水的稀薄的气味,沉静的黄昏,小猪在水中绝望地尖叫,像山谷、壑沟一样的夜,芹与蓓力两位恋人"富人穷人,穷人不许恋爱?"的反诘,居无定所、在土炕上疼痛地打滚的孕妇,终于辗转到医院而迫于贫穷又不得不将亲生孩子送人。产妇室里的芹"想起来母亲死去的时候,自己还是小孩子,睡在祖父的身旁,不也是看着夜里窗口的树影吗?现在祖父走进坟墓去了,自己离家乡已三年了,时间一过,什么事情都消灭了"。这段文字,使这部作品被看作自传性小说或纪实性散文,熟知萧红的人一定知道这部作品写的就是她自己在哈尔滨旅馆的走投无路经历。小说结尾,"产妇们都是抱着小孩坐着汽车或是马车一个个出院了,现在芹也是出院了。她没有小孩也没有汽车,只有眼前的一条大街要她走,就像一片荒田要她开拔一样"。当然她不是一个人走,她还有萧军,"他们这一双影子,一双刚强的影子,又开始向人林里迈进"。

这里有穷苦女性的悲苦处境,同时也有一个抛却了以往种种纠葛的觉醒了的女性的刚毅和勇猛。萧红发表作品的笔名用了"悄吟",但《弃儿》的力度在于有一种义无反顾的决绝,这决绝中未尝不包含着一个作家对大时代的呼应。但如果萧红只是一个兴味于自身经验的作家,那么她会是另一个萧红。萧红的了不起之处在于,她的视野从来是由己及人,她看到的不只是自己从旧家庭中走出来的阵痛与叛逆,和必为这叛逆而付出的痛苦艰辛。她看到的还有更广阔的荒田中的女性,她们没有反抗,逆来顺受,但她们的种种忍耐与屈辱也并不能换来安稳与幸福。《王阿嫂的死》写的是王阿嫂丈夫被张地主逼疯烧死,自己也被张地主踢打,以致在产后死去,新生儿也未能活成,养女重又成为孤儿的故事。小说中王阿嫂拾起丈夫骨头发出的哭声令人无法忘怀,"她的手撕着衣裳,她的牙齿在咬着嘴唇。她和一匹吼叫的狮子一样"。而王阿嫂最大的抗争也只能是"哭"与"死",她哭已死的丈夫,哭自己已死的心。萧红的平民视角在此是显而易见的,小说对张地主的人性恶的揭示也是有力的,但这种揭示所展示的作家对自己曾经属于的那个地主阶级的背叛,是通过文学性的书写表现出来的。就是说,五四新文化运动以来的革命文学中的反封建主题,对萧红而言,是从实践中来的,从体验中来的,而不只是从书本来,从理论来。这一点,使她的文学所呈现的平民视角与女性觉醒交错在一起,她写的穷苦人也是她自己,因为有深刻的体验,所以她的文字虽以"悄吟""代言",却是孔武有力的。她是真如鲁迅所言"将自己也烧进去"的作家。因而她一落笔便能与她的同时代大多数作家有着不同,她在平民与女性的身份与命运的双重关注中,将自己的文学打上了不独属于自我天地的时代烙印。

故园风景与爱国情怀

一个作家是不可能也不可以游离于他(她)的时代的。1931年"九一八"事变爆发,日本入侵,东北沦陷,萧红的出走与流离失所,除却她个人反封建、争自由的因素外,还裹挟着一个更大的家国背景,这就是1934年与萧军一起从哈尔滨到青岛之后,萧红创作完成的《生死场》的心理起因。故园风景已变,人们从麻木到觉醒的过程,也是选择死还是选择生的过程,是当奴才还是做人的过程。这是一个二选一的问题,其间或此或彼,或黑或白,没有中间,不可骑墙。

《生死场》是萧红第一次以"萧红"署名的作品。它完成于一九三四年九月九日,而从青岛又到上海之后,被放在了鲁迅的案头。这部小说于一九三五年十二月作为"奴隶丛书"之三,以上海容光书局的名义自费出版。鲁迅先生为之作序,在《萧红作〈生死场〉序》一文中他直言自己的感受:"……看见了五年以前,以及更早的哈尔滨。这自然还不过是略图,叙事和写景,胜于人物描写,然而北方人民的对于生的坚强,对于死的挣扎,却往往已经力透纸背;女性作者的细致的观察和越轨的笔致,又增加了不少明丽和新鲜。精神是健全的,就是深恶文艺和功利有关的人,如果看起来,他不幸得很,他也难免不能毫无所得。"于此,他站在文学的角度,但又不全是以文学的角度讲这部作品的价值:"现在是一九三五年十一月十四日的夜里,我在灯下看完了《生死场》。周围像死一般寂静,听惯的邻人的谈话声没有了,食物的叫卖声也没有了,不过偶有远远的几声犬吠。……然而我的心现在却好像古井中水,不生微波,麻木的(地)写了以上那些字。这正是奴隶的心!——但是,如果还是扰乱了读者的心呢?那么,我们还决不是奴才。"足见鲁迅先生是从内心喜爱这部作品的,他看出了萧红与哈尔滨的关系,以及当时的文学与失却了的北方土地的关系,而在这一切文字的后面,是流亡者与家国的关系,是个人与民族的关系。

这种关系,是我们了解萧红创作的关键。《生死场》何以在家国破碎的年代里,如鲁迅先生所言,给人们"以坚强和挣扎的力气"?其原因仍在于作品本身的品质与气度。

《生死场》从一只山羊、一个小孩、一个跌步的农夫、一片菜田写起,以十七节文字绘出二十世纪三十年代初期东北农民生活的图景,镜头剪辑得很碎,没有特别主要的人物或贯穿始终的故事,却保持着生活原有的真实,"在乡村,人和动物一起忙着生,忙着死"。这种散文式的看似散漫的写法,使得小说呈现出无主角但场景明晰,无情节但细节动人的特点。但是如若只是狭义地将它视作对麻面婆、二里半、王婆、老赵三、金枝以及出场不多的五姑姑、菱芝嫂嫂、月英、李二婶子、冯丫头、平儿的日常生活中的生老病死的铺陈书写,那么一定会低估了作品的文学史价值。的确,《生死场》写到了这些,但它所提供的意义也的确不止这些。比如其中"刑罚的日子"写女人的生产,"大肚子的女人,仍胀着肚皮,带着满身冷水无言地坐在那里。她几乎一动不敢动,她仿佛是在父权下的孩子一般怕着她的男人"一句,就比"一点声音不许她哼叫,受罪的女人,身边若有洞,她将跳进去!身边若有毒药,她将吞下去。她仇视着一切,窗台要被她踢翻。她愿意把自己的腿弄断,宛如进了蒸笼,全身将被热力所撕碎一般呀"更加有力;比如,从第十一节开始写日寇对东北百姓的蹂躏,较之"村人们在想:这是什么年月?""我这些年来,都是养鸡,如今连个鸡毛也不能留,连个'啼鸣'的公鸡也不让留下。这是什么年头?……",小说更写出了在这片土地上生长着的"有血气的人","他为着轻松充血的身子,他向树林那面去散步。那儿有树林,林梢在青色的天边涂出美调的和舒卷着的云一样的弧线。青的天幕在前面直垂下来,曲卷的树梢花边一般地嵌上天幕。田间往日的蝶儿在飞,一切野花还不曾开。小草房一座一座地摊落着,有的留下残墙在晒阳光,有的也许是被炸弹带走了屋盖。房身整整齐齐地摆在那里。"这是"你要死灭吗?"一节中的赵三,他"阔大开胸膛",他"停脚在一片荒芜的、过去的麦地旁","往日自己的麦田而今丧尽在炮火下",这是酒浇胸膛的赵三,"赵三只知道自己是中国人。无论别人对他讲解了多少遍,他总不能明白他在中国人中是站在怎样的阶级。虽然这样,老赵三也是非常进步,他可以代表整个村的人在进步着,那就是他从前不晓得什么叫国家,从前也许忘掉了自己是哪国的国民"。而就是这样一个曾经浑浑噩噩地过日子的人,在李青山的"……我们去敢死就是把我们的脑袋挂满了整个村子所有的树梢也情愿"的宣誓,和"是呀!千刀万剐也愿意!"的寡妇们的怒吼中,赵三醒来了,他和大家一起流着泪,击打着桌子,"国……国亡了!我……我也……老了!……等着我埋进坟里……也要把中国旗子插在坟顶,我是中国人！……我要中国旗子，我不当亡国奴，生是中国人，死是中国鬼……不……不是亡……亡国奴"。

就是时隔87年的今天，再读萧红写下的这些文字，仍然颇为震撼。萧红之所以是萧红，是因为在那个家国破碎的时代，作为从东北逃亡出来的流亡作家之一，她没有只将自己的作品停留在对一家私己的命运的默写上，也没有将自己的笔墨止于女性弱者形象的描摹，而是以一种勇猛的、怒吼式的文学，向世界发出一位作家的呐喊。

从哈尔滨到北京再到哈尔滨，到青岛，离家乡越远，她的故园之思越重，而这种故园之思又是与故园之失纠缠在一起的。萧红在以"生""死"命名的小说中，借人物所呐喊出的"不当亡国奴"的千千万万的铁蹄下的中国人的心声，让我们至今读之战栗，读之热血沸腾，原因在哪里？在一位饱经沧桑、居无定所的作家对生命的至高的尊崇与惜护，这种对人的惜护与对家园的爱恋，是萧红能够写出如赵三的农民的觉悟的原因，也是中国文学中的农民形象塑造在阿Q形象的基础上更前进一步的内在的理由。

青岛时期的写作，使萧红真正找到了自己言说的对象与言说的方式，同时也找到了自己文学的主人公。二十一世纪之初我到青岛，专门寻到了萧红、萧军一九三四年住过的地方——观象一路1号，走上石阶，门上落锁，无缘进入。萧军在此写出《八月的乡村》，萧红在此完成《生死场》，他们在青岛只住了不足半年时间。在那个门口，我久久站立，想起胡风当时在《生死场》的读后记中言："这里是真实的受难的中国农民，是真实的野生的奋起。使人兴奋的是，不但写出愚夫愚妇，而且写出了蓝空下的血迹模糊的大地和流在那模糊的血土上的铁一样重的战斗意志的书，却是出自一个青年女性的手笔。"

我长久地站立在那个门口，我要让自己记住，就是在这里，就是在青岛，在那个飘摇不定、风雨如磐的岁月，白纸黑字，"不当亡国奴！"，萧红代家乡农民赵三发出这样强有力的呐喊，萧红了不起。

那年，萧红23岁。

启蒙精神与自由心性

《生死场》的出版，奠定了萧红在中国现代文学史上的地位。但如若只单纯地将她看作是一个左翼作家，可能就大大消减了萧红文学的丰富性。

说到底，萧红是一个创作者，而不是一个理论家，但其创作的投入度与完成度，以及颠沛流离、居无定所的生活，加之因《生死场》的成功而接触到的左联作家，尤其居住上海时与鲁迅先生的文学交往，都促使她进步，使她对文学理想有相当深入的思考。熟悉萧红创作的人会注意到她发表于一九四一年五月五日香港《华商报》副刊《灯塔》上的一篇文章《骨架与灵魂》，这篇文字不长，500字左右，但对于理解萧红十分重要。在这篇文章中，萧红表明了对"五四"纪念中的形式主义的反对态度，她写道："'五四'时代又来了。""我们离开了'五四'，已经二十多年了。"她全心呼吁一种真的"五四"，真的对国人的启蒙，从而在时代的意义上继承鲁迅先生的文学精神。在文章结尾，萧红几乎是大声疾呼："谁是那旧的骨架？是'五四'。谁是那骨架的灵魂？是我们，是新'五四'！"有萧红研究者言，救亡时期能够不忘对启蒙的强调，在当时弥足珍贵，但也可谓是空谷足音。从萧红后来写的纪念鲁迅先生的文章中，我们看到的只是鲁迅生活上的方方面面，鲁迅在萧红的笔下是一个写作者一个战斗者于深夜中伏案的背影，而这篇文章却让我们看出萧红对鲁迅思想的自觉继承。

萧红在文学创作的本质上是贴近鲁迅的。这种"衣钵"传承可以从她后来的文学实践中看出。一九四〇年一月她与端木蕻良从重庆赴香港，于是年年底完成了两年前就开始写作的《呼兰河传》。这部小说中，她在对儿时的故乡的回望之中，回归了《生死场》中与"救亡"主题并行且之于萧红创作同等重要的"启蒙"主题。

《呼兰河传》与《生死场》一样，是散点化透视，没有结构主线,没有中心故事,也没有主角人物,而是日常生活场景的铺陈与百姓命运的延展跌宕,有的是北方小城里的关起门来过生活的居民,还有围绕这小城的一些外来讨生计的人。卖豆芽菜的女疯子、扎彩铺的、提篮子卖烧饼的、卖麻花的、卖凉粉的、卖瓦盆的、卖豆腐的、打着拨浪鼓的货郎,还有看火烧云的呼兰河的人们,总之,日子像河水一般平稳,柴米油盐、浆洗缝补,"他们吃的是粗菜,粗饭,穿的是破烂的衣服",生老病死,春夏秋冬。"假如有人问他们,人生是为了什么?他们并不会茫然无所对答的,他们会直截了当并不假思索地说了出来:'人活着是为了吃饭穿衣。'再问他,人死了呢?他们会说:'人死了就完了。'"在这些"卑琐平凡的实际生活"之外,也还有诸如跳大神、唱秧歌、放河灯、野台子戏、四月十八娘娘庙大会等"盛举",让人印象深刻的是祖父与"我"共同拥有的后园,"而土地上所长的又是那么繁华,一眼看上去,是看不完的,只觉得眼前鲜绿一片"。这是一个孩子的自由的世界,这个世界里有蜻蜓、蚂蚱、蝴蝶,有樱桃树、玫瑰,有"蒿草当中开了的蓼花",有"祖父领着我,到后园去,蹚着露水去到苞米丛中,为我擗一穗苞米来"。但与这些景象在同一时空中的,还生活着小团圆媳妇,还有冯歪嘴子一家。这两个章节也是最能体现萧红文学启蒙思想的。小团圆媳妇嫁到老胡家才12岁,婆婆的调教以及跳神的赶鬼、扶乩,直至发展到当众洗澡,以致烫了三次,"昏倒在大缸里",是亲人的残酷与看客的冷漠合众"谋杀"了一个原本活泼的生命。写出这层"看杀"的萧红,的确让人想起鲁迅文中对此种国民劣根性的仇视,也正是这种相类似的景象让鲁迅先生弃医从文,疗救民众。但磨馆冯歪嘴子一家却又让人看到希望,冯歪嘴子的女人死后,留下了一大一小两个孩子,小的刚刚出生。冯歪嘴子在别人绝望的或是看热闹的环境中,"反而镇定下来,他觉得在这世界上,他一定要生根的。要长得牢牢的。他不管他自己有这份能力没有,他看着别人也都是这样做的,他觉得他也应该这样做"。所以当我们读着"大的孩子会拉着小驴到井边上去饮水了。小的会笑了,会拍手了,会摇头了。给他东西吃,他会伸手来拿。而且小牙也长出来了"这样的句子时,我们不仅强烈地感受到中华民族的坚韧强悍,而且,我们又欣慰又伤感,萧红终于在她的对故乡的一份记忆中完整地写下养育了她的祖父的同时,也给了她自己曾经在离乱中失去了的两个孩子以文学活泼的生命。

萧红小说中写国民状态与写民族意志并不矛盾,她的启蒙出发点与救亡思想并不冲突,立言的最大价值仍在"立人"。在她短暂生命的最后段落,她写下了《小城三月》,延续了对女性命运的探讨,翠姨暗恋"我"的堂兄,却无力反抗嫁人的命运,最后只能以死相搏,郁郁而终。这部让人想起黛玉形象的作品,也旨在揭示从曹雪芹到萧红生活的二十世纪三四十年代,尽管时代向前了,但人的环境改造、人的精神觉醒仍是一项需要长久做的工作。一九四一年出版的《马伯乐》更是一部向鲁迅先生《阿Q正传》致敬的长篇小说,只是场景换作了城市,人物由农民换作了知识者。作品以反讽的笔法写了马伯乐的"逃跑主义哲学"的自私虚伪,从而对国民性格中的一种犬儒做派做了极为犀利而无情地揭露。但可惜的是这是一部未竟之作。

我想说的是,就是在一九四一年的香港,在萧红写下《呼兰河传》《小城三月》《马伯乐》这些以启蒙为主题的小说的同时,她还写下了不少关于救亡主题的篇章。无论是《给流亡异地的东北同胞书》"在最后的斗争里,谁打着最沉着,谁就会得胜"的必胜的决心,还是《"九一八"致弟弟书》"你们都是年轻的,都是北方的粗直的青年。内心充满了力量……你们都怀着万分的勇敢,只有向前,没有回头……中国有你们,中国是不会亡的"对骨肉至亲的弟弟和更年轻者的信心,都与她写于1938年的《黄河》《汾河的圆月》《寄东北流亡者》等作品相呼应,显示了一位作家与时代、与民族的密切关系。尤其是《黄河》的结尾,对于"我问你,是不是中国这回打胜仗,老百姓就得日子过啦?"的百姓之问,八路军的回答是:"是的,我们这回必胜……老百姓一定有好日子过的。"从呼兰县出发,从哈尔滨到北京到青岛到上海再到东京,从北京到上海再到临汾、西安、武汉、重庆直至香港,萧红一生是在漂泊中度过的。我们从《商市街》中即可了解她所经历的一无所有和饥寒交迫,但无论在哪里,无论是面对迁徙、离乱、饥饿、病痛,她都始终抱定这一信念。这是胜利的信念,也是对人的信念。

与这信念一起让我颇感折服的,还是她的文学风格的自由。对于当时多位文学评论家对她小说的散文化风格的不同看法,萧红并不辩论,而只是在与聂绀弩的一次谈话中讲:"有一种小说学,小说有一定的写法,一定要具备某几种东西,一定写得像巴尔扎克或契诃夫的作品那样。我不相信这一套,有各式各样的作者,有各式各样的小说。若说一定要怎样才算小说,鲁迅的小说有些就不是小说,如《头发的故事》《一件小事》《鸭的喜剧》等等。"对方追问:"写《头发的故事》《一件小事》之类吗?"萧红的回答相当率真:"写《阿Q正传》《孔乙己》之类!而且至少在长度上超过他!"这段对话,说明了自己认为小说各有做法,不必强求一种模式的创造力之自信,同时也显现了萧红在对鲁迅先生的文学感悟中的超越之心。她也的确在以后如《马伯乐》的写作中试图践行它。

茅盾曾在一九四六年《呼兰河传》的再版序中写道:"要点不在《呼兰河传》不像是一部严格意义的小说,而在它于这'不像'之外,还有些别的东西——一些比'像'一部小说更为

'诱人'些的东西:它是一篇叙事诗,一幅多彩的风土画,一串凄婉的歌谣。"我以为这种评判是公允的,但我不大同意文中隐约的对萧红与大时代的隔绝判断。的确,萧红是寂寞的,就是现在看,在中国现代文学史上,她仍是寂寞的一个,然而这寂寞的由来,并不像人们想的感情上的一再受伤,或是对居无定所的厌倦,而是,她在精神上一直是一个人的,她一直与她所在的知识界保持一定的距离,以便于观察和审视。我想,她曾引为同道的人,一个个地离开了她,从这点而言,她的寂寞是没有同道的寂寞。在她最后的岁月,她一边体味这寂寞,一边仍在拼命写作,她是真正体味到了"两间余一卒,荷戟独彷徨"的滋味的。这可能也是她写下"我将与蓝天碧水永处,留得那半部《红楼》给别人写了"的身先死的"不甘",这可能就是她死后想葬在鲁迅先生墓旁的原因吧。

萧红去世时不足 31 岁。自 1932 年写诗开始,到 1942 年 1 月,不足 10 年时间,她写下了一百多万字的作品,而且还是在颠沛流离、贫病交加之中!这些作品,是她个人艰辛生活的见证,也是那个时代的女性对国家、民族、人的精神的一份思想的贡献。这思想,是她于生死场上跋涉而来的。

萧红不朽!

"有了爱就有了一切"

——纪念冰心 120 周年诞辰

冰心是 20 世纪同龄人,她 1900 年出生,1999 年去世,经历了整个 20 世纪。今年是她 120 周年诞辰。一个经历了整个 20 世纪而在 21 世纪进入 20 年代之时仍能让我们不断想念的作家,必定有其深在的原因。我想那原因也不复杂,就在她自己说过的话写过的文字里:"有了爱就有了一切。"爱,是作家冰心留给我们的一份弥足珍贵的精神财富。在我们步入 21 世纪 20 年代时,梳理冰心在与波澜壮阔的 20 世纪相伴的一生中对文学不倦的追求与对民族无私的贡献,对于我们今天的创作仍然具有深远的意义。

"我知道你会登梯燃灯……"

冰心深爱大海,她的多部作品中弥漫着对海的依恋之情。她出生于与海相邻的福建,幼年又随身为海军将领的父亲到烟台居住,海的景象在她的童年记忆中是挥之不去的。在《往事——生命历史中的几页图画》一文中她回忆了母亲晚餐时在灯下笑着讲给弟弟们的故事,母亲睡午觉醒来发现五岁的小冰心不见了,转眼在门前石阶上找到一直呆呆地面对大海坐着的她。海的深远是如此刻骨铭心,以致在她二十三岁的文字中就表达为,"将我短小的生命的树,一节一节的斩断了,圆片般堆在童年的草地上,我要一片一片地拾起来看……第一个厚的圆片是大海……我的生命树在那里萌芽生长,吸收着山风海涛"。

海的意象一方面源于儿时不断回放的记忆,一方面也在其文字中象征着雄强博大的自然,在波涛汹涌的大海所代表的大自然中,年轻的冰心勇敢地证明自己,"我在海风中,最高层上,坐到中夜。海已证明了我确是父亲的女儿"。大海在她笔下并不都是温厚的,而其暴烈的一面也被她静观了悟,成为养育自己轻健身体、清澈目光的一部分,比如她向往着要做一个怒海之上守卫灯塔的"光明的使者"——灯台守,"看灯塔是一种最伟大,最高尚,而最有诗意的生活",这样的文字多写于她乘坐巨轮前往求学的太平洋上。以海洋为师,以星月为友,并视这一切为不变与永久的冰心,一个放弃学医而从文、被五四运动震上了文坛的年轻作家,她在文学中寄寓的理想于此可见一斑。所以,《往事》中不只有母亲的回忆与慈怜,也有父亲的理解和劝诫。面对女儿抛却"乐群"、只知"敬业"

的勇敢,父亲表示了他对"牺牲"者的担忧,而女儿的回答则是决绝的:"这在我并不是牺牲!我晚上举着火炬,登上天梯,我觉得有无上的倨傲与光荣。几多好男子,轻侮别离,弄潮破浪,狎习了海上的腥风,驱使着如意的桅帆,自以为不可一世,而在狂飙浓雾,海水山立之顷,他们却蹙眉低首,捧盘屏息,凝注着这一点高悬闪烁的光明!这一点是警觉,是慰安,是导引,然而这一点是由我燃着!"如若我们仔细品读,年轻的冰心所记其实是一种自己化为灯塔守护者形象的理想,是以巍然屹立的白塔对峙于暗灰色的波涛而守护着航海者航向工作的神圣性。面对父亲的犹豫和珍爱,她郑重的回答是:"这一切,尤其是我所深爱的。为着自己,为着众生,我都愿学。"不能不说,这已超出了谈海的范畴,而海所暗示的注定不平凡的人生道路,或者灯塔守护者所隐喻的崇高的人生理想,已经于文字中跃然而出。于此,做父亲的才会断定,"我知道你会登梯燃灯"!

然而做一个燃灯者,就必须能够耐得住真正的大寂寞,就得面临大风浓雾、触石沉舟时能够鸣枪放艇,能够将自我的价值与众生的进步紧紧地捆在一起,就要全心全意,并且一念至诚,坚持到底。冰心曾说:"创作来源于生活,没有生活中的真情实事,写出来的东西就不鲜明,不生动;没有生活中真正感人的情境,写出来的东西,就不能感人。"注重以生活为创作源泉,也才能写出《小橘灯》中诗一样的句子:"我提着这灵巧的小橘灯,慢慢地在黑暗潮湿的山路上走着。这朦胧的橘红的光,实在照不了多远,但这小姑娘的镇定、勇敢、乐观的精神鼓舞了我,我似乎觉得眼前有无限光明。"

光明的来源不是别的,它总是源于作家内心对光明的足够的信念和坚定。严家炎讲她的作品"带给读者光亮和温暖,解人干渴,使人心安,让人慰藉",王蒙则评价冰心,"从文学本身来说,她树立了一个非常实在、朴素、纯净同时又是很有格调的形象,她成为我们社会生活和文学生活中的一个高雅、健康的因素……随着时代、社会的发展,我们越来越需要冰心这样的作家,这样的道德文章"。冰心以她一生的创作践行了这一理想,正如巴金所言,"一代又一代的青年读到冰心的书,懂得了爱:爱星星,爱大海,爱祖国,爱一切美好的事物"。她的灯塔守护者的形象已牢固地伫立于中国现当代文学史中。

"着意的(地)撒下你的种子去"

冰心最早一部小说发表于1919年,那时她不足19岁。她是以"问题小说"走上文坛的,无论是《两个家庭》《斯人独憔悴》还是《去国》《庄鸿的姊姊》以及《超人》,都展露了她不凡的才华。但她没有止步于此,而是在这之上,通过持续不断的写作,建立了自己的"爱的哲学"。茅盾在《冰心论》中曾说:"一个人的思想被她的生活经验所决定,外来的思想没有'适宜的土壤'不会发芽。"并在《〈中国新文学大系〉小说一集·导言》中再次提到《超人》:"支配人生的,是'爱'呢,还是'憎'? 在当时一般青年的心里,正是一个极大的问题。冰心在《超人》中间的回答是,世界上人'都是互相牵连,不是互相抛弃的'。"朱自清、郁达夫则各在《大系》的诗集与散文二集导言中,称其诗为"哲理诗,小诗的又一派",称其"散文的清丽,文字的典雅,思想的纯洁,在中国要算是独一无二的作家了",这些思想、风格和气象上的肯定,都说明了冰心在早期写作中已展现出不拘泥于一种文体一种风格的才华。在作家之中,她也是极早出版"全集"的,北新书局于 1932 年出版的《冰心全集》囊括了她之前创作的小说、散文和诗歌。

从传播学上看,冰心这一时期影响最大的作品还是《繁星》和《春水》。《繁星》短诗 164 节,《春水》182 节,作为新诗的代表之一,它们在当时的中国文坛独树一帜。冰心也由此确定了自己的文学样貌与行文韵致,"随时随地的感想和回忆",短小有力的文字形式,朴素而温婉的叙事风格,娓娓道来的优雅讲说,虽然她讲到曾受泰戈尔《飞鸟集》的启发,但其个人的文学印迹是极为鲜明的。从这些清新朴素的小诗中,我们读到的是一种像涟漪般扩展开来的"爱"——对自然的爱,对母亲的爱,对孩子的爱。可以说,《繁星》《春水》是冰心

"爱的哲学"最早的两块基石。"着意的(地)撒下你的种子去",这句诗就出自《繁星》,在诗的语境中它是对"文学家"提出的要求。如果说,茅盾注意到文学创作中"土壤"的重要——那个阔大的现实生活的存在是身为文学家必须关注并投身其中的,那么与此同时,冰心更关注到"种子"的重要,在这样广袤的田野中撒下什么样的种子,关系到文学的果实是酸涩的还是丰硕的。这一点,她以一位女性作家的敏锐警醒于作家主体人格之于文学创作的重要,这一认识在今天已经成为现实主义文学得到全面坚实发展的有力补充。

"着意的(地)撒下你的种子去",冰心如是说,也始终如是做。冰心说过,"我读书奉行九个字:读书好,好读书,读好书",如果只从劝学层面,我们还不能深刻把握它的原意,作为一位写作者,一个著书人,冰心知道,"书"的分量有多重,书写者下笔的责任就有多重。如果说,"爱情在左,友情在右,走在生命的两旁,随时撒种,随时开花,将这一径长,点缀得香花弥漫,使穿枝拂叶的行人,踏着荆棘,不觉得痛苦,有泪可落,却不是悲凉"还是早期歌颂母爱与友情的浪漫的冰心,那么"一个人只要热爱自己的祖国,有一颗爱国之心,就什么事情都能解决。什么苦楚,什么冤屈都受得了"则标志着一位作家心智成熟。冰心深爱着自己的祖国,经历了抗战期间于云南、重庆的流离,经历了一九四六年之后随吴文藻工作迁赴日本,她依然在收到美国耶鲁大学对其夫妇担任教授的邀请后毅然决然由东京经香港返回广州再回北京。在《从"五四"到"四五"》一文中,她深情地回忆了这一历程,并端正而欣喜地写道:"一九五一年,我们终于辗转曲折地回到了朝气蓬勃的祖国。"

"种子"落进"土壤"之中,生根开花结果是应有之意。冰心不止一次慨叹,"一踏上了我挚爱的国土,我所看到的就都是新人新事","我们的祖国,真是可爱得不能以言语形容"。作为一位作家,冰心把对新中国的爱都投入自己的笔下。她继早年《平绥沿线旅行记》所记旅途所见白塔、青山、田垄和坐立路旁荷锄带锸的工人外,一口气写下了《十三陵工地上的小五虎》等以新的人物新的故事构筑的名篇。她对新人的歌颂是不遗余力的,十三陵工地上的英雄民工、南口农场的农工、大连港务局的码头工人、三门峡工地上的劳动者,她笔下的今天是崭新而生机勃勃的,"一个光辉灿烂的新中国"在她的笔下诞生着、成长着。在《还乡杂记》中她记述了回到阔别44年的故乡福州的感受,可敬的农民、威武的战士,"他们"的气质与面貌已与她昨日的书写绝不相同,前进的力量成为她写作的新的动力,她说:"作家们是替人民说话的,是把人民的心思写出来给人民看的。"她在《归来以后》中感叹:"有的是健康活泼的儿童,有的是快乐光明的新事物,有的是光辉灿烂的远景，我的材料和文思，应当是取之不尽，用之不竭的。"

活泼而欢乐的孩子鼓舞着她，微风细雨、山巅水涯、明月星辰、欢声笑语，都教她再次提笔，与孩子们对话，向孩子们倾诉，和孩子们问答。继一九二三年写下具有广泛影响的《寄小读者》29篇通讯和一九四四年写下《再寄小读者》4篇通讯之后，冰心于一九五八年再次提笔，写下了《再寄小读者》14篇通讯——这与《寄小读者》的写作已间隔三十五年之久。但这并不是终点，冰心在改革开放之后再度提笔，于一九七八年开始写《三寄小读者》10篇通讯，而这次书写与《再寄小读者》已相隔20年，距《寄小读者》写作时也55年过去了。捧读从一九二三年到一九八〇年的冰心与"亲爱的小朋友"的通讯，我在想一位作家何以将这一"通讯体"前后贯穿半个多世纪，而且初心不改地从20岁一直写到80岁且只对着一种言说的主人——不同时代的孩子呢？其意何在？

我想还是要回到冰心的"种子"说，她看重这些将要生成为大树的"种子"，她要将良好的"种子"播种在他们单纯的心田，使他们长大成人后，能够保持对生命的咏叹之心、对友谊的称颂之心、对祖国文化的爱慕之心。这些美好的文字，恰如叶圣陶所言，是既有柔细清丽，也有苍劲朴茂的。冰心以与小读者的持续了半个多世纪的对话，成为杰出的中国现代儿童文学的开辟者。但如若我们仅从儿童文学的角度去理解那些美文则会看轻它们的价值，如果仅从老一代作家童心不泯、老骥伏枥的角度来理解这样的写作也同样掩盖了它的价值。冰心于一九八〇年十月二十九日郑重写下了《"生命从八十岁开始"》，但通读之后，我的理解是，有着"人类灵魂工程师"自觉的作家冰心，她的给小读者们的信，也可看作是写给更多的未来的读者的信。她之所以关注关切一个民族的少年的灵魂，是因为她明白这些少年有朝一日成为时代的言说者之后，他们的灵魂关切着再下一代人的灵魂。为了这个，她多次讲到儿童文学是一个民族的文学发展的"头等大事"，她在《儿童文学工作者的任务与儿童文学的特点》中讲有人把儿童文学当作"小儿科"。"小儿科"是医院里最难的一科，因为病人不会对你说他的感觉。儿童文学也是最难写的。她呼吁，搞儿童文学的人必须有一颗热爱儿童的心、慈母的心。她在全国儿童文学创作座谈会上的书面发言《我的热切的希望》中谦逊地写道"儿童的食物有多种多样，他们吃着富有营养的三餐，他们也爱吃些点心和零食，有时还需要吃点'药'！不论是点心，是零食，还是药，我愿贡献上我微薄的一切"。的确，为了祖国的希望，民族的未来，她在八十岁高龄时仍然笔耕不辍，身体力行，真是做到了"只拣儿童多处行"，以自己能够做一个勤劳不倦的园丁而骄傲。

"世界便是这样的建造起来的!"

冰心是非常重视人文交流与文明互鉴的作家。她不妄自菲薄,更不自说自话。作为一个有着早年留学经历,并且归国后作为中印友好协会访问团、中国文化代表团、中国作家代表团成员经常出访的作家,她的视野是开阔的,她深知不同文明间文化沟通的重要性,她深爱着人类所创造的璀璨而多彩的文化艺术。早在20多岁在美国求学时,她就将李清照的诗词翻译为英文。从她的《寄小读者》《再寄小读者》和《三寄小读者》中,我们即可看出冰心在这些定位为孩子的读者阅读时所寄寓的文化理想,她是多么渴望将自己在海外异域的见闻第一时间原汁原味地告诉孩子们,哪怕只是知识的扩展、见识的增长。她激动于旅途中打动她的人和事,她于这些不同风景中采撷来的内心感动迫不及待地要传达给她的读者,拓宽他们的眼界,丰富他们的心灵。

与此同时,冰心还是一位令人尊敬的翻译家。和小朋友的通讯持续了她人生的四个阶段,而对人类文明的关注、学习与对话,更是她个人创作之外非常重要的一项工作。这一点我们可以从《冰心全集》(第三版)中感受得到,十卷《冰心全集》,译文就占了两卷。从20多岁写《繁星》,深受印度诗人泰戈尔的启示起,她就认识到文学间相互学习与借鉴的重要。

与其他作家不同的是,她不满足于自己对原文的阅读,而要将自己喜欢的文字介绍给国内读者,寄望于这样的工作会对后来者的文学创作有所启迪和帮助。早年留学的扎实语言功底和个人的人文素养,练就了她的专业眼光。冰心是第一个将黎巴嫩作家纪伯伦的诗译为中文的翻译家,一九三〇年三月开始直到一九三一年八月译完的纪伯伦《先知》由新月书店出版,一九四六年一月她翻译的泰戈尔《吉檀迦利》于一九五五年由人民文学出版社出版,同年,其译作《印度童话集》由中国青年出版社出版。此后,一九六一年译泰戈尔《园丁集》,一九六三年译纪伯伦散文诗《沙与沫》,一九六四年她在《世界文学》杂志发表了对朝鲜、尼泊尔等当代作家的诗歌译文,同年,她翻译了泰戈尔的《回忆录》。而到了一九八〇年她80高龄时还翻译了马耳他安东·布蒂吉格的诗集《燃灯者》。可以说,冰心的翻译家身份与作家身份一样,贯穿了她的一生。

我仍记得念大学时从新华书店购得冰心译泰戈尔《吉檀迦利》《园丁集》时的阅读惊喜,优雅清逸的行文让我感受到文学的音乐之美,而在我之前,不知她的译本曾打动过多少像我这样的创作者。纪伯伦的《先知》《沙与沫》我当时买到的版本也是合出的,淡雅的封面,没有多余的图案,干干净净的字,翻开来第一篇便是《船的到来》:"那时我要站在你们中间,一个航海者群中的航海者。/还有你,这无边的大海,无眠的慈母,/只有你是江河和溪水的宁静与自由。"我想可能是其中航海者的意象让30多岁的冰心心有所动,其原因是否也包含着她作为海的女儿对自己故乡那片大海的深深怀恋? 而80岁译《燃灯者》,其开篇"我的力气/也每天在衰竭;/但是温柔的缪斯/每晚攀上她的小梯/在我心里点燃了/那盏减轻我的悲伤的小灯",我猜测冰心老人一笔一画地译写下这些文字的时候,也一定是想到了小时候她去向父亲诉说烦恼和理想时,父亲说的那句话——"我知道你会登梯燃灯"。所以俘获我们的不仅是清丽、温蔼的文字,也是译者与作者经由不同时空不同文化而能在人类共同的经验之上的心灵相通。

冰心的译文,东方文学占有极多数量。作为纪伯伦在中国的第一位译者,冰心在95岁高龄接受了黎巴嫩政府授予的黎巴嫩国家级雪松骑士勋章。冰心译文中对诗人泰戈尔的翻译也占有很大比重。一九五三年底到一九五四年初,冰心曾作为中国作家代表团成员出访印度,回国后她写下了《印度之行》,记载印度的文化艺术和印度热情的人民给她的深深触动,她"深信这个东方的伟大民族的很好的人民,会和我们永远团结起来,为远东和全世界的持久和平,而奋斗到底的"。实际上,冰心与泰戈尔神交已久,她不足20岁写下了《遥寄印度哲人泰戈尔》,20多岁出版受之影响的《繁星》,人到中年译

《吉檀迦利》《园丁集》等,也是这种文学上的敬慕之情的表达。她在《纪念印度伟大诗人泰戈尔》中还记述了一九二四年泰戈尔访华对中国的留恋之情,车子离开旅馆,送行的朋友问他还有什么行李没有带走吗,他的回答是:没有,除了心之外。所以就文学的意义而言,她不仅是他的翻译者和文学知音,还是一个敬佩他思想视野与文化风度的传播者,在 Anything left(有什么留下的吗)与 Nothing but heart(心留下了)的答问之间,蕴藏着一位作家对中国文化的深厚礼敬与无限尊重。理解了这一点,我们也许会更加理解泰戈尔作品中如农夫、村妇、石工、瓦匠那样生活中的劳动者,神话、歌谣、民间故事氤氲的文化的本土性,和与此同样重要的对他国文化文明所投去的珍爱眼光,一位诗人能做到"家传户诵",引人共鸣,其原因我想也在于此。

冰心的视野不局限于东方,这个早年远渡重洋赴美国威尔斯利女子大学读书的作家,于改革开放之后写下的《中美友谊史上崭新的一页》值得一读,她以切身体会写到两国人民之间的相惜:"中美两国……对于亚洲—太平洋以及世界上其他地区的和平和稳定,都负有义不容辞的重大责任。我们一定要在我们日益增进的科学、教育、文化等等的联系和交流上,努力做一支强大的创造世界历史的动力!"今天阅读冰心发表于40多年前的文字,不能不佩服她建立在对东西文化都有相当了解基础上的宏阔视野与独到眼光。

　　冰心一生的创作,有大量与朋友们的书信,"通讯体"外,我也愿意将这些书信看作她创作的一部分,其中有与老友的叙旧倾谈,也有对新人的提携关爱。她与萧乾、臧克家、袁鹰、吴泰昌、周明等朋友友情深厚,对张洁、刘心武、张抗抗、铁凝、王安忆、霍达、葛翠琳、赵丽宏、李辉等作家关心有加,并尽一切可能的力量去帮助。而在通信中最让我感动的是她与巴金两位老人间的世纪友情,他们好声相和,相惜相助,成就了二十世纪中国文学史上最绵长也最深挚的友谊。《冰心全集》所辑的最后一封信是她写给巴金的,那年她已 97 岁,信的内容不多,只这样几个字:"巴金老弟:我想念你,多保重!"读之仍能嗅到它如兰的气息。道德文章,人与人的关系就是如此成就着人文,寥寥数语,也从来是情文相生,纸短情长。

　　这就是冰心所赠予我们的爱。世界便是这样建造起来的。温存地播种,欢乐地收刈,用你灵魂的气息去充满你所创造的——友爱、智慧、慈悲、忠诚、坚贞、真挚与温柔。"我足踏枯枝,我静听树叶微语。清风从林外吹来,带着松枝的香气"——这是冰心爱着的世界;藕荷色的小蝴蝶,背着圆壳的蜗牛,嗡嗡的蜜蜂,在花丛中闪烁的萤虫——这是世界对爱的呼应。今天,爱着雄伟壮丽的山川、悠久优秀的文化、天真烂漫的孩子、勤劳朴实的人民的作家冰心虽已远行,但她的精神又怎么会消逝?!"蓄道德能文章",中华文化对作家的深层要求,冰心一生做到了极致。真、善、美,你以为只是被文学创造出来之后才存在的吗?它们,其实早已凝结在建造者完整的人格中。

行文结束之前,我想起冰心年轻时的一首诗:

假如我是个作家,
我愿我的作品
入到他人脑中的时候,
平常的,不在意的,没有一句话说;
流水般过去了,
不值得赞扬,
更不屑得评驳;
然而在他的生活中
痛苦,或快乐临到时,
他便模糊的(地)想起
好像这光景曾在谁的文字里描写过;
这时我便要流下快乐之泪了!

假如我是个作家,
我只愿我的作品

被一切友伴和同时有学问的人

　　轻蔑——讥笑；

然而在孩子，农夫，和愚拙的妇人，

他们听过之后，

　　慢慢的(地)低头，

　　深深的(地)思索，

我听得见"同情"在他们心中鼓荡；

这时我便要流下快乐之泪了！

……

　　冰心曾寄语我们"青年人，珍重的(地)描写罢，时间正翻着书页，请你着笔"！她以一生郑重肃穆地践行了作为人类灵魂工程师的作家的理想，现在，轮到了作为后来者的我们。

"新人"变奏曲

——王蒙《组织部来了个年轻人》《布礼》人物形象读解

王蒙小说《组织部来了个年轻人》[①]写于一九五六年,这部小说奠定了王蒙的写作之路,现在回头看,这部小说是至今仍在创作中的他的年轻时期的里程碑之作。这部作品里面包含了太多关于王蒙的创作信息,或者秘密,在此后多年的文学研究者那里,它是不仅对于王蒙,也是对于时代,两者都绕不过去的一部小说。

这部小说之于文学史的重要性,我的看法,是它塑造了一个叫"林震"的新的人物,这个"新人"在此前的文学作品中我们很少见到,也可以说是文学史中罕见的。许多年前,在思索这个人物时,我一直想以"新人"为林震命名,但我们熟悉的当代文学史中,新人形象似乎又不是林震这样的,而是——后来研究者熟知的——比如《创业史》中的梁生宝,或者《青春

---

① 王蒙:《组织部来了个年轻人》,见《王蒙文集》第10卷,中篇小说(上),人民文学出版社2014年1月版,第3~37页。

之歌》中的林道静,他(她)们是革命的产儿。而林震呢?他置身于的这部小说在一个时期都遭到了误解,那么,它的主人公曾被误读更成了"顺理成章"之事,所以,又何谈"新人"呢?直到最近二〇二〇年中国作协召开的全国乡村题材文学创作会议①上,评论家孟繁华的大会发言言及"新人"形象塑造②,他文中再提林震,令我一震。原因在这次会议是关于乡村题材的文学主题的,以这个范畴言说,似乎谈不到林震,同样王蒙也不是擅长写乡村的小说家;从文学史的范畴来讲,王蒙的写作一直是知识分子写作,知识分子形象在其小说中是一以贯之的形象;而"一震"的另一原因在孟繁华从"新人"出发,为之命名,有着"挑战""拆解"或说是补充文学史中对于"新人"形象的论证边界的"僵硬"或是"不足"的意味。他的看法,与我以往对新人边界的拓展性的看法有着不谋而合之处。

如此看来,将"林震"作为新人来理解并不止我一人。那么,这个新人,他"新"在哪里?

林震是一个在旧有小说中几乎没有出现过的文学形象。他的"新"的第一层意义在于,其人物形象本身就是对旧有文

---

① 2020年全国乡村题材会议,2020年7月,北京,中国作家协会。大会因新冠疫情防护要求,采取现场与线上两种形式同时召开。设中国作家协会主会场和31个省、市、自治区作协分会场进行。参与者达千人之多。

② 孟繁华:《书写新时代的"创业史"》,2020年全国乡村题材会议上的发言。

学的突破,这是一个革命者、一个年轻党员,但同时也是一个党员知识分子、一个新中国环境下成长起来的青年干部。与原有的文学这类形象不同的是,原有的党员知识分子、青年干部,在文学中或处于艰苦的战争环境中,或在斗争中已经相对成熟而已磨砺为年轻的领导者。林震不然,他年轻,在成长中,还处于对新的工作环境的适应期,同样在新的相对陌生的组织岗位上保有着新鲜感,但也正是他的不成熟,使得他的单纯是可爱的。他没有像那些在一个工作岗位上干得时间久了的老同志的世故和疲沓,他永远是向上的,是寻求真实真理的。对于他认为不对的事情,他是绝对要不含糊地站出来的,而对于别人针对他的不友善的挤对和暗算,他也是要为了正直而挺身而出的。他的身上,保有着信仰的坚定,保有着对工作的真诚,保有着对同事的热忱,他是那样地积极有为,像一团年轻的火焰,热烈地燃烧着自己。这样的人物,难道不能用"新人"为之命名吗?相对于鲁迅笔下的《孤独者》[①]和《白光》[②]中的旧式知识分子,林震算得上文学史中的新人,相对

[①] 鲁迅:《孤独者》,见《鲁迅全集》第2卷,人民文学出版社1957年5月版,第84~107页。

[②] 鲁迅:《白光》,见《鲁迅全集》第1卷,人民文学出版社1957年5月版,第124~129页。

于赵树理笔下的小二黑、小琴①等要求新生活的"新农民",林震是文学史中的知识干部中的新人,相对于林道静等在艰难岁月中几经磨砺而最终成为坚定的革命者的知识分子,林震更是在新中国的新的建设环境中不弃初心、保持自己坚定信念、纯洁品质的"新人"。这样的新人,其实是有待于我们的文学评论家、文学史研究者去进一步认识的。林震,就是时隔他被创造出来的近65年之后再去看,你还是会被他的纯洁、正直和纯粹感动的。仿佛这样的人物永不再来?不,这样的人物已经活在我们之中。

让我们一起怀有敬意地来看一下这个"新人"吧。

> 现在22岁,他的生命史上好像还是白纸,没有功勋,没有创造,没有冒险,也没有爱情——连给某个姑娘写一封信的事都没做过。②

> 林震口袋里装着《拖拉机站站长与总农艺师》,兴高采烈地登上区委会的石阶,对于党工作者(他是根据电影

---

① 赵树理:《小二黑结婚》中的人物。见《赵树理全集》第二卷,大众文艺出版社2006年9月版,第210~235页。
② 王蒙:《组织部来了个年轻人》,见《王蒙文集》第10卷,中篇小说(上),人民文学出版社2014年1月版,第8页。

里全能的党委书记的形象来猜测他们的)的生活,充满了神圣的憧憬。①

……四月,东风悄悄地刮起,不再被人喜爱的火炉蜷缩在阴暗的贮藏室,只有各房间熏黑了的屋顶还存留着严冬的痕迹。往年,这个时候,林震就会带着活泼的孩子们去卧佛寺或者西山八大处踏青,在早开的桃李与混浊的溪水中寻找春天的消息。区委会的生活却不怎么受季节的影响,继续以那种紧张的节奏和复杂的色彩流转着。当林震从院里的垂柳上摘下一颗多汁的嫩芽时,他稍微有点怅惘,因为春天来得那么快,而他,却没做出什么有意义的事情来迎接这个美妙的季节。②

而在如上的外形与心理描写的同时,我们还看到了围绕于林震身边的一些人,他们的所作所为无不衬托着这个可以说不谙世故的新人。

---

① 王蒙:《组织部来了个年轻人》,见《王蒙文集》第 10 卷,中篇小说(上),人民文学出版社 2014 年 1 月版,第 8 页。
② 王蒙:《组织部来了个年轻人》,见《王蒙文集》第 10 卷,中篇小说(上),人民文学出版社 2014 年 1 月版,第 16 页。

批评会上,韩常新分析道:"林震同志没有和领导上商量,擅自同意魏鹤鸣召集座谈会,这首先是一种无组织无纪律的行为。"林震不服气,他说:"没有请示领导,是我的错。但是我不明白为什么我们不但不去主动了解群众的意见,反而制止基层这样做!"

"谁说我们不了解?"韩常新跷起一只腿,"我们对麻袋厂的情况统统掌握。""掌握了而不去解决,这正是最痛心的!党章上规定着,我们党员应该向一切违反党的利益的现象作斗争。"林震的脸变青了。①

——这是林震与韩常新的冲突。

"是的,见到你,我好像又年轻了。你天不怕地不怕,敢于和一切坏现象作斗争……"②

——这是赵慧文对林震的感叹。

---

① 王蒙:《组织部来了个年轻人》,见《王蒙文集》第 10 卷,中篇小说(上),人民文学出版社 2014 年 1 月版,第 20 页。
② 王蒙:《组织部来了个年轻人》,见《王蒙文集》第 10 卷,中篇小说(上),人民文学出版社 2014 年 1 月版,第 25 页。

难道自己真的错了？真的是莽撞和幼稚,再加几分年轻人的廉价的勇气？也许真的应该切实估量一下自己,把分内的事做好,过两年,等到自己"成熟"了以后再干预一切吧？①

——同时也伴有林震自我认识中的些许怀疑。

"为什么您把现在的工作看得和小说那么不一样呢？党的工作不单纯,不美妙,也不透明么(吗)？"林震友好而关切地问。

刘世吾接连摇头,咳嗽了一会儿又站起来。靠到远一点的地方,嘲笑地说:"党工作者不适合看小说。譬如,"他用手在空中一划,"拿发展党员来说,小说可以写:'在壮丽的事业里,多少名新战士参加了无产阶级的先锋行列,万岁！'而我们呢,组织部呢,却正在发愁：第一,某支部组织委员工作马大哈,谈不清新党员的历史情况。第二,组织部压了百十几个等着批准的新党员,没时间审查。第三,新党员需经常委会批准,常委委员一听开会批准党员就请假。第四,公安局长参加常委会批准党

---

① 王蒙:《组织部来了个年轻人》,见《王蒙文集》第 10 卷,中篇小说(上),人民文学出版社 2014 年 1 月版,第 27 页。

员的时候老是打瞌睡……"

"您不对!"林震大声说,他像本人受了侮辱一样地难以忍耐,"您看不见壮丽的事业,只看见某某在打瞌睡……难道您也打瞌睡了?"①

刘世吾的脸微微发红,他坐下,把肉片夹给林震,然后斜着头说:"那时候我是多么热情,多么年轻啊!我真恨不得……""现在就不年轻,不热情了么(吗)?"林震用期待的眼光看着。"当然不,"刘世吾玩着空酒杯,"可是我真忙啊!忙得什么都习惯了,疲倦了。解放以来从来没睡够过八小时觉。我处理这个人和那个人,却没有时间处理处理自己。"他托起腮,用最质朴的人对人的态度看着林震,"是啊,一个布尔什维克,经验要丰富,但是心要单纯……"②

——这是林震与刘世吾们的区分。

---

① 王蒙:《组织部来了个年轻人》,见《王蒙文集》第10卷,中篇小说(上),人民文学出版社2014年1月版,第28页。
② 王蒙:《组织部来了个年轻人》,见《王蒙文集》第10卷,中篇小说(上),人民文学出版社2014年1月版,第30页。

林震压抑着自己说:"老韩同志知道缺点的存在是规律,但他不知道克服缺点前进更是规律。老韩同志和刘部长,就是抱住了头一个规律,因而对各种严重的缺点采取了容忍乃至于麻木的态度!"说完,他用手抹了抹头上的汗,他也不知道自己怎么敢说得这样尖锐,但是终究说出来了,他有一种如释重负的感觉。①

　　林震小声说:"是的,正因为这样,我才觉得我们工作中的麻木、拖延、不负责任,是对群众犯罪。"他提高了声音,"党是人民的、阶级的心脏,我们不能容忍心脏上有灰尘,就像不能容忍党的机关的缺点!"②

　　——心地单纯、不能容忍心脏上有灰尘的林震,在这个世上是多么可贵。他所小心并竭力维护的信念是多么可贵,以致我以为在视其为同道的赵慧文那里,他们之间的感情也是纯粹而高尚的,是没有一丁点灰尘的。正所谓,德不孤,必有邻。

---

　　① 王蒙:《组织部来了个年轻人》,见《王蒙文集》第 10 卷,中篇小说(上),人民文学出版社 2014 年 1 月版,第 33 页。
　　② 王蒙:《组织部来了个年轻人》,见《王蒙文集》第 10 卷,中篇小说(上),人民文学出版社 2014 年 1 月版,第 33 页。

临走的时候,夜已经深了,林震站在门外,赵慧文站在门里,她的眼睛在黑暗中闪着光,她说:"今天的夜色非常好,你同意吗?你嗅见槐花的香气了没有?平凡的小白花,它比牡丹清雅,比桃李浓馥。你闻不见?真是!"①

又谁能否认,赵慧文本人也是这样"新人"中的一员呢?!

同样,《布礼》中的钟亦成,也是这样一个"新人"。当然,他的"新"要比林震更复杂一些。

之于钟亦成命运的改变,一切都是从拢共不过四句的小诗《冬小麦自述》开始的。

野菊花谢了,
我们生长起来;
冰雪覆盖着大地,
我们孕育着丰收。②

然而特定条件下的误读,使得这首描写大自然四季转换

---

① 王蒙:《组织部来了个年轻人》,见《王蒙文集》第10卷,中篇小说(上),人民文学出版社2014年1月版,第37页。
② 王蒙:《布礼》,见《王蒙文集》第10卷,中篇小说(上),人民文学出版社2014年1月版,第39页。

的诗具有不同的含义,以致在小说中的反右运动中,"……越揭越多,使钟亦成自己也完全蒙了","从此,开始了他一生的新阶段,而一切的连续性,中断了"。《布礼》在一九五七年、一九六六年、一九四九年、一九七九年多个时空中展开,在不同的境遇中,钟亦成的角色是不断变化的,然而这不是他个人主观的变化,而是反右、"文革"、北平解放,以致改革开放中尤其是前两种语境中他的"被动"变化——被赋予的他。似乎在那两个语境中,他已不再是他,而是别个他,别人眼中的他? 抑或是时间中被置换了的他? 所以他不断地在小说中要回到对自我身份也是人格确认的原点———一九四九年一月。他要找回被别人偷换了概念的那个原初的"他"。

"我们是新时代的主人,新社会的先锋",那时的他是追求进步的少年,是光荣的地下党员,是带领着进步同学一道保护国家名胜古迹和人民的生命财产的组织者参与者。"中国的几千年的人吃人的历史就要结束了! 天亮了! 繁荣、富强、自由、平等、人民当家做主的新中国,就要诞生了"[1]的欣喜之下,这个"新人"是与新中国一起诞生和成长的。这个时刻的他的形象是明晰的——"钟亦成带领着一支由三十多个年轻的中学生组成的队伍走过来了。他们当中,最大的二十一岁,

---

[1] 王蒙:《布礼》,见《王蒙文集》第10卷,中篇小说(上),人民文学出版社2014年1月版,第44页。

最小的十四岁,平均年龄不到十八岁。他们穿得破破烂烂,冻得鼻尖和耳梢通红,但是他们的面孔严肃而又兴奋,天真、好奇而又英勇、庄重。他们挺着胸膛,迈着大步,目光炯炯有神,心里充满着只有亲手去推动看得见、摸得着的历史车轮的人才体会得到的那种自豪感。"[1]

> 路是我们开哟,
> 树是我们栽哟,
> 摩天楼是我们亲手造起来哟,
> 好汉子当大无畏,
> 运着铁腕去消灭旧世界,
> 创造新世界哟,创造新世界哟![2]

歌声中的"新人"钟亦成是与林震一样,他们站在一个队伍里。然而,有一天,这支队伍中有人要他出列,走出这个队伍,说他不配在这样的队伍里,这时的钟亦成所经历的人生之复杂,则是1956年小说中的主人公林震所意料不及的。

---

[1] 王蒙:《布礼》,见《王蒙文集》第10卷,中篇小说(上),人民文学出版社2014年1月版,第45页。
[2] 王蒙:《布礼》,见《王蒙文集》第10卷,中篇小说(上),人民文学出版社2014年1月版,第45~46页。

……凌雪回过头来,答道,她又高高举起右手,向钟亦成挥了一挥,她喊道:

"致以布礼!"

什么?布礼?这就是说,布尔什维克的敬礼,康姆尼斯特——共产党人的敬礼!钟亦成听说过,在解放区,在党的组织和机关之间来往公文的时候,有时候人们用这两个字相互致意,但是在现实生活中,这还是头一次从一个活着的人,一个和他一样年轻的好同志口里听到它。这真是烈火狂飙一样的名词,神圣而又令人满怀喜悦的问候。布礼!布礼!黄钟大吕般的声音在耳边响起……①

所以他要在对他误读的时代里,不断地回放这段记忆,那些亲历的画面,使得他一次次地在对自我的怀疑中坚定着信仰,那是对自己的来路的信念,对自己的起点与选择的信念。他不曾背叛,他不会背叛,以至于他面对着对他误读的"戴红袖章的青年们"时,他仍要给他们一个合理的或是书生气的解释,"绿军装,宽皮带,羊角一样的小辫子,半挽起来的衣袖……他们有多大年纪?和我在一九四九年一样,同样是十

---

① 王蒙:《布礼》,见《王蒙文集》第 10 卷,中篇小说(上),人民文学出版社 2014 年 1 月版,第 47 页。

六岁吧？十七岁,这真是一个革命的年岁！一个戴袖标的年岁！除了懦夫、白痴和不可救药的寄生虫,哪一个十七岁的青年不想用炸弹和雷管去炸掉旧生活的基础,不想用鲜红的旗帜、火热的诗篇和袖标去建立一个光明的、正义的、摆脱了一切历史的污垢和人类的弱点的新世界呢？哪一个不想移山倒海、扭转乾坤,在一个早上消灭所有的自私、虚伪和不义呢？十七岁,多么激烈、多么纯真、多么可爱的年龄！在人类历史的永恒的前进运动中,十七岁的青年人是一支多么重要的大军呀！如果没有十七岁的青年人,就不会有进化,不会有发展,更不会有革命。"[1]这种宽容的理解里何尝不包含着对自我的另一番确认？

钟亦成之所以仍被我称为"新人",原因在于他的坚定的信仰,这种信仰在一九四九年没有动摇过,在一九五七年、一九六六年更没有动摇过。与这个"新人"相对应的,是一个"灰色的影子"般的人。这个"灰影人"没有具体的名字,也没有鲜明的面孔,然而一直是要让他的信念发生动摇的一种消极的思想。我们在小说中看到了"新人"与"灰影人"的较量,就是在这种较量与斗争中钟亦成真的"脱胎换骨"而无愧于"新人"的称号。所以,那样的篇章是这位已将自己锻炼成为

---

[1] 王蒙:《布礼》,见《王蒙文集》第10卷,中篇小说(上),人民文学出版社2014年1月版,第47~48页。

"战士"的人的心绪的自然流露：

一九五七年——一九七九年。

在这二十余年间,钟亦成常常想起这次党员大会,想起第一次看到的党旗和巨幅毛主席像,第一次听到的《国际歌》,想起这顿晚餐,想起送给他棉大衣的、当时还不认识,后来担任了他们的区委书记的老魏,想起那些互致布礼的共产党员。有些记忆随着时间的流逝而逐渐褪色,然而,这记忆却像一个明亮的光斑一样,愈来愈集中、鲜明、光亮。这二十多年间,不论他看到和经历到多少令人痛心、令人惶惑的事情,不论有多少偶像失去了头上的光环,不论有多少确实是十分值得宝贵的东西被嘲弄和被践踏,不论有多少天真而美丽的幻梦像肥皂泡一样地破灭,也不论他个人怎样被怀疑、被委屈、被侮辱,但他一想起这次党员大会,一想起从一九四七年到一九五七年这十年的党内生活的经验,他就感到无比的充实和骄傲,感到自己有不可动摇的信念。共产主义是一定要实现的,世界大同是完全可能的,全新的、充满了光明和正义(当然照旧会有许多矛盾和麻烦)的生活是能够建立起来和曾经建立起来过的。革命、流血、热情、曲折、痛苦,一切代价都不会白费。他从十三岁接近地下党组织,十五岁入党,十七岁担任支部书记,十八岁离开学校做党的工作,他选择的道路是正确的道路,他为之而斗争的信念是崇高的信念,为了这信念,为了他参加的第一次全市党员大会,他宁愿付出一生被委屈、一生坎坷、一生被误解的代价,即使他戴着各种丑恶的帽子死去,即使他被十六岁的可爱的革命小将用皮带和链条抽死,即使他死在自己的同志以党的名义射出来的子弹下,他的内心里仍然充满了光明,他不懊悔,不伤感,也毫无个人的怨恨,更不会看破红尘。他将仍然为了自己哪怕是一度成为这个伟大的、任重道远的党的一员而自豪,而光荣。党内的阴暗面,各种人的弱点他看得再多,也无法遮掩他对党、对生活、对人类的信心。[1]

这样的"新人",古今中外的文学史上可曾出现过?

"共产党员是无产阶级的先锋战士,是摆脱了一切卑污的个人打算和低级趣味的人。他有最大的勇敢,因为他把为了党的事业而献身看作人生最大的幸福。他有最大的智慧,因为他心如明镜,没有任何私利物欲的尘埃。

---

[1] 王蒙:《布礼》,见《王蒙文集》第 10 卷,中篇小说(上),人民文学出版社 2014 年 1 月版,第 56~57 页。

他有最大的前途,因为他的聪明才智将在千百万人民的斗争事业中得到锻炼和成长。他有最大的理想——在全世界实现共产主义。他有最大的气度,为了党的利益他甘愿忍辱负重。他有最大的尊严,横眉冷对千夫指。他有最大的谦虚,俯首甘为孺子牛。他有最大的快乐,党的事业的每一点每一滴的进展都是他的欢乐的源泉。他有最大的毅力,为了党的事业他不怕上刀山、下火海……"

党课结束以后,钟亦成和凌雪一起走出了礼堂。钟亦成迫不及待地告诉凌雪说:

"支部已经通过了,我转成正式党员。在这个时候听老魏讲课,是多么有意义啊。给我提提意见吧,我应该怎样努力?"[①]

正如与林震相对应的赵慧文同属于同道知己一样,凌雪不仅与钟亦成青梅竹马、志同道合,而且还是他危难中的妻子、心灵上的挚友。这种以"提意见"作为爱情表达和请求的方式,你在古今中外的文学中见过吗?然而他们是绝对真诚的,他真诚地希望自己的爱人帮助自己成为更好的人,更值得得到她的纯洁的爱情的人。

[①] 王蒙:《布礼》,见《王蒙文集》第10卷,中篇小说(上),人民文学出版社2014年1月版,第58页。

与此同时,那个"灰影子"①又能够怎样他呢?他又怎么可能听从于那种挫败他信念的情绪呢?不,他反对!他的理由是:"是的,我们傻过。很可能我们的爱戴当中包含着痴呆,我们的忠诚里边也还有盲目,我们的信任过于天真,我们的追求不切实际,我们的热情里带有虚妄,我们的崇敬里埋下了被愚弄的种子,我们的事业比我们所曾经知道的要艰难、麻烦得多。然而,毕竟我们还有爱戴,有忠诚,有信任,有追求,有热情,有崇敬,也有事业,过去有过,今后,去掉了孩子气,也仍然会留下更坚实更成熟的内核。而当我们的爱,我们的信任和忠诚被蹂躏了的时候,我们还有愤怒,有痛苦,更有永远也扼杀不了的希望。我们的生活,我们的心灵曾经是光明的而且今后会更加光明。但是你呢?灰色的朋友,你有什么呢?你做过什么呢?你能做什么呢?除了零,你又能算是什么呢?"②

　　这样战斗着的,难道不称之为"新人"吗?这样像一根两头点燃了自己并一直燃烧着的,难道还不能够称为"新人"吗?这样让自己在严苛的心理的搏战中不断求取战胜的人,

---

　　① 王蒙:《布礼》,见《王蒙文集》第10卷,中篇小说(上),人民文学出版社2014年1月版,第62页。
　　② 王蒙:《布礼》,见《王蒙文集》第10卷,中篇小说(上),人民文学出版社2014年1月版,第64页。

的确正是我们在中国以往的文学史中难得一见的"新人"呵。

这个"新人"的形象是由以下图景构成的:

> 春天了,他深翻地,目不斜视,耳不旁听,全部肌肉和全部灵魂的能力集中在三个动作上:直腰竖锹,下蹬,翻土;然后又是直腰竖锹……他变成了一台翻地机,除了这三个动作他的生命再没有其他的运动。他飞速地,像是被电马达所连动,像是在参加一场国际比赛一样地做着这三位一体的动作。腰疼了,他狠狠心,腿软了,他咬咬牙。腿完全无力了,他便跳起来,把全身的重量集中到蹬锹的一条腿上,于是,借身体下落的重力一压,扑哧,锹头直溜溜地插到田地里……头昏了,这只能使他更加机械地、身不由己地加速着三段式的轮转。忘我的劳动,艰苦而又欢乐。刹那间,一个小时过去了,三个小时过去了,十二个小时也过去了,他翻了多么大一片土地!都是带着墒、带着铁锹的脖颈印儿的褐黑色土块,你想数一数有多少锹土吗?简直比你的头发还多……人原来可以做这么多切实有益的事。这些事不会在一个早上被彻底否定,被批判得体无完肤……
>
> 夏天,他割麦子,上身脱个精光,弯下腰来把脊背袒露在阳光下面。镰刀原来是那么精巧,那么富有生命,像

灵巧的手指一样,它不但能斩断麦秸,而且可以归拢,可以捡拾,可以搬运。他学会用镰刀了,而且还能使出一些花招,嚓嚓嚓,腾出了一片地,嚓嚓嚓,又是一片地。多么可爱的眉毛,每个人都有两道眉毛,这样的安排是多么好,不然,汗水流得就会糊住眼睛。直一下腰吧,刚才还是密不透风的麦田一下子开阔了许多,看见了在另一边劳动的农民,看到山和水。一阵风吹来,真凉快,真自豪……

秋天,他打荆条,腰里缠着绳子,手里握着镰刀。几个月没有摸镰刀了,再拿起来,就像重新造访疏于问候的老友一样令人欢欣。他登高涉险,行走在无路之处如履平地,一年的时间,他爱上了山区,他成了山里人。如同一个狩猎者,远远一瞭望,啊,发现了,在群石和杂草之中,有一簇当年生的荆条,长短合度,精细匀调,无斑无节,不嫩不老,令人心神俱往,令人心花怒放。他几个箭步,蹿上去了,左手捏紧,右手轻挥镰刀,嚓的一声,一束优质荆条已经在握了,捆好,挂在腰间的绳子上;又一抬头,又发现了目标,他又攀登上去了,像黄羊一样灵活,像麋鹿一样敏捷,身手矫健,目光如电……①

---

① 王蒙:《布礼》,见《王蒙文集》第10卷,中篇小说(上),人民文学出版社2014年1月版,第87~88页。

这样的人，谁能够夺去他心里的光明呢？谁能够阻挡他心向光明的爱情呢？没有谁，没有人。一个用特殊材料造就的人，到了这一步，已经不可战胜。"他黑瘦黑瘦，精神矍铄。他学会了整套的活路——扶犁、赶车、饲养、耘草、浇水、编筐和场上的打、晒、垛、扬，他也学会了在农村过日子的本领——砍柴、摸鱼、捋榆钱、挖曲母菜和野韭菜，腌咸菜和渍酸菜，用榆皮面和上玉米面压饸饹……虽然他从小生长在城市，虽然他干起活来还有些神经质，虽然他还戴着一副恨不能砸掉的眼镜，但他的走路，举止，愈来愈接近于农民了。"①而这一切都源于一种信念，有了它，他才能做到——"咬紧牙关，勇往直前"。

那么，那是一种什么样的信念呢？也许正如凌雪所言，"既然物质不灭和能量守恒的法则对于整个宇宙、对于全部自然界都是适用的，那么，我常想，在社会生活当中，在政治生活当中，不灭和守恒的伟大法则究竟意味着什么呢？事实真相和良心，这难道是能够掩盖、能够消灭的吗？人民的愿望，正

---

① 王蒙：《布礼》，见《王蒙文集》第10卷，中篇小说（上），人民文学出版社2014年1月版，第90–91页。

义的信念,忠诚,难道是能够削弱,能够不守恒吗?"[1]正是有了这样的信念,这种对真理的相信与追寻,他(她)才能够穿越那一个个时间所标识的人生考验,无论是一九四九年,一九五七年,一九六六年,一九七一年还是一九七九年,一九七九年,王蒙创造了钟亦成的这一年,他(她)们都相信着,并相信所付出的代价对得起这种相信。那被相信的,是什么呢?

他相信,如同初次的爱情。

那被相信着的,是——

多么好的国家,多么好的党!即使谎言和诬陷成山,我们党的愚公们可以一铁锹一铁锹地把这山挖光。即使污水和冤屈如海,我们党的精卫们可以一块石一块石地把这海填平。尽管"布礼"这个名词已经逐渐从我们的书信和口头消失,尽管人们一般已经不用、已经忘记了这个包含着一个外来语的字头的词语,但是,请允许我们再用一次这个词吧:向党中央的同志致以布礼!向全国的共产党员同志致以布礼!向全世界的真正的康姆尼斯特——共产党人致以布礼!

---

[1] 王蒙:《布礼》,见《王蒙文集》第10卷,中篇小说(上),人民文学出版社2014年1月版,第100页。

二十多年的时间并没有白过,二十多年的学费并没有白交。当我们再次理直气壮地向党的战士致以布尔什维克的战斗的敬礼的时候,我们已经不是孩子了,我们已经深沉得多、老练得多了,我们懂得了忧患和艰难,我们更懂得了战胜这种忧患和艰难的喜悦和价值。而且,我们的国家,我们的人民,我们的伟大的、光荣的、正确的党也都深沉得多,老练得多,无可估量地成熟和聪明得多了。被革命的路上的荆棘吓倒的是孬种,闭眼不看这荆棘,甚至不准别人看到这荆棘的则是自欺欺人或是别有居心。任何力量都不能妨碍我们沿着让不灭的事实恢复本来面目、让守恒的信念大发光辉的道路走向前去。

"团结起来到明天,英特纳雄耐尔就一定要实现!"[①]

如同初恋,他从来没有放弃,更不可能背叛!

这就是我所理解的"新人"。

他之诞生,使再艰辛的命运都能成为——成为——如歌的行板。

---

① 王蒙:《布礼》,见《王蒙文集》第10卷,中篇小说(上),人民文学出版社2014年1月版,第102页。

女性知识分子形象及人格心理的文学探究
——王蒙新作《霞满天》读后

读过《霞满天》,我给王蒙先生发了条微信,内容中有一句"感慨万端"。

感慨万端——这是掩卷后的第一感受,也是一直以来阅读王蒙先生作品的最为强烈的感受,也可能是一个优秀杰出的作家的作品所能带给我们的一个直观感受。真实地说,刚刚读过一部作品,你为之牵引为之打动为之沉浸,许多心绪涌上来,各种线索,有与他人经历相关,有与个人亲历相连,或与友人诉说类同,或与自身体验相近,种种纷至沓来,你一时找不到一个特别明显或明确的线头,把你的阅读理一理,将一团生活的本来逻辑化,从中条分缕析,从中发掘要义,你来不及置身对面做一"法官",带着"审判"的审慎分析,提醒自己应该更加客观更加理性更加辩证地看问题。总之,面对小说所提供的纷至沓来,尤其是王蒙先生小说由于生活原材料的丰沛之上还有特别的王蒙式诉说方式之繁复所提供的"乱花渐欲迷人眼",更使得你在面对这种有非常强的主体性的文本时,会一下子"欲语哽噎"或者"竟无语凝咽",不知从何说起。这可能也是王蒙先生作品给评论设置的难度。

设若智的层面无法接通,对于文本的进入则是无效的。这可能也是一种归零?所以每每遇到这样的作家,他所提供的文本又不只是一种单一的文本,这一个文本本身就已经包含了许多以前的文本,"这一个"是"这一个",同时也是此前许多个"这一个"的组合,千头万绪,你能找到那根最初的线吗?你若找到,你能肯定那一根就是你要找的或者它就是那个开始吗?一切都有道理,一切又都是模糊暧昧的,道理是经由主观的肯认筛选,暧昧则就是生活的本来,于此两者间,您选择哪个?或者您被哪个所选择?有时是命定,有时也是偶然。选择者与选项之间,谁说了算呢?

这可能就是评论家的繁难所在。我曾在《我为什么写作》一文中,试图分类型地述说世上大约三种(当然远不止三种,三的立方都不足以囊括)不同侧重点的写作,分别是:第一种,让人知道"我"的写作。写作是为了突出"我"作为作者也同时作为人物的主人公的主体,这是以"人"为主体的写作,这个"人"大多时候不是众人或他人,而只是"我"。比如海明威的写作。第二种,让人认知世界的写作。写作是为了以我这个叙述者为"通过体"或者"思想的工具"而找到通往外部世界的途径,它集中探讨客体对象,了解社会的法则,何以如此,或者已然如此,英国作家可以举出许多这样的例证,比如毛姆,比如奥威尔,比如哈代,当然也包括钱钟书的《围城》。第三种,让人了解"我"与"你"(也许可用"世界"一词指代)存在着一种怎样的关系的写作。这种写作在意的既不完全是"我",也非完全是"你",它是一种主客体之间的关系的融合,或主客一体关系的建立。我将之称为一种理智的爱的写作,在爱的关系中,单一的主体或单一的客体都无法完成、实现作为"关系"的存在,在"关系"中,"我"与"你"必得同时出现并摆在同等重要的位置上才可能成立。这种写作的代表性作家我们可以举出一些,比如王蒙,比如冯骥才。——以上的分类只是为了述说的方便,并无画地为牢的意思,当然也只是我自己的看法。一个作家的写作往往是逸出所谓的看法的,因为写作本身就是一种"打破"、一种"穿越",不然这个世界就不存在写作这样一种工作了。

述说的方便当然是一种介入方式,同时也是一种提示,譬如为什么这样述说这种归类,肯定也是有一些理性和逻辑支持的,而理性的逻辑背后当然是大量鲜活的文本,它们默不作声,却也不是隔绝的存在,对于读者的感怀与拥抱,是写作之所以为写作的初发点。也就是在这个意义上,相对于"我"的写作,"你"的写作这两种写作而言,最不好谈的就是着眼于

"我"与"你"的写作。因为后者——体现了一种爱的关系。一种要在这爱的关系中加以深入理解的写作,或者是要层层剖析爱的关系并显现这种不可言说事物的写作,这种写作,是难的,对于这种写作的解说,何尝不是难的?

但是正是难的,才具挑战性。"我"与"你"关系的写作,才因此而有更广大的空间可以言说。

小说《霞满天》和王蒙的许多小说有着一致性,就是它在探究人的最深层的精神,就是说在一些非凡境遇中,人对自身命运的反应。当然,这种对于"反应"的书写源于人对自我探索的好奇,就是在看似"给定"的命运里,人能够怎样,怎样面对,怎样应对,怎样处理,怎样博弈?人的底线,人的耐受,人的叛逆,人的上升。总之一句话,或许是"你"的力量把"我"变成了这样,"我"还有没有一种力量来调正"我"与"你"的关系,使之重置,使之如常?

我们在王蒙先生此前的许多的作品中看到过这种力量,我们甚至一直都在这种力量的给出中认识王蒙的写作。但无论是早年《组织部来了个年轻人》还是中年期至为重要的《活动变人形》以及"季节"系列,甚至包括近期王蒙小说创作迎来再度"井喷"的《笑的风》等一系列小说,它们都几乎是男性主人公为主的,就是说,人在与命运的较量中,"这一个"给出力量的主体是男性的,许多时候,我们阅读"他",其实也在阅读作家本人,因为这个"他"与"我"是有大面积的重叠性的。如果说是"我"附身于"他",莫若说是"他"呈现着"我",这是一种镜像互文式的写作,是一种自我求证的写作,是一种向内挖掘向深探究的写作。这种写作中的主人公,往往正是写作者自己。是他镜中的自己,同时也是他心像的另一种反射。

然而,《霞满天》有些异类。它的主人公是一位知识女性。虽然我们在王蒙先生以往的小说中也曾读到过这样的女性,在上述所列的小说中,或者还有《布礼》《如歌的行板》中我们都结识过这样的知识女性,"她"作为主人公的存在,在王蒙小说中一直是不缺席的,甚至有评论家认为,王蒙小说中的女性形象,尤其是知识女性形象一直是一个未曾断裂的存在。而在他的《青狐》《女神》多部作品中,我们更感受到一位作家对知识女性的复杂性探索与深情刻画,在从《组织部来了个年轻人》《青春万岁》开始的众多知识女性形象的刻画中,我们也加深了对王蒙先生的知识结构与人格水准的认知。知识女性,一直是王蒙小说所关注的对象,而对"她"的长长书写中,我们看到的是一位同为知识分子作家的诚恳、尊敬和热爱。

《霞满天》无疑延续了这种热爱。不同的是,这次的"她"不是作为"我"的"配角"而存在,而是成为一种独立的主角存在和支撑着整部小说的走向。

蔡教授的出场并不在小说开始，而是小说进行了有一段时间之后才姗姗来迟，而此前的叙述中，我们仍然看到男性角色的铺垫，即便是生命力极强的诸多男性，都原因不一地在故事中一一离场，而后来来到"霞满天"养老院的蔡教授，原来却是生命力最强的一位。在小说的讲述中，我们看到一位不屈服于命运的女性，而她的出场恰恰是她语言上的不屈服——她一直沉浸于自以为是的某种场景中，在那种自造的境遇中，她获得了某种荣耀，她却拒绝了对这种荣耀的领受，而我们又知道那种她自认为有的荣耀其实又莫须有，就是在这种真与幻中，我们感受到一位未曾获得又渴望获得却以对未能获得的拒绝的形式表现出来的某种复杂的委屈又高傲的心理，而对这种心理的透视是作家王蒙先生的敏锐所在。从某种角度而言，这是一个有着被承认的渴求却不得，而以某种反面的语言而否定自我渴求以肯定自我认知的心理疾病患者。那种语言所表达出来的深度的抑郁对于"她"而言，是由岁月中的一系列击打形成的。由这种胡言乱语，作家溯流而上，给我们讲述了"她"命运中的数个偶然——初婚即因一场事故而失去了爱人，又在中年失去了爱子，当第二次婚姻进入暮年，一切都安稳静好，两人事业均迎来高峰时，又因丈夫的出轨而使原本的幸福变成了气泡，而使丈夫做出背叛行为的恰又是她视如养女的学生。真是屋漏又遭连阴雨,几乎所有的不幸全落在她一人头上了。这中间的丧夫丧子以及爱情磨折婚姻苦痛,其中任一个事故放在一个人身上,都是要付出全部精力去应对消化的,而它们在一个女人的青年中年暮年分阶段也一股脑地砸在"她"脑袋上,而只是语言层面或神经层次的抑郁的反抗已经不错了。这个女性还有知识支撑,还有理性作底,不至于满盘皆输。但就是这样,她所受到的身心摧残也同样是惨烈的。小说为我们描述出了一个屡遭命运戏弄的女性是如何还给命运一击的。后者才是使我们对于作为主角的"她"的顽强的生命力和这生命力所激发起的一个人的能量产生敬意的原因所在。

  我们看到"她"驱车大漠,"她"只身周游列国,"她"去看斑斓的极光,"她"在没有人认识她的异域痛哭一场,然而哭过之后,"她"重拾行李,毅然前行,在前行中"她"是一个抛弃者,抛弃昨日的不快,抛弃命运强加于她的痛苦;在前行中"她"又是一个殉道者,是一个对不幸有着清醒认知、冰雪聪明却坚韧不低头的人物,"她"悉心守护那不能被夺走的部分——心智、自由、理性;当她意识到所谓的幸福被夺走被践踏被撕裂之后,"她"必须守住的,还有自己作为人的尊严、高贵和雍容。是的,"她"活在养老院中,但活得深沉,也活得拉风。"她"活在她的世界中,活得苦痛,更活得从容。"她"简直就是一部"活着"之书,"她"要给"活"以定义,在"她"被某种生活强要给"她"定义的同时,"她"接下来,迎上去,一点也不含糊,一点也不怯懦,一点也不妥协,"她"抱着臂膀,面对着那要毁灭她的力量,说:来吧。来啊。

这是怎样的一个拳击台啊。这是怎样的一种交手。这个伤痕累累的选手,满怀惆怅,而又斗志昂扬。

王蒙先生的这部小说只是在谈女性吗,或者只在谈知识女性,或者只局限于知识女性的人格心理?难道他不也是同样在谈着人,谈着人类?人类所面临所经历过的种种,与"她"相比,不也是一直在处理着各式各样的伤痛?人类就是从伤痛中不断地爬起来,不断地往前走,人类与"她"一样,没有时间或没有更多的时间往后看,甚至没有更多的时间反思过去反刍痛苦,人类必须往前走,如果人类是一个"巨人"的话,他也不是一开始就是巨人的,而是在不断地摔打不断地跌倒中不断崛起而成为巨人的。

所以,王蒙先生的《霞满天》,何尝不是关于人类的故事!只是在这里,"这一个""她"代表了人类所借出场的最为真切的面目。

弱者的胜利

——南丁中篇小说管窥

作为专业阅读者,我深受《被告》开头的吸引在于它的不可模仿与难以复制,那行文字是:"王家兴最害怕的是潘淑芝的那一对眼睛"。王家兴是谁?潘淑芝是谁?为什么害怕?害怕的为什么是"一对眼睛"?他们不过是一个男人,一个女人,一个村代表主任,一个乡村少妇,两户对面人家,当然也是一个被告,一个原告,一个更应该是被告的原告,一个是被应成为被告的原告一再地整到了法庭监狱并延期而至有些疯癫却信念不移的"被告"。发生于二十世纪五十年代初的故事在小说的元叙事意义上之所以历时经久而魅力不减,一方面源于它自身一直延续的一种引人进入的节奏,而这一节奏的制胜点仍在于这个开放的开头,作为一部小说的第一句,它暗藏了两位主人公对峙的紧张,同时也给出了我们解开两位主人公内心的钥匙。而后者,在二十世纪五十年代的小说写作中,更有着先锋的意味。

对应于潘淑芝的农村少妇的让王家兴害怕的一对眼睛的,是潘淑芝眼中的王家兴的"笑",是他恶意的狞笑时露出的"闪着黑光的尖利的牙齿"。这些浅淡的白描式书写中渗透的心理探索与双关意味,在今天看来也价值非凡。然而,比开头、节奏和心理都更为重要的,是人物,更确切地说,是人物的信念,这信念不是通过小说家的解说表达出来的,而是女人的那对眼睛"说"出来的,是"她看到"的,相对于"憔悴的面容""流下的眼泪""委屈的、羞辱的、破烂的生活"之所见,她更看见了"蓝色的天空""金色的阳光""绿色的正在茁壮成长的垂杨柳和广阔无垠的绿色原野","她觉得世界这么好,死了才真可惜,才真是傻瓜。应该活下去"。

整部小说对于法庭没有过多书写,而真正"对簿公堂"的交锋是潘、王在选举会上,那段情节真是精彩有力,而"罪上加罪"的潘淑芝的"一切都会好起来的"固执相信,更使这部小说获得某种动力,而我以为,小说更深的意旨在于对秦信式法官的"清理",更在于"法官,这是决定人的命运的人,要是麻木了,要是像理发师谈着头发的样式那样谈着人,那真是可怕。法官,这是一种危险的职业,需要怎样谨慎的人去做啊"的认知,这种认知即便放在 60 年后的今天再看,仍是真理。最后小说对人物去向的交代,简洁明快。这一干净利落的文风在《尾巴》等作品中更发挥得淋漓尽致。

不仅语言,《尾巴》的中篇架构能力更趋成熟,它用了"小标题法"来结构全篇,譬如,"一、讲故事之前,有必要啰唆几句,诸如时代背景之类"题下的开头,"公元一九七六年夏季的白果树村,在许多方面回到了原始时代。比如耕地,原是有一台拖拉机的,可是没有柴油,只好把老牛请出来"。此后还有,"比如吃粮""比如洗衣""比如取火""比如照明",等等,不一而足,这个时代背景交代得何其精彩,又何其充满了反讽意味,比如,"人呢?人的情况就更为严重,尤其值得忧虑马克思主义经典作家认为,猴子变成人之后,就没有尾巴了。有无尾巴,应当是猴子与人们相区别的标志之一。可是,不知怎么一来,白果树村的一些人却又长了尾巴:这就回到原始社会以前去了","人类岂能与猴类共处?于是,就有了一个割尾巴的运动"。南丁式的黑色幽默,不仅让我们领略到作家的才智,更成为推动整部小说上升的"旋转力",在这样的反讽对应的变形了的"时代背景"里,我们才可理解梁满仓老汉的愚忠,梁铁的铁一般的沉默,梁继娃的睿智机警,也才能站在这个已经拨乱反正后的时代回望那一变形时代时,理解小说家写下的"割资本主义尾巴"的对"尾巴户"的"资本主义之鸡"的革命,对于"尾巴"的手术、刀割和铁烙,才能理解动员会上孙德旺的"十三杯茶,八回厕所,二十六支大前门牌香烟"的艰难动员,才能理解梁满仓老汉的对"两头母猪,三棵树,三十只鸡"的坦白交代，才能理解后生梁继娃读恩格斯《社会主义从空想到科学的发展》时的所思所想。

《尾巴》的华彩乐章是梁继娃与孙德旺对垒的一段，面对孙的"你想到其他的后果没有呢？比如说坐牢，杀头"的威胁，梁的"自由与生命"的回答是坦然的。面对"想社会，盼社会，谁知社会恁受罪"的民谣，孙的感觉是鱼咬住了钓钩的喜悦，而梁的回答则是它是"人民的呼声，人民的批判。人民对某些人搞的带引号的社会主义的批判"，社会主义不是贫困，不是劳动日值二十年一贯的两角七分钱，所以，我们的梁继娃会对"左"得可爱的县委书记孙德旺说："我可怜你们——你们这些可怜的尾巴！"并坚定地告诉他："你错了。你把权力当成了真理。这是两个东西。权力不等于真理。"

整部中篇小说响彻的几乎都是男性的声音，但最让我难忘的还是着墨不多的一位女性——梁张氏——送丈夫参加解放战争的伟大的农村少妇，现行反革命分子的母亲。我发现南丁小说中总有一个女性形象，她有时是刚强坚忍的潘淑芝，有时是聪明善良的章慧，而这里这个"她"是集烈属与"反属"于一身的"一个独立的人"。小说对张妮的描写是有节制的，同时也是小说中最具抒情性的，那个年轻时冒雪跑十五里山路看歌剧《白毛女》的张妮到了70岁时要去北京告状，而"夜色未退的朦胧中，她背上包袱，挎上篮子，谁也没惊动，悄悄地走了。她过了金马河,在那个山的弯路处,停下了脚步,站了很久。那是她丈夫回头看她的地方,是她最后看到她丈夫身影的地方"一节文字,不仅是对"割尾巴"式的假社会主义的最大质疑,而且隐含着梁继娃所言的"人民的胜利"。人民,当"他"聚合为"人民"时,是强大无比的,但人民不是概念,南丁为我们揭示了"人民"的每一个个体,"人民"的个体性和散在性,"人民"是人,是一个个血肉丰满、爱恨分明的独立的人,他们顶着农民、林管员、烈属等各样的身份,叫着梁张氏、潘淑芝、沙打旺等不同的名字,但他们才是最有生命力的,只有他们才会赢得历史的最后的胜利。山坡上的连翘花开了,又一个春天来了,爱情也来了。作家在1979年至1980年铺开的纸上,写道:"万物生长啊,万物生长。"

对于"绿树,红花,庄稼,真理,善良,美好,科学,民主,理想,爱情"的期盼,此后《新绿》中延续着这一主题。当然,这所有的美好的建立仍是在对历史的反思之上的。小土炉残骸遍布的褐色的秃山头,大炼钢铁时代的废墟,"一九五八年的产品",生于"一天等于二十年"那年自称四十一岁而实际只有二十一岁的后生,"花栎山—四望山大队文物保护单位"的木牌,在记录历史教训的黑色幽默里,我们结识了甄山、贾青、沙打旺、崔志云,还有讲述沙打旺的作家乔三元。对于林管员的角色与荣辱的记述无须我多言,小说自有它不可转述的精道,尤其是农民家的一顿派饭,其中的论辩意味深长;而"社会主义应当放到农民的饭桌上来,可以看得见的,可以摸得着的,可以咀嚼的,可以品尝的"和"我们的人民敢于公开地批评我们党曾经有过的失误,作为一个共产党员,我是感到鼓舞的。这与损害党的形象无关。这正是爱护党的表现""我们自己的疮疤。什么疮疤呢?'左'的疮疤",以及"我们中国人类社会的生态平衡,由于历次扩大化的阶级斗争,遭到了相当严重的破坏",而平反冤假错案是恢复生态平衡等认识,不仅在故事发生的十一届三中全会的第一个春天写下时有见识,就是放在今天也是意义非凡的。小说的"补遗"写得优雅迷人,如绿意盎然的春夜,一切在返青,心田也不例外。

那位小说中的农民作家,那段艰辛生活的直接见证者,在经历了这一切黑白颠倒之后,依旧仰头望星空,他在追寻什么呢?他所追寻的,难道不是——"不论是夜色未退,还是更深人静,我都听到过从大山上传来过的他的歌声。叫人以为那是从神秘的星空洒落下来的"。

正是。生命不会止于废墟,它总是从毁掉的地方长出新枝。这也是南丁小说为什么记录了那么多苦难而总是怀有葱茏的绿意的原因。这是他献给这个并不完美的世界的深沉而隽永的"完美"意念。

我因爱他,也爱了这个世界。正如我爱他思想中的"完美",而原谅了这个世界的不够完美。

  那从神秘的星空洒落下来的歌声,就这样轻轻抚过了现实的残缺,它还给世界的只是爱与谅解,这是文学之所以常青不朽的"新绿"的原因。我不仅从中领略到二十世纪时代风云的波谲变幻,更敬仰一个作家心向光明用笔如上的深在趋力。

  这样才可能接近并写出胜利的真正源头。握在我们手中的笔,它看似纤柔,由此聚合的力量却强大无比。

话说《经七路 34 号》

——南丁《经七路 34 号》读记

经七路 34 号,特指郑州市经七路 34 号院。这个大院,外人称为"文联大院",坐落在经七路和纬三路交叉口附近,大门朝东,站在这个经纬交界的路口就能看到。这个地址原是一个大的院子,从大院子隔出去两个大门,一个是文联办公大院,一个是文联家属院,典型的前院工作、后院居家的格局。家属院二十世纪五十年代时只两座红楼,红砖立面,苏式坡顶建筑,称为 1 号楼、2 号楼,外人称这两座楼为"红楼""作家楼",代称河南文学艺术工作者居住的地方。1、2 号楼的后面原是麦田,我小的时候还种着小麦,后来被河南省军区征用。二十世纪七八十年代在 1、2 号楼的前面盖了 3、4 号楼,七八十年代的许多解禁的电影,经由一台老式电视机在当时称"向阳院"的大院正中间放映,大家从各自家里搬来小凳子像看电影似的看电视。儿时晚上的文化生活场景也有着"大院"的风格,我和其他孩子就是从那个现早已不知去向的黑白大电视机中看到了《五朵金花》《阿诗玛》，还有《叶塞尼亚》《上甘岭》，为了那个因爱情变成了石头的阿诗玛，为了那个手持炮筒不畏牺牲的英雄王成，电视机前的我哭得比电影中的阿牛和王芳还痛。记得院子里还有一个公用水管，楼上经常停水，停水后3、4楼层的人端了锅在楼下淘米、洗菜。是当时的市政水压不够，还是别的，3、4层楼停水是经常的事，大家就端着盆子去洗衣服，在没有洗衣机的时代，我仍记得被单飘扬在大院铁丝上的景象，而为了它的轻舞飞扬我的拧被单的小手常被冷水泡得通红。

后来家属区又盖了5号楼，显示着文学艺术工作者队伍的壮大。粉碎"四人帮"后的新时期各个文艺家协会建制齐全，还有雨后春笋般的报纸刊物，一时间，"文联大院"虽然由"大院"变作了5栋楼，加上前院的办公大楼，"大院"的风貌不复存在了，但当时这个院子的确是"往来无白丁"的地方，诗人、作家、版画家、作曲家、剧作家、编辑家等等，大家生气勃勃，在刚刚到来的新时期，意气风发。那时的他们，有的已年逾华甲，有的正值不惑，有的刚刚毕业，青春年少，而南丁刚刚站在知天命年的门槛前，总之，无论老的、少的、壮年的，他们都满面春风，干劲十足，谈兴正浓。他们创立职工图书馆、阅览室——我的文学启蒙多来自这两个地方——还兴办食堂、澡堂、招待所，文联大院的招待所曾经接待过许多作家，无论是从外地来的名家,还是从基层来的作者。那时的办公楼会议室常有讲座和交谈,聂华苓、侯宝林、李德伦、钱谷融、痖弦、柏杨、蓝翎、余秋雨等,年少的我们曾见识过他们的身影或谈锋。那时,无论什么专业,从事怎样的文艺创造活动,他们之间经常节假日串门交谈,家里浓烟围绕,有时谈到中午母亲便开火做饭,无论是煤炉还是液化气灶只要来客她都能做上一桌子菜。有许多好的主意在这浓烟与美食中诞生,后来这些主意变成了刊物、活动、讲座、讲习班,变成了一个个具体的走进"大院"的作家艺术家队伍中的后来者。

南丁所记,是他先作为一个后生而后作为一个长辈在这支文学队伍中的所见所闻。当前存世的"文联大院"人中,应没有比他更了解这个"大院"的前世今生的了。南丁与"经七路34号院"的"纠缠"可以说是一辈子的,作为"大院"的见证人,作为一个以笔记录时代之变的作家而言,他在晚近一两年经由后辈作家的劝说与激励(他经常如是说),在写作散文随笔的间歇,重新开始对这个"大院"审视。而这个大院也在5号楼的前面,在文联的两栋办公楼原址上盖了一个综合大楼。"大院"风貌已然不在,在大院中"观影"的孩子们也都各奔东西,有的去了大西洋的彼岸。我大约是住得最久的一个孩子。从2号楼我的出生地,到3号楼、4号楼、5号楼,从2层到4层,到3层,再到2层,我都住过,减去下放的3年和归城在工人新村暂住的3年,我一直在大院住到了42岁,如今我父母的房子还在这里,他们用一生的工作换来的百多平方米的房子的房本上写着父亲一个人的名字。南丁以一个作家,更是以一个亲历者的目光扫过他曾住过的地方,那些木窗因年久失修已显出历经风雨的样子。他的目光没有停留于此,而是深入更远,在岁月与时代交叠的时空中游走。那里,活着他的记忆,他的生命,他的从安徽家乡到上海求学再到18岁以后给予才华和贡献的河南,这个个体最长的一段生命就在这个"大院"里。这个大院记载了一个年轻人的成长,一个共和国第一代的作家的养成,记载了这个作家,这代作家、艺术家的悲欢。他在这里写出了他的成名作,他在这里被打成右派,"文革"中被抄家,也在这个院子,他迎来了十一届三中全会的转折和新世纪的曙光。这个"大院"于他而言,其价值与分量是难以称量的。那是他生命的一大部分,和文学生命的全部,他与它,一个人与一个大院,互为见证。大院,也是他的喜悦和沧桑、他的成长与书写的最有力的见证"者"。没有任何人,没有什么东西,比"它"对"他"的注视更久长。

近代林语堂、当代王蒙先生都有《八十自述》,八十,是人生可以深深回眸的一个生命台阶,能够写出自己的八十自述的人,必是在提笔时有着不凡的经历和心境,回望,其实是一种整理,一种对过往人事的总结。南丁写《经七路34号》时,已是84岁高龄。在此之前,他一直并没有想到要去总结什么,只是后代人在他耳边时有叮咛和期望,"你不写可能就没有人写了""这个大院的历史就会沉入历史土壤的深层了",如此等等。总要有一个考古者,将正在过去正被遗忘的历史指给我们看,让我们能够记住今天的来路。记住来路,才可能更好地将以后的路走好,或开拓出更好更新的路。

南丁二十世纪五十年代以小说名世,五十年代参加第一届青创会,五十年代加入中国作家协会。此后历经坎坷,到十一届三中全会后也是以小说复出,七十年代末、八十年代初他的小说频频亮相,一时被评论界称为开"反思文学"先河者。小说是他的创作主业,回忆录类的纪实文字他很少触碰。他的年轻的内心其实还不到回首往事的时候,但是他还是动笔了,以一种板块式的结构实录历史。这个动笔,是对于河南当代文学史的一种责任,当然也是给要开拓新路的后来者的一份备案。这份备案,与大学教案不同,它是活生生的亲历者的。我想,它的确是一份历史,也同时是一种历史的有力补充。

二十世纪九十年代,我曾有一篇《不对位的人与"人"》论文,副题为"人物与作者对位关系考察暨对二十世纪中国文学知识分子形象及类近智识者人格心理结构问题的一种文化求证",其中谈到冯雪峰去看病中的鲁迅,"冯讲到鲁迅先生在一九三六年六月在病前后曾屡次提起中国知识分子问题,'我们谈着,说到鲁迅先生深知四代知识分子,一代是章太炎先生他们;第二,鲁迅先生自己的一代;第三,是相当于例如瞿秋白等人的一代;最后就是现在如我们似的这类年龄的青年……他当时说:"倘要写,关于知识分子我是可以写的……而且我不写,关于前两代恐怕将来也没有人写了。"'疾病最终没有给鲁迅先生写的机会"。南丁之幸运,在于2015年3月他84岁高龄时提起了笔,2014年12月,南丁被邀为河南省文学院的作家培训班讲课之后,有作家多次找到他,要他作为河南省文联和"文学豫军"的亲力亲为的建设者,口述新中国成立以来的河南文学文化史,但他思忖之余,还是自己拿起了笔。这是他放下小说书写的代价换来的——之前,他也曾试图以小说形式呈现这个"大院"的变迁,但均未完成;他最终选择了回忆录的方式,这是一份与历史对话的责任,他也有疑问:"我虽亲历了那历史,但我能认识那我亲历的历史吗?"认识从来都是在写作中出现的,思想如果不写出来,认识又如何呈现?一个以笔为生命的人,是没有理由停下笔的。

  2016年春节我请探亲假回家,看到他案头上放着用钢笔书写的一页页文字,干净、整洁,冬日的阳光照在上面。2016年4月清明节我回郑州参加诗人杜甫诞辰活动暨诗会,他仍在写作中。这一年里,我们谈话中不断讲到这部作品。直到

2016年6月生病之前,他都没有放下过一直拿在手中的笔,只有疾病能剥夺他的写作。但就是在医院病房里,已无法直身坐起的他,仍在中篇小说集《新绿》的出版授权书上签下了"南丁"两字——这是2016年11月6号,5天之后,11月11日凌晨他猝然去世,又3天之后,11月14日,他的新书散文集《和云的亲密接触》成书上市——只是他再也看不到了,只能给后来人存留一份记录了,如这份他仅用了一年时间写下的16万字的长篇回忆。

如今我坐在书桌前读他的这部散文集,发现辑入的他最近的一篇文字写于2016年5月25日——不足一月后,他6月20日生病住院,也就是说,这是他最后一篇文字——他一直在写。《家常与传奇》,是写常香玉的,是为《人民艺术家常香玉》作的序,文中回忆了他与常香玉几十年的交往和友谊,其中一句,"人民艺术家,这的确不只是一个干巴巴的称号",长久地感动着我,我无法将目光从这行文字上移开。

是的,窗外又是一个春天了,冰化了,草绿了,树又开始发芽了,这部写于2015年春天到2016年春天的回忆,单A4纸的打印稿就有265页,足见他生命的最后一年是如何燃烧着!这也是一份作品对它的作者的回忆。"人民艺术家,这的确不只是一个干巴巴的称号。"是的,作家同样如此。这是作家南丁用他一生的书写试图告诉我们的。身为他的版权的继承者,更身为一个作家,我当谨记。

在此,感谢为《经七路 34 号》的问世提供过帮助的所有朋友。

作家的忠诚
——徐光耀的人与文

徐光耀先生在《昨夜西风凋碧树》一书的后记中,开头就写了这样一句话:"回顾我的一生,有两件大事,打在心灵上的烙印最深,给我生活、思想、行动的影响也至巨,成了我永难磨灭的两大'情结'。这便是:抗日战争和'反右派运动'。"

抗日战争,我们读过他年轻时写的《平原烈火》,这部书出版于1950年,徐光耀先生时年25岁;反右运动,我们读了他年长时写的《昨夜西风凋碧树》,这部书出版于2000年,徐先生时年75岁;中间相隔50年,半个世纪,从年轻到年长,这两部书和他的许多作品一起见证了徐光耀先生作为一个共产党人的信仰、信念和作为一个作家的正直、忠诚,见证了作家徐光耀先生所秉承的鲁迅、巴金等中国作家"说真话"的文学传统,当然也见证了共和国第一代知识分子、共和国培养起来的第一代作家的文学风骨,同时,也见证了共和国的光明、辉煌亦不乏曲折、坎坷的历史和历程。

而将徐光耀先生的抗日战争与反右运动这两大"心结"结合为一的，则是当代文学史上的传世之作《小兵张嘎》。《小兵张嘎》写于二十世纪五十年代末，发表于六十年代初，而对于我们六十年代出生的一代人来讲，"嘎子"与其说是我们儿时的偶像，不如说是伴随我们成长的少年伙伴，在读《小兵张嘎》小说之前，《小兵张嘎》的电影我已记不得看了多少遍了。后来，当我初次在一份资料中看到《小兵张嘎》诞生的故事时，我大吃一惊，再后来，出于研究的需要，我找到了徐光耀先生在一九九三年十一月十七日于自拔斋写的《我和〈小兵张嘎〉》一文，还有张圣康发表于1995年第5期《长城》杂志上的《〈小兵张嘎〉是如何诞生的》——这些资料距今也已20年了。两文再读，我深为震动。如果不是这两篇文章的披露，我绝想不到那个快活、机智、乐观、勇敢、天真、淳朴的"嘎子"，是诞生在徐光耀先生人生最低谷、最困窘的时期，是在他"继续反省、等候处理"、无处申诉表白也难求人同情理解的满腔愁绪与枯坐反思里，如此的精神折磨和心烦气躁，被"挂起来"的莫名痛苦里，一个正值盛年、血气方刚却倍遭误解的作家，却不放弃手中之笔。最令我敬仰的是，这握紧了的手中之笔下，诞生的形象是如此鲜活、纯洁、健壮、有力。我们在作品中看到的不是一片凄凉、病态、独语或萎靡，而是那个活灵活现、血肉丰满、"嘎里嘎气"、天真可爱的小英雄。

1957年秋,"反右"白热化,徐光耀先生被列为丁玲"十二门徒"之一,外部是批判、揭发、训斥,周围是阴暗、泥泞、潮湿。然而就是在这样的环境下,徐光耀先生凭着他对人民的爱和忠诚,写着北方的平原、青纱帐,写着白杨树、平顶房,写着白洋淀的芦苇,写着嘎子与玉英撑船走在淀水中的开阔而从容的大自然,写着淀水"蓝得跟深秋的天空似的,朝下一望,清澄见底",写着丛丛密密的苲草,"在水流里悠悠荡漾,就像松林给风儿吹着一般",写着淀水中的鲤鱼、鲫鱼、鲇鱼、花鲫和黄固鱼,它们成群搭伙,"仿佛赶着去参加什么宴会"。

这是一种什么样的气质、心胸、人格和襟怀?正如铁凝在《苍生不老,碧树长青》一文中所写:"他用他的笔让嘎子活了,而被他创造的嘎子也让他活了下去。他们在一个非常时刻相互成全了彼此。"也像徐光耀先生自己所说,"我的孩子,我的救命恩人,你终于来了"。

"嘎子"的到来意义非凡,是创造了历史的人民的挚爱支撑了他的写作,所以之于形象塑造与写作环境的研究,我更看重徐光耀先生在回忆录中所讲的思想动机。他写他的救亡图存的同志,"昨天还并肩言笑,挽臂高歌,今儿一颗子弹飞来,便成永诀,这虽司空见惯,却又痛裂肝肠。事后回想,他们不为升官,不为发财,枕砖头,吃小米,在强敌面前,昂首挺胸,迸溅鲜血。傲然迈过一堆堆尸体,往来穿行于枪林弹雨之中";

他写他身边的战友,在暗夜行军时与他的约定,"不管哪个先死,后死的一定要为他写篇悼文,以昭告后人而寄托我们的友谊和哀思";他写我们挺过来了,胜利了,"那需要写文悼念以光大其事的人,又有多少啊,真是成千带万,指不胜屈。再一想,他们奋战一生,洒尽热血,图到了什么,又落下了什么呢?简直什么也没有。有些人,甚至连葬在何处都不知道!……但是,他们还是留下了,留下的是为民族自由、阶级翻身、人类解放的伟大实践,和那令鬼神感泣的崇高精神。这精神,是中华民族生存的支柱,前进的脊梁,是辉耀千古的民族骄傲。作为他们的同辈和战友,我是有责任把他们写出来的"。正是这对先烈的缅怀,使"那些与自己最亲密、最熟悉的死者"在心中复活,"那些黄泉白骨,就又幻化出往日的音容笑貌,勃勃英姿,那爱国主义、革命英雄主义的巨大声音,就会呼吼起来,震撼着你的神经,唤醒你的良知,使你坐立不安,彻夜难眠,倘不把他们的精神风采化在纸上,就对不起自己的良心。于是,写作欲望就难于阻止了"。"自拔斋"之由来,我不甚明白,但我知道,"嘎子"的到来之于徐光耀先生的意义,是"嘎子"教他清醒和警醒,教他"自拔"于一己的悲欢,是最基层、最朴实、最无私的人民给了他生活下去并写好他们的动力。

"呱唧,呱唧,呱唧——"嘎子一路疾跑过来,带给了作家兴奋、欢笑、激动、疯魔般的写作体验,带给他"灵感的美妙与奔放",带给他"精神的超越与解脱",带给他创造的快乐。纸上的"嘎子"带领着作家共同经历着喜怒哀乐、生死歌哭,经历着创造的美好、真情和崇高。战火纷飞年代里的万丈豪情,荡涤着现实生活中作家所受的困惑、委屈,"嘎子"引领着作家的笔,抛却了一己的利害得失,而进入悲欢交织的创造的佳境。深入生活、扎根人民,是时代对我们作家的要求,而深入生活的最基层,扎根到人民的内心,则一直是徐光耀先生对自己创作的追求。

从13岁的"嘎子"身上,徐光耀先生找回了他参军成为一名小八路时的"13岁",这种"精神自传式"的写作,这种叠印与共鸣,颇值得创作心理学作为一个课题深入研究。正是这种叠印与共鸣,使作家的精神完成复苏,得以升华,或者说,正是当时当刻的徐光耀,将3年的苦与爱,通过一个"人"的创生而得以倾诉,从而使"张嘎"成为共和国之后的文学创作中富有生命力与感染力的生动的文学形象。

徐光耀先生是我父辈一代的人,是走过坎坷但信仰坚定、胸怀坦荡的作家,这样的作家之所以能写出有筋骨、有道德、有温度的人,正是因为他本人有筋骨、有道德、有温度,而一个作家的筋骨、道德与温度从何而来?我以为,来源于对人民的深沉的热爱和对人民所创造的历史的信任。正是这种爱和信,使徐光耀先生作为一个作家能始终与人民站在一起;正是这种爱和信,成就了徐光耀先生作为一个作家必备的"赤子之心"。

在此,作为一个文学界晚辈,我向持守信仰与忠诚的共和国的第一代作家表示崇高的敬意。今年,正值中国人民抗日战争胜利 70 周年,也正值徐光耀先生九十大寿,在此,祝徐光耀先生身笔两健,晚年幸福。

有谁在意城市的血脉?
——冯骥才《俗世奇人》谈片

我 2001 年有感于冯骥才先生的《手下留情》——用现在的话说是非虚构作品——记述天津改造中老街"抢救"——中的一个真爱历史文化的知识分子的心性与血性,曾著文《有谁研究过城市的魂灵》一文,同声相和于他的在天津估衣街等街道上的心急如焚与奔走呼号,那些标识着天津卫发展的一页史册,终是翻了过去。

想一想,历史的进程就是如此,好在有文字可以录记和存留。

这部《俗世奇人》,我也是将之视作一份历史人物的存像的,如冯骥才序中所言"天津卫本是水陆码头,居民五方杂处,性格迥然相异。然燕赵故地,血气方刚;水咸土碱,风习强悍"。收入《俗世奇人》集中的正是这些市井民间的各色人等。作者讲是在《神鞭》《三寸金莲》之外还有些人物让他意犹未尽,欲罢不能,那些跃然纸上的性格与形象,成就了这部笔记体式的小说。我私下里却以为，它们，也是从另一个层面——人的，而非物的——讲述了曾经的活的历史。这一份记录，我同样珍视非常。

谁仍在意着城市的血脉？当城市的风景大面积地代替了乡村，我们的乡村人物从纸上渐次退场的当口，城市或说是新城的人物还没有出场之际，一座历史老城的曾经风流也随着历史的折页而淹没了，"抢救"的意义，之于冯骥才的写作，较之这座城的改造途中的面貌，他作为一个作家的奔走，是同样重要的。如果没有一个作家的写作，可能"他们"就真的被历史湮没掉了，以后不会有人记得他们，而附着于"他们"——这些前辈身上的一座城市的文化个性或做人品性，也不可能被作为一种新城文化生成中的参照。而文化的切断、人文的断流，不会使我们文化的洪流更强韧，只会使之更瘦弱。或者说，如果没有历史的可参照，文化也不成其文化，历史也不成其历史了。从这个意义上看《俗世奇人》，它的每个篇幅虽小，但雄心是接通了地脉和血脉的。

《苏七块》，写一位苏姓大夫的医道，非七块银圆不行医，到了不近人情的地步。一次牌桌，车夫来求医，没钱，不给治，正打牌的另位华大夫看不惯，悄悄出去将钱给了车夫，车夫把七块大洋码在台子上，苏七块手到病除。但打牌散场之际，苏大夫将华大夫叫住，从怀里掏出七块大洋还给他，不是不给治,是怕坏了规矩啊。这不,既治了病,又维护了规矩,苏大夫的心里可不跟明镜似的。

《刷子李》,从绰号就知有手艺,这位营造厂的师傅,绝活在于粉刷时能做到一滴不漏。其标志性行头是一干活便是黑衣黑裤黑布鞋,房子粉刷完了,一身黑衣上没有一个白点,这种绝活!曹小三学徒第一天就被师傅震到了,什么是本事?本事就是不自欺方能不欺人。

还有《张大力》的洒脱,在"凡举起此石锁者赏银百两"面前使了大力证明了自家的武功,又在"唯张大力举起来不算"面前保住了心性,那种绝不纠缠、"哈哈大笑,扬长而去"的洒脱里有着天津人的幽默和磊落。

《泥人张》寥寥数语,说的不单是泥人张的手艺,还有泥人张支撑了手艺的性格。面对海张五那厢的挑衅,泥人张不温不火,随手用鞋底的泥巴捏出一脸狂气的海张五,而面对海张五的进一步的不屑,泥人张将海张五的泥像成批生产了一二百个,挂了"贱卖"的招牌,却使得海张五花了大价钱买断,还给天津码头添了一个逗乐段子。这种斗智斗勇的趣事也只有老天津卫人能做得到,什么都放在明面上,明面上的事理和体面,你不维护,自有人让你维护。

《神医王十二》的"神"在于游走于中西医之间,又能现代医,又能传统治,而手到病除的绝活全在"灵光一闪",就地取材。

　　当然凭手艺吃饭的还有,比如冯骥才书中绝不回避的另类边缘人物,《小达子》就是一个代表,"其貌不扬,短脖短腿,灰眼灰皮","站着赛个影子,走路赛一道烟儿",就是这个"眼刁手疾"的小偷,也写得惟妙惟肖。而且他还在得手之后再度失手,让他失手的人正是教他一度得手的人。一个怀表的得与失,教他"头一遭尝到挨偷后的感觉",到底是技不如人,哪条道上都有高人呵。《小达子》在流畅行文中展示的小达子的怅然和恍然,使得这个原本让人有几分可气可恨的人增添了几分可爱有趣。

　　还有《燕子李三》,专偷富豪大户,每偷一物,还画一只燕子做记号。这位民间高人与天津直隶总督荣禄老爷的斗法也甚是精彩,让人看得眼花缭乱又目瞪口呆。而对于"官印"的不屑于拿,不但显了李三爷的性情,还大大调戏了总督大人。正如外人笑道:"那破东西只有你当宝贝,谁要那个!"哈哈,这才是天津卫人的为人作风。

　　一座城市,是有其养成的血脉的,这种血脉,成全着这座城市。但大多数时候,这种血脉是看不见、摸不着的,它不像是城市交通枢纽或是下水管道,或是高楼大厦,亭台楼阁,这种血脉常常隐在民间,默默成就着一座城的气味、气息、气场。而一座城,也因有这种气味、气息、气场才成为这一座城,而不是那一座城。

燕赵故地,其血气其风习,我们在对史书的阅读中得悉一二,然当代幸有冯骥才先生的书写得以承续,让我们看到并记住,还有这一些同类,在我们身边,近处,曾做如是想,曾经这样做,也曾这样洒脱地生活过。

双生之爱

——铁凝笔下的少女

铁凝自1982年《没有纽扣的红衬衫》引起文坛瞩目,那时她还是一个不满25岁的青年女作家。经由她的笔,一个16岁的少女安然的形象不仅走入读者与观众(小说被拍摄成电影《红衣少女》)的内心,而且,以"这一个"少女形象,开启了铁凝小说对女性的观察和思考。

《没有纽扣的红衬衫》中的安然是在"我"(姐姐安静)的"看"中完成形象塑造的。在"我"的眼里,她"无所顾忌"地大笑,"不懂得什么是掩饰","爱和人辩论,爱穿夹克衫,爱放鞭炮,爱大声地笑"。她是一"地道的女孩儿",却有着"男孩子的秉性",她"喜欢快节奏的音乐",喜欢足球赛、冷饮、短篇小说和集邮,对于亲人有时会突然说,"我早就知道你们都拿我当男孩子看,其实我是个女的,女的"。她会因为不公平而和老师抬杠,同样因为看不惯也和姐姐翻脸,她的原则性很强,眼里揉不得沙子,面对姐姐为了她煞费苦心地与班主任拉关系送电影票或是改诗发表,她都是直言快语,正是这个直言快语而不会遮掩,安然才屡屡评不上三好学生;真到她救了自家的火灾而躺进医院,姐姐问她,她也是实话相告,她的救火动机就是想让好看的姐姐嫁人时是漂漂亮亮的新娘子。就是这样一个女孩子,让我们看到了人的成长,同时也看到成长中不曾磨损掉的人的多么可贵的品质,那种不世故不妥协的正直,正是铁凝小说中一直坚持的。这可能就是那件"红衬衫"的寓意,但它是没有纽扣的,它并不中规中矩,却有其原则,自成方圆。

安静(叙述者)和安然(被叙述人),在小说中是一对亲姐妹,但两人性格迥异,一个安静如淑女,一个活跃如男孩,她们各有缺点,又都有对方所没有的优长,可以相互补充,彼此欣赏。这种将女性分身的写法在后来的《麦秸垛》中我们再次看到。《麦秸垛》20000字,字数不算多,可能以现在的中篇体量要求,在字数上还有些不达标,之所以将它放在这里,是因为它的含量的丰盈已大大越过了短篇小说。小说写端村,不仅写了知青生活,更写这个村庄的男女老少,而在这个村庄生态的基础上再写知青,与我们看到的其他知青小说有所不同。小说主要写女知青杨青与陆野明的两情相悦,但源于性格和所受教育,杨青在面对陆野明的爱的表达时表现得沉稳矜持,她"懂分寸,想驾驭",陆野明也默认她是对的,这是一个"能使他激动,也能使他安静"的女性;如若不是另一女知青沈小凤的出现,杨、陆两人的爱情会以一种平稳的态势向前发展。但是不同于杨青式的矜持的另一种性格的沈小凤出现了,她泼辣大胆、敢爱敢恨,表白也是直来直去,在众人面前也不掩饰对陆野明的喜欢。由于沈小凤的出现,杨青从一个"剧中人"变成了一个"剧作者",杨青的沉默的爱情遭遇到来自炽烈的爱的挑战,杨青为了保卫这尚未开花就面临凋敝的爱情,变成了一个默默的捍卫者和心有余而力不足的监督者。第一次乡村电影散场时,先是沈、陆两人站在麦秸垛前,而杨青适时出现在将要投入爱河的沈、陆两人面前,中止了两人关系的进一步发展;而第二次电影散场也是小说终结处,却是:

  天黑了,杨青提了马扎,一个人急急地往村东走。电影散场了,杨青提了马扎,一个人急急地往回走。她不愿碰见人,不愿碰见麦秸垛。

此时杨青的心理发生了变化,小说中写,"杨青内心很烦乱。有时她突然觉得,那紧逼者本应是自己;有时却又觉得,她应该是个宽容者。只有宽容才是她和沈小凤的最大区别,那才是对陆野明爱的最高形式。她惧怕他们亲近,又企望他们亲近;她提心吊胆地害怕发生什么,又无时不在等待着发生什么"。而"也许,发生点什么才是对沈小凤最好的报复。杨青终于捋清了自己的心绪"这一句真正是写透了爱中无奈之人的复杂而矛盾的内心。

《麦秸垛》这部小说,杨青与沈小凤的各自性格是耐人寻味的,在爱情面前,一个持重,一个活泼,一个"懂分寸,想驾驭",一个"蛮不讲理地叫嚷、不加掩饰地调笑",显然在陆野明心中,最终胜出的是后一位——沈小凤"雪白的脖颈,亚麻色的辫梢,推搡人时那带着蛮劲儿的胳膊,都使他不愿去想,但又不能忘却……她不同于杨青"。男人眼中的女性我们暂不去论,作为女作家的铁凝的确写出了爱的理性与感性的"双生",只是它们分裂于杨、沈两人身上,一时让陆野明无所适从。铁凝是怀着善意和悲悯看着这"双生之爱"的,她试图解开这个爱中之"谜"。所以在后来的写作中,我们读到《永远有多远》时,便再次体悟到一位作家对这个"谜底"的追寻与揭示。而这时已是距 1982 年十七年后的 1999 年了。

《永远有多远》中的白大省是应写入中国当代文学史的一个人物典型。她是北京胡同里快活多话、大大咧咧、有点缺心少肺的女孩子中的一个。叙述者慨叹,"她那长大之后仍然傻里傻气的纯洁和正派,常常让我觉着是这世道仅有的剩余""这个人几乎在谦让着所有的人",九号院的赵奶奶说,"这孩子仁义着哪"!纯洁也好,仁义也好,传统风尚在白大省身上是天然的,善是天然的善,真是天然的真,没有丝毫刻意和伪饰。然而,她的内心要求与外在表现之间却相隔关山,一个十岁女孩已经自觉地以一种外在于她个人内心需要的命令来规范与绳系自己,以自我的牺牲来成全那个冥冥中主宰她人生方向的理智,这个女孩在两种律令——个人本能与群性要求之间备受煎熬。对比于白大省,最终夺走"大春"的西单小六好像要单纯得多,这是胡同里早熟而有风情的女孩,十九岁的她土豆皮色的皮肤光滑细腻,散发出新鲜锯末的暖洋洋的清甜,她的眼睛半眯,她的辫子松垮,两鬓纷飞出几缕柔软的碎头发,脚趾被凤仙花汁染成杏黄。而白大省在爱情上屡屡败北,对于郭宏的爱情却被利用;与关朋羽的恋爱,出其不意冒出的小玢,以猝不及防的速度抢走了属于表姐的"新娘"身份。与夏欣,白大省输给的已不是哪一个具体的人,而是她爱的人对她性格的不适,以致她冲着那背影高喊:"你走吧,你再也找不到像我这么好的人了!"实际上,从人格上讲,白大省的精神发育较变动不居的社会而言,一直处于孩童的纯洁阶段,她诚实、真挚。小说里有一个反复出现的细节,"过生日"。她给三位恋人都开过形式不同的生日party(宴会),她是一个千方百计想给对方快乐的人,却没有人能受得了这高温,烛光过后,仍然没有人真正关心过"她的焦虑,她的累,她那从十岁就开始了的想要被认可的心愿",过生日这样一种示爱形式本身,带有着双重色彩,白大省还是一副无可救药的孩子心态,将她的所爱也放在孩子的位置,两种心态在成人爱情中都是相当致命的。面对归来的郭宏"你纯,你好,你宽厚善良"的示弱逻辑与母爱要求,白大省怨怼而绝望,声嘶地说:我现在成为的这种"好人"从来就不是我想成为的那种人!然而,那个示弱者回答:你以为你还能变成另外一种人吗?永远也不可能。因为白大省善良,是"好人",是仁义的化身,所以她"躲"得过一对无家可归的父女的央告,也躲不过十岁就已种在她心里的仁义,她又哪里躲得过赤裸裸的善良和无可救药的童真?女人确实是变成的,虽然她疑虑焦灼,但她还是本性难移。这部小说,我们看到"双生"的增长性。一方面,白大省与西单小六构成了性格两极的一对,正如我们看到的安静与安然、杨青与沈小凤,她们很像是一个乐章中的高音与低音,相克相生,缺一不可;但另一方面,《永远有多远》还为我们刻画出了白大省的角色与白大省的自我的"双生",这两个矛盾体存在于一个少女的体内,影响或者说是控制着这一个"她"的成长与走向。

铁凝小说的丰富性在此可见一斑。我曾私下对铁凝说,您的小说特别擅长写少女。少女形象,在铁凝的小说中,也一步步打破着早年"香雪"式的纯度,而变得更为圆润、丰满。在这样一种"少女形象"的成长过程中,可贵的是铁凝对在少女身上存在的两种性格向度,一直抱有一种善意的体察。这就是我所说的"双生之爱"。我有时想,也许正是通过对少女的观测而达到的对人性的深入,才成就了今天的不同凡响的作家铁凝。

一个叫"我"的孩子

——莫言短篇小说论

20世纪末最后一年,我曾在一篇文章中写,"1998年7月至1999年8月间,我出差三次过胶东半岛。高密一站是我乘坐的510次列车从起点到终点的第25站,这一站停站时间长达23分钟,我没记错的话,是上午9:58至10:21。1059公里的来回,减去一次公路归途,五次加下来,在高密这个地点迄今我待过115分钟。列车缓缓启动,驰过眼目的是成片的高粱,青绿,沉默,这是一个作家的故乡,这些年来,我一直在读着它的故事,觉得认识它很久了。而在远处目力不及的麦田边,在农人经过的太平常不过而熟视无睹的某一个有着石供桌的翰林墓的松树下,是否还藏着像阿义一样的孩子?这个身体受伤致残的孩子的体内是否还完整地藏着另一个疼与恨都未能最终夺去他心底爱与善的那个更小更娇嫩也更强大的孩子?阿义。他昏过去,也许是死掉了。如果不是,待他长大后,他体内的那个孩子的命运又会是怎样一种境遇呢?在等着他?"

仍然记得写时的心疼。

阿义是《拇指铐》中的主人公。记得他在咬掉了自己拇指挣脱冰冷指铐昏疼地仰面倒地的一刹那,看到的那轮月亮。莫言对这月亮极尽描写,却节制到放弃了自己一贯的铺张,语言在这里成了一种无言感,他向前栽倒,他嘴触地面,他的灵魂一样的孩子——那个赭红色的孩子从身体里钻出,他挥着双手,收拢草药,他奔跑,这时月光再度出现——纷纷扬扬的月光像滑石粉一样从他身上流过去。一间草屋横在月光大道上。他张开双臂,扑进母亲的怀抱。迄今我仍然认为,这是莫言写的小说中最好的一部。虽然他才情深厚,并不仅仅是这一部作品所能囊括,而且他的语言多重、笔调各异,也不是这一篇短作所能涵盖的,但是我仍然坚持认为这部作品体现了莫言最基本的言说,在最基础的层面也可以说是最心灵的层面,这个层面里,那些所谓的机巧与技术与对他的备受瞩目的长篇——从《红高粱家族》到《酒国》再到《檀香刑》的诸多称誉以及研究者笔下诸多诸如神秘、民间、边缘、诡异、本土或者什么别的词语,失着血色。在诸多名词的定位与形容词的描述中,真正的莫言是在言说之外的。如果必须说的话,只是有一种蕴藉在里面。这个人,质朴、善良,最主要的是,他追求真相,(——这可是离那论家言说的诡秘神异或者如爆炸的拉美文学有些远），他追寻究探，无非是复杂人性中最基本的东西，（这一点离同时代诸多作家所探究兴味的人性之复杂多变也有异样）；他寻思根本，所以纵有火烈灼热的《红高粱》为他赢得自《透明的红萝卜》就应具有的艺术声誉，纵有影像的加入如火般地将那艺术烧向社会市场这样更广泛的视域，纵有《檀香刑》的作者、记者、编者、评者的述说那样将"民间"一语提调放大。而现如今一贯在作品中多言却言论中缄口的莫言也一改了沉默作风在近期的报纸杂志以及海外学院讲坛上散发着自己阐释的热情。"民间""沈从文""为老百姓写作与作为老百姓写作的区分"等等词语如滔滔洪水，使成人莫言似乎回到了他书中所写的那个对着树就能讲话而且好说到一发不可休止的童年。尽管说得比以前多，尽管备受关注也"惨遭"拆解，但是莫言的作品在那里，它不因所言多寡而有增减，依我之见，那种蕴藉，仍然藏着，不因对它外延的描摹涂写而被揭开一样。那一种低飞的姿态（姿态放在这里已经不确切）是我迷恋的。在最深的这层，没有张狂，铅华祛尽。

所以，如果真列一个我喜欢的莫言名单的话，应该是长篇《酒国》、中篇《透明的红萝卜》、短篇《拇指铐》。这里，长篇有些弱，真正代表莫言的长篇还没有写出来。而中篇稍强，我以为作者再写已写不过这部。最好的莫言在这部短篇里，是那个被拇指铐铐住的有血肉的精灵。这里，人物与叙述者融为一体,他们彼此相知,共着一条命,莫言将自己铐在与阿义被缚的同一棵树上,阿义咬掉指头的地方淌着的是莫言自己的血,阿义就是莫言,就是眼见这故事的每一个人,阿义就是"我"。

说到这里,你会知道我要说的。我们这个时代言说发达的文化附加在莫言身上的太多。——也许最初莫言选择这个名字也有他的一层深义。一个说话的孩子,这是我们面对这个沉默不语的世界的作家定位。这是每个人都认可的定位,然而,一个大声呼叫却没有人认真听他的孩子,世界仍然是世界,孩子身边走的仍然是过客,没有人愿意停下来听听这人讲些什么,人们忙啊,世界仍然是世界,它不动心,它不了解阿义的疼,这个却不是每个说话的作家能够真正体味并坚持的。所以我说,一个如莫言这般被评论界过度诠注的人物(当然就是现在我也在诠释着他),一个作家及其作品在历史上当然更多是文学史上的定位与评价,很多时候由不得他的作品自身说话,而倒成了说话人的说话。话话累加,家族、民间或者更大的集体概念不免要牵进来,没有错,能够引发至此而别的作家没有,正说明了此与彼的不同。但要我说,莫言之为莫言,他与别人的区别点其实不是这么大的面,面就会有重叠,有别的作家也会有的家族或民间——尽管表现上不同、地域不同、风情不同、人不同,但是一个作家与另一个作家区别出来只是这些个地理或者语言或者容颜的外在差异吗？难道除此之外，再没有更本质更内里更细小的界线在那里，在热闹鼓噪的论家评者看不见的地方一直存在着吗？我不信。如果说以前的莫言文学在我阅读印象中是个多言也被多言包围着的作家的话，那么《拇指铐》大大改变了我的看法。也许这个人并不在立意写家族，这个庞大的集体是由论家给他戴的冠，这个冠使论家由来已久的集体为内核与驱动的传统言说成为可能，使论家的集体化的传统理论又增添了新的例证（但是为什么不可以有一种前面未有或者已有但未能发扬光大的理论存在呢？是否理论一成为理论，就变成了某种规律，而对规律的寻求是否在框住理论自己的同时也给鲜活文本的个体性带来了一次削足适履的篡改呢？这里我无意于讨论以往论家对莫言的评说，只是莫言这个不安于被任何言说套住的人让我敬重——他的不断变动的风格似乎成为这句话的坚定印证）。对于一个庞大的文学传统集体或者现实文坛的理论几何而言，一个作家的生身定位似乎早有拟定，而一个作家也会聪明到只是顺着那已然形成的自我的风格在这风格成型的基础上作一些个人垒加劳动式的集体性言说罢了，或者在一种成型的文学传统里找到自己现时代的位置并在此位置上不断将其发扬光大，比如沈从文的传统，或者老舍的传统——这只是就近来说，写得像谁，或者写得愈来愈像自己，都会成为一种停滞然而颇具吸引的诱惑。多少才华深陷其中。当然莫言对帽子也不拒绝,只是不那么容易为一两顶高帽满足,这个从集体中走出的人,虽然内心仍怀着那个集体给予他的原动的热血,却冷静到还是写个人。这个个人,也许一开始是不自觉的,是童年自己,是尚未成年的个人,却拗得很,这个个人,虽然写到后来,也由于评家的双向促动,倒有了刻意组合到集体中的意思。这大约正是《檀香刑》题下的民间了。这种聚合,正如理论的归纳与总括,正如莫言自己的"红高粱家族"究其实或起初就是一个个"我爷爷""我奶奶""我"一样。只是后来,他们被放在了一个如高密东北乡的地域集团里进行言说。

个人力量在莫言那里仍是巨大的。有时候你会从中呼吸到某种鱼死网破的气息。

《弃婴》写于1986年,16年后再读仍然可以嗅到已被镜头拉远的田野里浓郁得像生蜂蜜般黏稠的生命气味。已是当前文学作品里罕见的气味了。

> 我把她从葵花地里刚刚抱起来时,心里锁着满盈盈的黏稠的黑血……我抱着她跟跟跄跄、戚戚怆怆地从葵花地里钻出来。团扇般的葵花叶片嚓嚓地响着,粗硬的葵花叶茎上的白色细毛摩擦着我的胳膊和脸颊。……被葵花茎叶锯割过的地方鲜红地凸起鞭打过似的印痕。

这时,正是中午,田野空旷,道路灰白,路边繁茂的野草,蚯蚓般纠缠。西风凉爽,阳光强烈,村民们躲在村庄里。大豆、玉米、高粱、红薯、棉花、芝麻杂种在路两边,葵花盛开,野蜂赭红,蝈蝈忧郁地尖叫,蚂蚱飞处,燕子捕食,家燕缩颈蹲在电线上注视眼前平滑流淌在绿野上的灰色河流,猖獗的野草,苗壮的稼禾。这样烈日炎炎的中午在莫言那里是不陌生的,我们读它也已熟稔到能抓住它扑面的燠热。《拇指铐》里几乎是同样场景的午后。1998年与1986年相隔了12年,一个生肖轮回了。1998年的阿义提着捆扎的中药像提着母亲的生命,这个8岁的男孩从乡镇一路跑回村庄,1986年的"我"怀抱未满月的婴儿从地里跑回村庄,两个生命由于奔跑而变作了四条生命,儿子阿义之于母亲,"我"作为准父亲(我在小说里其实充当了养父的角色)之于女儿般的弃婴。两部作品是可以作为姊妹篇读的,我惊异于其间相隔的岁月,12年,足以改变多少心境,人事颠转,消磨掉,又生出多少岁月也莫可知的烦恼郁闷,何况一个作家的敏感内心,它的改变动移又岂时光能控制得了?而这12年光阴,又磨折得最狠,市场战争人心国际国内诸多事件加进来,叠摞得那力量超过着平日光阴所给的承受力,何况一向以求变为创造生命的莫言式作家,谁能抵挡这番冲洗与淘砺呢?!然而,"这个小女婴折磨得我好苦"这样的话说出来,12年了并没有变。这个内核。隔了市场城市高速公路跃入一个没有英雄的时代,余光中是这样说的吗?穿过村落田野土路再到浓郁得让人流泪的葵花地,我仍然能看见那个怀抱婴儿的人胳臂与脸颊上留下的伤痕。他说"好像,好像被毒虫蜇过般痛楚。更深刻的痛楚是在心里"。那是我们当时不大能看清楚的,直到阿义。可是那样的句子已经写出来——我的廉价的怜悯施加到她身上,对她来说未必就是多大的恩泽,对我来说却是极度的痛苦了。这句话的分量也是多年以后体会到的。而那时,这个怀抱弃婴的人就同时怀抱着这样一颗心了。这一句话,也拼得过任何理论,因为后者后浪推前浪,几乎已成当代社会市场化后的另一种缩影,是市场化后最富于变换更替的事物了。而前者,12年并没有丝毫改变。它已经成为本性的东西,它原本就是本性本身。所以你会理解一个男人为什么会坐在雨中屋檐下守着堂屋竹筛里的婴儿手持奶瓶像持着一个救火器的小心翼翼,你会理解一向感性的莫言为什么在书中做起了弃婴学研究,他认真地分类、归纳、辨析,已经毫不考虑小说的体例范畴。他与"我"一起奔走呼告,在铁律的现实前几乎处处碰壁,我恨,我爱,又恨,然而——

院子里有一条雪白的鲫鱼搁浅在青砖甬路上。它平躺着,尾巴啪啪地抽打着甬路,闪烁出一圈黯淡的银光。

后来它终于跃进甬路下的积水里。它直起身子,青色的背脊像犁铧般地划开水面。我很想冒雨出去把它抓获,使它成为父亲佐酒的佳肴。我忍住了,并不仅仅因为雨水会打湿我的衣服。

你会理解在经历了黑大汉、小学同学、姑姑之后,这个人坐在葵花地里发愣的理由。你会知道这句话是怎样写下来的——我无法找到一个象征来寄托我的哀愁。——

我在我啄出的隧道里,触摸着弃婴的白骨,想着这些并不是不善良,并不是不淳朴,并不是不可爱的人,发出了无法辨明是哭还是笑的声音。

这个坐在葵花地里的人,希望而痛苦,仿佛可以听到他穿过田野时葵花叶嚓嚓地响,依稀能看到茎叶锯过的地方留下的鞭痕。更深的痛楚在心里,他说。然而就在他坐着的地方,无数低垂的花盘,像无数婴孩的脸盘一样,亲切地注视。我不知道还有没有比这更力量更无助又更坚贞的生命。莫言在将他的感知交递给我们时,有一种就是撕碎也要拼接起的顽强。这顽强,同样是生命的。

教我尊重的是这生命在文本中是个体的。不是哪一种理论产生的,它平白到来源于体验,所谓"生命意识"这样的词语不是最初的出发点,正因为生命的不可替代也不可普适的个人性才使莫言在对生命的挖掘上成为不可拟仿。透过《拇指铐》《弃婴》再往上溯,经由暗色的时光隧道,如果你有了解一位作家内心的耐心的话,你会和一个与弃婴相近的孩子相遇,你会眼见他在田野荒原的无助哀愁,他刻骨铭心的饥饿,他的被弃感,以致在某一个恍惚的时空里,你会觉得莫言从葵花地里抱出的那个人就是自己,是自己的另一条生命。他要使那童年时所有感伤困难的拯救成为可能。这一点,其实都在等着那个受伤的孩子的成人。可以说,在莫言写孩子的成人小说里其实都隐性地藏着一个自己,这个自己,有时是人类,有时只是一个叫金豆的孩子。

一个叫了"我"的孩子。

缘纸而上,也许会揭开那个并不复杂的谜底。那个困扰莫言童年的早期记忆——饥饿,几乎每每要跃出来,在纸面上划出它永无可磨灭的印迹。《五个饽饽》《粮食》《铁孩》里写的不只是自己的饥饿,自己是饥饿的一个目击者参与者或受害者,但是每每别人的故事里,那饥饿的体验却是私人的,没有挨过饿的人写不出那样的惨状。"大一点的那个嘴里嚷着饿,手伸进伊的衣兜里掏摸着。小一点那个……嘈嘈着跌到伊胸前,用乌黑的手掀起伊的衣襟,将一只干瘪的乳房叼在嘴里,恶狠狠地吮着ơ"当然,福生与寿生均一无所获,只有失望地哭。这时再写伊——"伊心中酸酸的、麻麻的,叹息一声,手扶着门框,慢慢站起来"。接着是婆婆呼天抢地的吼哭声,背野菜回来的女伢梅生细细叫一声娘的怯怯以及被指责后的抽抽搭搭声,野蒿放在捶布石上砸时在木棒下面发出的噗噗声。"明媚的阳光照耀着那张金黄色的脸,反射出绿绿的光线来",于是这样的句子写下来,用一种心静如水的笔调,却是极度压抑的,甚至酷似鲁迅,以致那沥沥落下的麦粉亦变成了"枯涩的雪",就这样,拉磨的女人伊用吞食贮物的方法回家后探喉催吐,她跪在清水瓦盆前双手撑地高耸胛骨吐出豌豆、谷子、高粱、玉米粒的样子,我终生难忘。莫言写的是20世纪60年代初,不知写它时又是哪一年,作品后面没有注写作年月,也许有另一番意思,就像《铁孩》的写作也隐去光阴一样。父母兄姐,公共食堂,大炼钢铁,注定这样背景作为幕布拉开,总会有一些异人上场。"我"遇到了铁孩也不偶然。从"我看到他果真把那铁筋伸到嘴里,咯嘣咯嘣地咬着吃起来"到两人商量着不把铁能吃告诉别人,"大家一起吃起来,就没我俩吃的了"再到"铁轨铁轨,你放老实点,你要敢不老实,我就把你给吃了",直到两个孩子吃铁吃得昏天黑地,被人捉了去擦身上的红锈。故事看似荒诞不经,还有着教人笑出来的调笑,却回味苦涩满口。食铁的孩子走投无路,不也影射了炼铁时代的人的深度饥饿,而铁都能拿来咯嘣地嚼了这种想象力不仅在饿极的疯子那里有,而且在将某种理想病魔化为跃进的臆狂症人身上也存在着,或者,它是某种不独生理的病态折射了。这样引申,不知是不是多语。我以为莫言快感于那副利牙咬生铁时的所向披靡式的赢取。在这幅场景后面,藏着的是另一番真实——

> 那时候我们这些孩子的思想非常单纯,我们每天想的就是食物和如何才能搞到食物。我们就像一群饥饿的小狗,在村子里的大街小巷嗅来嗅去……我们吃树上的叶子,树上的叶子吃光后,我们就吃树的皮,树皮吃光后,我们就啃树干。……那时候我们都练出了一口锋利的牙齿,世界上大概没有我们咬不动的东西。我的一个小伙伴后来当了电工,他的工具袋里既没有钳子也没有刀子,像铅笔那样粗的钢丝他毫不费力地就可以咬断……1961年的春天,我们村子里的小学校里拉来了一车亮晶晶的煤块……一个聪明的孩子拿起一块煤,咯嘣咯嘣地吃起来,我们一拥而上,每人抢起一块煤,咯嘣咯嘣吃了起来。村子里的大人们也扑上来吃……人们开始哄抢。

40年后2000年作者在斯坦福大学作演讲时,这段回忆就附在《饥饿与孤独是我创作的财富》题下。这里,"我"是目击者也是参与者,是"我们"中间的一个。个人的,群类的,在此已难分你我。但是莫言在记述时仍然不舍个人体验,他没有去直接说教批判,而是借助时光的光影滤着那暗色,在梳理时又不致让那个人的体验只停留在一己之悲欢,那么怎么做,《粮食》中是伊,《五个饽饽》里是叫花子"财神",《铁孩》里是铁孩,甚至《猫事荟萃》里他还借哥哥撩出这么一句,连你都吃了一块鱼,我看我再也难忘陈姑娘夹鱼扔给猫时祖母腮帮子的哆嗦。莫言竟用了人与动物的比较法,教人复又何言!

食色之性,人伦之常。本能的记忆大约最难将息。莫言自述他成为他这样而不是像福克纳或海明威那样的作家,其根本理由在他的童年经历,对于这一点,莫言自信"我认为这是我的幸运,也是我在今后的岁月里还可以继续从事写作这个职业的理由"。饥饿使他成为一个有深度生命体验的人,与之并行的,是与这饥饿体验共生的孤独。像一个饿坏了的孩子寻求食物一样,一个孤独的孩子也会如飞蛾扑火般寻求与人发生亲密联系的一切温暖的可能。《初恋》《沈园》《民间音乐》《白狗秋千架》《长安大道上的骑驴美人》《夜渔》《翱翔》探索了人类最亲密关系两性间的数种可能,诉说着一个孩子对成人世界的温存的想望,却是一律的失意。《初恋》《长安大道上的骑驴美人》写于不同时期,更写的是不同时期,一个在童年的初恋,一个已成人进入中年后的对美的莫名的追寻,场景变换也可谓大,一个乡村乡委院外一个京城长安街上,然而心境却也莫名地一致。再不是那个牵一头羊终日逡巡于乡委院外以致羊啃光了大门外可怜有限的草皮的时代了,可是眼见一对男女骑士般尊严又圣洁的仪态从容漫步于玉泉路至建国门的十里长街时,那渴求亲近的心仍然会怦然一动,不是好奇,或者简单地吸引,而是什么被点了一下,那暗下去的火又亮起来。可是两者都没有给这火以火,却是一盆水浇下来,多年前是那个别发卡的女孩大叫一声"你想干什么"而对"我"的铺在地上的影子啐了一口且高傲地走过去,现在是驴马立定,对着心一阵狂跳——期待已久的结局也许就要出现了的只一个人跟到底的"侯七"各自翘起尾巴,拉出了十几个粪蛋子,然后像电一样往前跑去。时隔30年,两个故事里的这一个人所面对的仍然是一个结局,相失。是追寻者与追寻对象两者间的隔断,没有接通的交流,心上关山千万,莫言字里行间的幽默自嘲里仍然有一层灰色,它时时如云翳般进来,将灿烂换作阴霾。但是仍然还有阳光,那个叫张若兰的,那个黑驴上款款骑行的美人——你可以把她视作一种对美的爱情,更可以视作人生不同阶段的理想象征,那个骑驴而行的女子,她点燃的火绝非只是情事,那火引我们走过了一长段路,虽然最后那结局你我始料不及无从把握,但那毕竟是一节长入生命的长路。毕竟,两部作品呼应着,不得而得的相失之境也因之会有另一种温润的吧。到了《沈园》,我相信是两部之后的写作,那心也陡然一转的,变得阴沉压抑。两个人在咖啡间不停地争论的是一个京城不存在的地点,那个埋葬了爱的沈园,连这个沈园都不在,还有什么?在我们空荡荡的衣袋里,最后两个人再找不到一个存放温柔哪怕软弱的地方,一个催着另一个车次的时间,在阳光初现的空旷里,那声音响着"我"的隔断。沈园不再。是彻底的绝望,却更是一种无法掩蔽的伤感,两两之间,已无可以归去或者短暂寄存的空间。较这一篇,《民间音乐》《白狗秋千架》的残缺又有其不可替代的美感,那个长笛如诉的小盲人,那个嫁了哑巴在桥上拦了我去路只是要求要个会说话孩子的女子暖,"你答应了就是救了我了,你不答应就是害了我了。有一千条理由,有一万个借口,你都不要对我说"。这是一片高粱地里一个女人对"我"热着心端出来的话。在《红高粱》里这场景的人物是"我爷爷""我奶奶",现在变作了我和暖。那里这话是狂放的行动,这里则是烫人的语言,证明着城市里也许已经消逝了的沈园还在。然而那省略的一叹是,在又如何?最终还是相失,两人之间隔着少年经由了世事的多少阅历叠写的岁月,心没有变,却到底无可奈何。爱情,写得最好的却是《夜渔》,大约是没有现实的纠葛使那美变得神幻,如果可以说这种情感也是广义的爱情的话,那么莫言大约找到了一种暂且避开世事纷扰的通道了,九叔带我去捉蟹,我却迷失在一朵荷花的香气里,一个面若满月的女子,一阵不知发自自然还是内心的清冽。故事似乎不大好讲,似梦非梦,不能说破,不能说,莫言在这里真正是达到了"莫言"境界。"二十五年后,在东南方向的一个大海岛上,你我还有一面之交",这句话犹如一个巨大难解的谶语,到了结尾的惊鸿一瞥,也未能最终解开那个谜底。可是太美,有一种神怪离奇的东西,一种不可企及的东西,在灵魂都触不到的地方,静守着。你会觉着一贯焦灼的莫言也变得陌生了呢。冥冥定数,等待着实现它的时间,可是再见之缘,到了最终仍是擦肩。相失的主题,仿佛反复于与爱有关的曲式里,以致《翱翔》都有了些唱破了嗓的味道,然而飞栖于树上的燕燕和实际导致用箭射落她的洪喜之间,不也构成着另种畸形的爱的可能性?莫言经由文学终找到了解除他孤独———一种精神饥饿的办法,但是那些没有机会成为叙述者的人仍然要面对困扰他们的情感饥饿。所以,莫言才会写"我"不辍,他不惜说梦。但是实在的童年并不都是《夜渔》,更深更真的伤仍是《枯河》。

直到现在我都以为,这是莫言最开放的一个文本,从中我们可以获得有关人生、成长、童年创伤、爱以及人众、亲情或者还有梦想的最开放的阅读。

月亮升着,太阳落着,星光熄灭的时候,一个孩子从一扇半掩的柴门中钻出来,一钻出柴门,他立刻化成一个幽灵般的灰影子,轻轻地飘浮起来。他沿着村后的河堤舒缓地漂动着,河堤下枯萎的衰草和焦黄的杨柳叶喘息般地响着。他走得很慢,在枯草折腰枯叶破裂的细微声响中,一跳一跳地上了河堤。——此时我们可以看到13年后的阿义,那个月光下出发奔出柴门为母亲抓药的孩子。女孩……捧着男孩的衣服往前走了一步,猛然觉得一根柔韧的枝条猛抽着腮帮子,那匹棕色绸缎也落到了身上。她觉得这匹绸缎像石头一样坚硬,碰一下都会发出敲打铁皮般的轰鸣。——这里我们一闪而过的是槐刺扎瞎从秋千上飞出去的暖的《白狗秋千架》,这两部作品都写于1985年4月。父亲一挥手说,剥,别打破裤子。——这情景在1999年10月日本驹泽大学演讲中我们再次遇见,二哥,全家人,父亲,"他找来一条绳子,放在腌咸菜的盐水里浸湿,让我自己把裤子脱下来——他怕把我的裤子打破——然后他就用盐水绳子抽打",(讲演)"从房檐下摘下一根僵硬的麻绳子,放进咸菜缸里的盐水里泡了泡,小心翼翼地提出来,胳膊撑开去,绳子淅淅沥沥地滴着浊水"(《枯河》)。还有,"他"听到河冰凝固自己的声响和阿义眼见或者就是作者让一个赭色的小人儿收集草药奔至家中的景虽然情绪相异,却说不明白哪里一样。《枯河》同样是莫言心里柔弱的部分,虽然满篇写恨，写一个得不到爱的孩子的自伤反抗的复仇心。——那同样也是柔弱。人们找到他时，他已经死了。这时他写父母的眼睛，百姓的面孔，他们注视着的是他布满阳光的屁股，这时他反复两次写下：好像看着一张明媚的面孔，好像看着我自己……这一点，似乎又接通了《弃婴》中那个躺在葵花地里的女婴。与"他"不同的是，阿义借助莫言书写的神力终于扑进了母亲的怀抱，那个葵花地里躺着的弃婴头顶，也有了一只伸出的"我"的手臂。

这是写作中长成的。

你可以知道，写作是注入生命的一项活动，是人心丰满的一种过程。解读这生命充满了冒险，因为在对方生命里你将看到包括自己在内的所有生命隐藏至深的秘密。《拇指铐》——《弃婴》——《枯河》，上溯的岁月我们眼见莫言还原成一个孩子，正像他后来自述中说，一个作家成为这样的而非那样的作家，有他自己的理由。这里莫言找出的理由是童年。而倒过来，从作品中人物"他"到"我"再到"阿义"，写作着的莫言有一条再明晰不过的生命痕迹，《枯河》中的"他"那里是一个心怀委屈却只能以死相抵的自杀的孩子，《弃婴》里的"我"则已长成一个可以凭借爱与怜惜救助弃婴的人，《拇指铐》那里的阿义则全在一个叙事者的目光笼罩下，作者"我"隐身其间，时而是阿义，时而分离于他，仿佛是他的另一个生命,而在阿义跌倒昏死的地方这位一直注视的生命则以神的力量施加魔法,让那个藏在阿义物质躯壳内的灵魂的阿义继续奔跑,这是怎样的心!一切理论在此都是失语的,装在什么套子里?什么名词概念能够涵盖一个人的这种心?!我们眼见莫言与人物一起的长成,从一个受伤的孩子到一个拥有赤子之心的成人。这样开放地阅读一位作家是多么美好的事,因为阅读者自己的成长也包含在里面。

　　我用低调观察着人生,心弦纤细如丝,明察秋毫,并自然地战栗。

　　莫言在那篇言及饥饿与孤独的"财富"讲演中,说到自己的自言自语。他用"才华横溢,出口成章,滔滔不绝,合辙押韵"形容这种状态下的自己,他对着一棵树说话,对着牛说话,一张口肚子里的话就奔突而出,以致引起母亲的担心痛苦和劝告"孩子,你能不能不说话?"他解释说这是"莫言"的起源。然而从中我们也可以看到一个人的饥饿,不仅是身体生理方面的食物索求,而且是一种精神的交往上的饥饿,或者干脆就叫它沟通渴望的满足。人的嘴的功能,不仅在吃,在吞咽食物维持物理的生命,而且在说,在倾诉情感以颐养精神的生命,两者,莫言达到了极致。文学,是说话之一种,是言语最高形式的沟通，是世上最不怕背叛的纯美恋爱。写作者自己失爱，但他还给这世界的是爱。或者是文学多少改变了他，倒过来也是，他的参与使文学改变了，使文学也成了有生命的活的东西。失爱与给予爱，这样一个失、予关系是通过写作这样一种形式转化的，莫言的"说"与多言是一种倾吐，它不同于吞咽，它是给予与付出。这是"说"的意义，也是语言的意义。然而爱的命运亦如短篇的命运一样寂寞。恨却成为一种正常的情感，仿佛力度，难道在艺术上、在共鸣上或者震撼力上爱不能抵过恨？评论又在其中如何推波助澜？这样写下去，则是另一篇文章了。

  我在这篇专述莫言短篇的文字里，所能接近的只是一个叫"我"的孩子。我迄今都以为孩子是莫言写得最好的主人公。短篇也如孩子，无论体积上、篇幅上还是灵性上，它都未脱稚气，它较之中年的中篇与老年的长篇之世故，保有着难得的未成年状态，这个状态再遇上一个具有孩童般赤子之心的人，产生出的作品其魅力将是不可抗拒的。作家在已变得苍老的世界面前，难道不也是一个孩子？一个不仅仅认识世界多多少少还想创造世界的有着丰富想象力的孩子。当然，孩子也不是任何人都能当的，多数人回不去，只能停留在成人世界里，只有少量从经验到理论再到经验的作家才能在成人世界里发现童心，或者就是他自己的未泯童心平衡着这个世界。

这样看,"我"有时是莫言,——一切作者,有时是"我",——一切读者,或者"我",这一个第一人称的称谓,就是读着写着活着的人——是以各自文本方式完成心灵成长生命经历的人。"我"既是人物又是作者又是读者,"我"即作者人物读者,三位一体,只不过有两个隐身于一个后面,顶着一个形象完成着三者必得同时在场完成的故事。"我"——"人"——"一个人"——"每一个人",问题到了最后,并不复杂,像短篇一样单纯,却也如短篇一般含量大。也许我的短篇理想标准定得太高,它不独说故事,甚至不提供可见的观念,而是有一天,把一个作家的短篇串起来看,会有一种类似拼图的东西出现,这个图像,集聚起来,展现在眼前的正是作家的心灵成长本身,无论沿了时间哪个方向走,那幅展开的图画都不只是技术的高超,打动我的总是那么一小部分,它存在着,却不可言谈。

所以我不想直接看到观念的东西,包括民间这样一层理论的固化与自觉,我不知道这种定语来源于评论家的发现界定为好,还是来源于作家自己的言论强调好,但是我知道假如一个作家过分强调说明并成为自己作品的阐释者和辩护人,那么他的文学本身的分量便也变得颇可置疑了。

一切理论,如果它只是生命外的,那么就让它在生命外。

所以,用不着去拿别人的理论,只要深深地看,就会得到自己的认识。这是一切好作家通过作品告诉评论家的。基于这一认知,我从来不愿把这样的作家归到某一个类别里去,任何类别流派对于他的气质才华品性都是盛不下的,"我"只是我,"我"是一个个体。这样理解莫言,我更愿把评论家认为他的民间人物的创作系列,只看作他的孩子气地看,饥饿的莫言渴望有一个更大的家——像家族一样庞大的家去温暖他的精神,保护他的安全,存放他的情感,听他作为沟通的说话。这才是《地震》《天才》《地道》《屠户的女儿》等作品产生的根本保证,并不雕凿到为了某一种概念而如何,当然,这个系列有些作品也流露出刻意,比若《神嫖》《良医》还有《渔市》,有那急切,甚至有些模仿的痕迹,但是,《天才》写得确实天才,《地道》写得堪称地道,那足以扫除阴霾的幽默令作品一下子焕发了生的神采。

幽默是成年心境里莫言的爱。
所以我更愿意从这样的阅读中接近核心。

……小马驹和小男孩在沼泽中艰难地走着……他们小心翼翼地、躲躲闪闪地、蹦蹦跳跳地寻找着草墩子立足,一刻也不敢懈怠。……他们一起扶持着,向灯光走去。……他们终于寻到了那发出灯光的地方……

那个小马驹变作的女性救了小男孩的性命。高密东北乡食草家族的女祖先是一匹红马驹。所以马驹成了我们的图腾。莫言在这部几乎不被评论界重视的短篇《马驹横穿沼泽》中深情写道：还有什么样的高山大海能把人阻挡住呢？你、我、爷爷、爷爷的爷爷，世世代代的男子汉们，总是在感情的高峰上，情不自禁地呼唤着：Ma！Ma！Ma！这几乎成了一个伟大的暗号。从这部讲述祖先神话的作品中，我们依稀见到那个涉过沼泽的孩子，这个孩子横穿沼泽，终于找到灯光的故事，照亮了我们对莫言的长期阅读。他的短篇，像一面面棱角多边的镜子，折射出他生命中保存很深的柔弱部分。"Ma！Ma！妈妈。"他终于喊出了，他的心底的一切故事的源头。

——别人将"妈妈"变作概念，写围绕概念的思想，莫言将概念还原，他写血缘，写作到了这一步，便是任何言说都变作外围，变作无谓，便是一切理论都变得苍老枯涩，变得无色无味。

而这，就是莫言的文学。

莫言，经由这样的文学，重新变回到时光里寻找火光的那一个叫"我"的孩子。在那个离心灵最近的世界，

人间的气息——赋予他们神奇的力量。

附：莫言短篇主要作品目录

《大风》

《枯河》

《秋水》(又名《流水》)

《罪过》

《弃婴》

《拇指铐》

《飞鸟》

《草鞋窨子》

《售棉大路》

《五个饽饽》

《苍蝇、门牙》

《飞艇》

《粮食》

《灵药》

《铁孩》

《翱翔》

以上小说见上海文艺出版社 2000 年版"莫言小说精短系列"《苍蝇、门牙》。

——可作饥饿研究的参考读本。

《天花乱坠》

《沈园》

《初恋》

《爱情故事》

《民间音乐》

《茂腔与戏迷》

《白狗秋千架》

《石磨》

《断手》

《辫子》

《金鲤》

《夜渔》

《渔市》

《猫事荟萃》

《养猫专业户》

《地道》

《地震》

《天才》

《良医》

《神嫖》

《长安大道上的骑驴美人》

以上小说见上海文艺出版社 2000 年版"莫言小说精短系列"《初恋·神嫖》。

——可作爱欲研究的参考读本。

《姑妈的宝刀》

《屠户的女儿》

《麻风的儿子》

《遥远的亲人》

《祖母的门牙》

《老枪》

《三匹马》

《蝗虫奇谈》

《马驹横穿沼泽》

《学习蒲松龄》

《奇遇》

《人与兽》

《儿子的敌人》

《凌乱战争印象》

《革命浪漫主义》

《白杨林里的战斗》

《一匹倒挂在杏树上的狼》

《枣木凳子摩托车》

以上小说见上海文艺出版社 2000 年版"莫言小说精短系列"《老枪·宝刀》。

——可作日常生活研究的参考读本。

"要有光"

——张抗抗中篇小说谈片

张抗抗在发表《淡淡的晨雾》之后不久,很快为我们捧出了《北极光》,这部发表于1981年《收获》杂志上的中篇小说,时隔近40年的时光重读,仍然不能不折服于其中的灵思与激情。而在《北极光》发表35年之后,张抗抗于2016年《上海文学》杂志上发表的《把灯光调亮》,同样使我们眼前一亮。这两部小说,其间相隔35年光阴,然而,在对"光"的追寻上,作家张抗抗在其创作精神上保持着令人敬佩的一致。

张抗抗可以算作知青作家,她出道很早,又赶上改革开放,社会的巨变、生活阅历的丰富,都使得这一代作家具有敏锐的现实洞察力,而伴随着洞察力而来的是思想的敏感性,他(她)们较之前和之后的作家,在代际的意义上是承前启后的,而且,从某种历史的意义上看,这一代作家,似乎也是空前绝后的。他(她)们的亲身经历不可复制,你也可以说,任何一代作家的亲身经历都不可复制,理论上是对的,但这一代作家的不可复制性,在于他(她)们与共和国一同经历了一次意义非凡的历史转折,这种转折,直接决定了他(她)们的命运走向,他(她)们既有知识做底,又有生活做底,而且更多的是基层生活的亲历做底,在这样一种土壤里,再加上社会历史与个人命运共同转折之后的思想的跟进与浇灌,很快,这一代人,这一代人之中后来成为作家的,参天大树者众。他(她)们的履历、经验、知识和思想,在写作中很难被耗尽,而且一直随着时代的变革呈现出多姿而丰盈的神态。这就是为什么,梁晓声能在早年写出《今夜有暴风雪》之后仍能以三卷长篇《人世间》获得茅盾文学奖。同样,1981年发表了《北极光》的张抗抗,能够在2001年以一部散文集获得鲁迅文学奖,而在之后的创作中一直保持着未曾中断的态势,其原因同理。这一代作家,整体而言,较前一代作家在思想上更活跃,艺术上更趋于多样化;而较后一代作家,他(她)们的经验财富在像马拉松长跑一样的创作中又日益显示出不可替代的优势。

  一个时期以来,我一直想,这一代作家的特点在世界文学范畴内都是突出的。思想的敏锐与经验的复杂,使得新时期的这一代作家一直在中国当代数代作家群中居于长时期的"领衔"地位,相比之下,"60后""70后"的作家的确或多或少地在读者当中的影响力之不足,其原因也在于此。但是,张抗抗除了是这一代作家群中的一个之外,她还是位女作家,其作品除了具有这一代作家的敏感度之外,还有一个作为女性视点的敏感度。而女性视点的敏感再加之知识分子出身的家学与修养,所成就的是一位知识女性的独特写作。

《北极光》里的陆芩芩是一位女性,她的现实的苦恼是成亲,要嫁给一个自己并不确定是否爱着的人——这个将要和自己共度余生的人在现实生活中也并非不好,他仗义有为,他乐观豁达、家境不错、人品正常,而且真爱着她,怎么看,陆芩芩好像都找不到不嫁他的道理。然而,爱情有时就是没有道理可讲,或者说,爱情自有它自己的道理。陆芩芩不满足于未婚夫的地方,恰恰是在理想层面,或说是在理想的语境中两人相差十万八千里。于此,关于"北极光"的认知其实并不是科学意义的,当然也不是梦幻意义的,而是一种人与人之间精神境界的深度交流。或说是,一个人对另一个人挚爱的事物的惜护和爱意。遗憾的是,在陆芩芩和她的未婚夫之间,我们看到了这种爱意的缺失,所以陆芩芩的觉醒与离开并不令我们——作为女性读者尤其如此——有任何意外和诧异。小说的女主人公是如此爱和珍视着她的憧憬,以致"北极光"成了爱情认知中的"试金石",我们看到在这个"试金石"面前,一个最初我们很看好的男主角败下阵来,而另一个看似不起眼的配角最终以他金子般的心获得了女主人公的爱情。

爱情,是纯洁真挚的,但必须是有所附丽的,是要有比男女之爱本身更多内容的,在这里,它不是传统的门当户对,不是典型意义上的愤世嫉俗,而是两情相悦、两心相通。这种心心相印,才可能接近爱情的真谛。而女性在这一点,较之男性,对爱情的要求更高。不错,它是超越世俗力量的,但这个超越,不是通过仇恨和怨怼,仍然是通过爱去实现的。祝贺陆芩芩在经历了那么多的心灵磨折之后找到了真正属于自己的爱情。这也说明了,女性在爱情中的成长,其自我独立的人格是在爱情的寻找中得以实现的。这个双赢,我们在张抗抗的《北极光》中真切地感受到了。你可以说,这是这一代如张抗抗这样的作家对爱情与女性成长的思索与贡献。

我想把《北极光》中的一段文字放在这里,表达对这部小说的致敬:

芩芩忽然气喘吁吁地打断了他,没头没脑地说:
"你知道北极光吗?"
"北极光?"他有点莫名其妙。
"是的,北极光!低纬度地区罕见的一种瑰丽的天空现象,呼玛、漠河一带都曾经出现过,像闪电,像火焰,像巨大的彗星,像银色的波涛,像虹,像霞……"她一口气说下去,"真的,你见过吗?听说过吗?我想你一定听说过的……你知道我多么想见一见它。小时候舅舅告诉过我,它是那么神奇美丽,谁要是能见到它,谁就会得到幸福……真的……"

他眯起眼睛,亲切地笑起来。

"你真是个小姑娘。"他"哗啦"一下拉开了窗帘,阳光映着雪的反光,顿时将这简陋的小屋照得通亮,""我想起来,十年前,我也曾经对这种神奇而美丽的北极光入迷过。……我是喜欢天文的,记得我刚到农场的第一天,就一个人偷偷跑到原野上去观测这宏伟的天空奇观,结果当然是什么也没有看到……我问了许多当地人,他们也都说没见过,不知道……我曾经很失望,甚至很沮丧……但是无论我们多么失望,科学证明北极光确实是出现过的,我看过图片资料,简直比我们所见到过的任何天空现象都要美……无论你见没见过它,承认不承认它,它总是存在的。在我们的一生中,也许能见到,也许见不到,但它总是会出现的……"

他的目光移向窗台上的仙人掌,沉吟了一会,又说:"……我现在已经不像小时候那么急切地想见到它了,我每天在修暖气管,一根根地检查、修理,修不好就拆掉了重装……这是很具体的劳动,很实际的生活,对不对?它们虽然不发光,却也发热呵……"

阳光从结满冰凌的玻璃上透进来,在斑驳不平的墙上跳跃。那冰凌花真像北极光吗？变幻不定的光束、光斑、光弧、光幕、光冕……不不,北极光一定比这更美上无数倍,也许谁也没见过它,但它确实是有过的。也许这中间将要间隔很久很久,等待很长很长,但它一定是会出现的。

的确。爱情是需要有信念做支撑的。心心相印,志同道合,彼此欣赏,相互成就。这是爱情的至高境界。

无独有偶。在《把灯光调亮》中,我们也看到了三位男性,围绕卢娜的"明光书店",他们次第出场。无论是作为读者的他,还是记忆中作为初恋的明光,抑或是作为真懂她而不计成本地支持她的丈夫,从某种意义上,他们都是来自方方面面的"光",是让一个女性在城市中的知识坚守有着底气的光源。而真正的发光体,仍然是卢娜本人,她的梦想,她的认真,她的坚持。最重要的,是她的信念。把灯光调亮,可能是一切爱书人读书人的信念,但在这之上,一个更大的信念是,要有光,写书的人的信念,与读书人的信念,传递书之思想的信念,在一个小小的书店中聚合,而构筑的是一个民族思想强盛的未来。要有光,时隔35年之久,可以说比一代人的成长还要漫长,但张抗抗身为一个作家,她的"光"从未在她的笔下暗淡过,这是经由爱的心底喷涌出的光,认真的、坚持的信念和纯洁的、真挚的爱情交织出来的光,是一个作家在一个时代中对自我与民族进行的深刻的思考而产生的光。

这种光,照耀着我们,它一直在那里。就像"北极光"一样,无论你见没见过它,承认不承认它,它总是存在的。在我们的一生中,也许能见到,也许见不到,但它总是会出现的。这种人类的思想之光,这种作家所给予我们的智慧之光,不要被我们因为忙碌于其他而忽视了,而评论家与编辑家的当前任务,也在于——把灯光调亮,让更多的人在物质构成的世界(但绝不是以物质为目的的世界)里不致盲目,还能持有心中的光明。

"自己同时代人的秘书"

——张一弓中篇小说重读

"从来小说家就是自己同时代人的秘书"这句话是小说家巴尔扎克说的。张一弓写于1983年2月27日的《听从时代的召唤——我在习作中的思考》一文在着重引用了这句话后,说道:"当我写了《犯人李铜钟的故事》以后,才不无惶恐地意识到,我是力不从心地做着这样的'秘书'工作了。"

的确,研究历史的轨迹,追随时代的步伐,为正发生变化并经历着深刻变革的中国农村做一些忠实的记录,我们在中国当代作家中有许多优秀的作品选项,而新时期之始,记录20世纪60年代至80年代的中国乡村变化的文学作品,优秀者我们可选出南丁的《旗》、刘真的《黑旗》、茹志鹃的《剪辑错了的故事》等等,但是在这些优秀者当中我们绕不过去的一定有张一弓的《犯人李铜钟的故事》。原因何在?在于它记述了一个作家对中国农民一段严酷的历史命运的痛苦思考。这种思考的中心是以人民为基本出发点的思考,是一个作家从

"人"出发的人道主义的思考。

在一个特别的时期,人应该怎么做,才是作为人应该做的;在农民处于极度困难甚至处于饥饿时,农村干部应该怎么做,才是真正维护党的声誉、对党忠诚的。《犯人李铜钟的故事》提供了对这个问题的一个作家的答案。小说的故事背景发生于20世纪60年代,李铜钟为了李家寨的百十口百姓能存活下去,未经批准动用了国家粮食库存,并以"统销粮"的名义发给大家,救活了李家寨的乡亲,自己却被戴上手铐并因长期饥饿而死于县卫生院的病床上。当然最终,李铜钟和"涉案"的朱老庆以及田振山都得到了平反,但是代价是惨痛的。历史需要反思,就像主人公之一田振山在"但是"之后的思考:"还需要制定那样的法律,对于那些吹牛者、迫使他人吹牛者,那些搞高指标、高征购以及用其他手段侵犯农民利益而屡教不改者,也应酌情予以法律制裁。"作者写道,活下来的主人公田振山"辛酸地想,需要这样的法律"。当吉普车爬上走风口,我们的主人公看到山洼里静静的李家寨和一座坟上的庄稼人的供飨和花圈时,他的眼睛湿润了。他在心底呼喊:

"记住这历史的一课吧!

"战胜敌人需要付出血的代价,战胜自己的谬误也往往需要付出血的代价。活着的人们啊,争取用较少的代价,换取较多的智慧吧!"

这当然也是发自作家张一弓心底的呼喊。这呼喊发于1979年8月,距今已40余年,却仍具有文学的意义,值得我们倾听。

张一弓是一位有思想的当代作家。这种思想如果追其根源,一方面源于张一弓的家学渊源,更多地源于他个人对现实的深度观察。他曾写道:"作为一个同农民一起试行联产责任制的驻队干部,我在关注着农民的历史命运、注视着现实农村中各种人物情态的时候,总是摆脱不了历史变革时期的政策对他们的重大影响,排除不了在农村现实变革中起着决定作用的政策的因素。文学是人学,要写出各种栩栩如生的人物典型,这是毋庸置疑的。而我生活其中的环境和我的社会实践,总是使我情不自禁地从新的农村经济政策所带来的物质生产形式的变更和生产关系的变化中,观察不同人物在新的历史舞台上的各个不同的表演,他们在思想方式、行为方式、心理状态上所产生的深刻而微妙的变化。"

关于人与政策的关系,或者说政策中人的表现和变化,更开阔一点说,是人在社会中的角色与人格的关系及变化,作为一个注重现实生活的作家,是必得通过自己的思索而获得答案的。张一弓的思索并未止步,他借助于文字反躬自问式地进一步求证写作对于他个人的意义与奥秘:"既然历史转折时期的政策如此广泛而深刻地联结着千家万户的命运,如此强有力地改变着人们的思想方式、行为方式和思想状态,既然这些政策是农民为之付出极大历史代价的智慧创造,那么当我试图反映现实农村的这一场深刻变革的时候,为什么一定要对变革时期的政策畏而远之,似乎不如此就不能使文学得到'净化'而成为不朽呢?图解政策的教训是值得永远记取的,但在纠正这一谬误的时候,是不是一种'把婴儿同洗澡水一起泼出去'的不幸呢?如果我在文学习作的全过程中牢牢记住从生活出发、从人物出发,那么,当我在社会生活中,在人与人、人与环境的关系中碰到了政治的,甚而是政策的因素,是否可以不必避开这些因素,而把这样能否写出大约每一位作者都希望写出的不朽之作的批准权交给历史,而心甘情愿地写一些可能'速朽'的文字呢?"足见在现实承担与艺术追求之间,张一弓身为一个作家和书记员的矛盾。但是他随即又很好地解决了这一看似矛盾的"矛盾",同样在《听从时代的召唤》这篇文章中,他写道:"不要图解政策和任何既定概念,但也不要避开政策对历史、对你所要写的人物命运以及他的形态和心态的重大影响;不要搞实用主义的趋时之作,但也不要拒绝接受不断变动着的时代通过活鲜鲜的人物形象传递给你的生活的指令。"我想,这不仅是作为现实主义作家的张一弓经由思考得出的结论,也可以视作他的文学所秉承的艺术精神的自白。

从这样的文字中,我们反观其小说中社会政治或现实政策中的人,便不难理解张一弓小说笔下的人物,都带有强烈的社会性。李铜钟之外,我们在张铁匠身上看到了农民在一定历史时期的爱情和命运,我们更从春妞儿这个人物身上看到了农民作为主体在一定政策下对命运的把握与改写。中国农民的命运,的确与历史社会中的政策关系密切,毋庸讳言,张一弓的小说鲜明地体现了这一点。但更令我感动的还不是他的对社会的感知,而是他小说中对承载着社会因素的人物——农民的塑造。

从某种意义上说,1979 年横空出世的李铜钟(小说发表于《收获》1980 年第 1 期)在当代文学中是一个"新人",他的"新"在于为民请命,在于独立思考,更在于人民至上、人命关天。"李铜钟"诞生于新时期文学之初的人物画廊中,其意义也不只在于一个文学中的"新人"的出现,还包括这个"新人"身上散发出的人性的思想的光辉,而这一光辉正是在新时期文学之前的十年文学中已经被人们遗忘和忽视了的。从这个意义上看,我更赞赏《春妞儿和她的小嘎斯》中的春妞儿,这是一个让人振奋的"新人",她的"新"在于,作为一个农村女孩,爱情因地位和身份而受挫,但她不曾气馁,而是苦练车技,成为拉货司机中的佼佼者,以自食其力的本领和淳朴宽厚的人格赢得了新的爱情。这个乡村女性形象,让我们看到了改革开放的政策是如何深入乡村的一个角落的,是如何改写了一个乡村女孩的命运的。

而关于这一切的认识,是由一位作家带给我们的。是他的记录,让我们记住了一个时代与它那个时代中人的关系,同时也让我们对一位作家在时代中的作为有所认知。

我想,这种认知并不复杂。它是真理,也是常识。一个作家之于他那个时代要做的,不外乎两个字——诚实,诚实地记录,诚实地思考,并将这种诚实传递出去。

这一常识,如果用张一弓本人的表述,这段文字是:

"辩证唯物主义的世界观总是让人们看到现实生活中两种'现实'的存在:一种也许是在某一个历史阶段上或某一个局部环境中占据优势的黑暗势力,但它在总的趋势上却在消亡着,正在失去它的必然性和现实性;而与之矛盾冲突着的对立面——也许在某一个历史阶段上或某一个局部的环境中居于劣势的进步力量,却在斗争中成长着,正在愈来愈惹人注目地表现着它的现实性和生命力。以辩证唯物主义的世界观为某哲学基础的革命现实主义文学,应当能够对这两种'现实'作出符合它们本来面目的反映，从而使我们既能够坚持现实主义文学的批判性而又同批判现实主义文学划清界限，既吸收浪漫主义文学的强烈的理想光芒而又把理想的光芒置于现实生活的基础之上。"

这段写于1983年2月27日的文字，在今天看来仍具意义。我们不仅需要感谢作为"自己同时代人的秘书"的小说家张一弓，同时也要感谢伟大的辩证法和笃信并传达它的伟大的文学。

最根本的，最核心的
——重读梁晓声

对于文学而言，什么是它所能提供的最根本、最核心的东西，这个问题，未必每个作家在写作之前都能自觉地问到自己。但毫无疑问，这个问题，是每个作家通过他的写作——一部书，或是几部书，十年、几十年，甚至是一辈子的写作都要面对都要回答的问题。

时间已经过去了30多年，也许还要再过去30多年，有些东西，就如一个坚硬的内核，它在一个作家的文字中沉淀下去，或者不断成长。对于作家而言，它如他的一个"芯片"；而对于读者而言，它更复杂一些，它在参与作家的人格成长的同时更直接参与着读者的人格构成，从对世界的认知到对他人的态度，以及对时光流逝中的那一部分生命的更深入的认识。

这是一个作家必须给读者的。他在如此给予的时候，其实也在向自己的内心要一个确定的答案。

而且，随着时间的流逝，你会发觉，那些易耗散的恰是围绕这答案的解说,比如艺术的手法的创新,比如语言句子的提炼。外围的东西的确在写作中起着作用,但那作用极其有限,等到有一天,你会发现,如果一个作家提供给你的作品中除了这些,而没有这些作为途径所通往的那个目标、那个最根本的核心的话,那么,这些外围的东西注定要烟消云散。但若它有一个核心,经由语言的"织锦"达到那个密实的质地,那个也许是一个写作的人给一个从未谋面的人他的关于人或者做人的信念的话,那么,那些"织锦"才可能在时间中透出它们非凡的光泽。这光泽的核心,当然发自一种忠实。忠实于现实,也忠实于内心的那个相信。

很普通,是不是?但真正做到、始终做到很难。从某种意义上讲,忠实的文字,首先源于诚实地做人。而这一点,作家梁晓声以他的文学为我们提供了例证。

时隔三四十年之后,《今夜有暴风雪》仍能呈现出它超越时代语境的意义,道理可能正在于此。小说开始于北大荒40余万知青返城的一个夜晚,其中穿插了来自不同家庭背景的知青生活片段,而裴晓芸、曹铁强、郑亚茹之间的情感纠葛因有当时的生存境遇和未来选择,也有着动人心魄的力量。大的环境造就了人的不同选择,而选择本身又现出了选择者的不同人格,这就是作家要通过曹铁强的选择告知我们的,也是曹铁强在郑亚茹和裴晓芸之间更爱后者的原因。当利益需要以牺牲尊严去交换时,这位男青年尽管有过彷徨,但最终爱憎分明,而郑亚茹在爱恨交织的情感中失去的何止爱情,她失去的还有作为人的最根本。裴晓芸冻死在哨位上这件事,郑亚茹的责任深重,但似乎她并没有更深的忏悔,环境改变了她,而另一方面她也是那么迫切地要改变自身的环境,在要达到改变环境的目的时,她可以不择手段。这是曹铁强无法容忍的,同时也是作家要通过曹铁强的情感选择告诉我们的。

而在情感进展的最初,让人心动的情节是裴晓芸的脚快要冻僵而曹铁强帮她暖脚的那个段落:

> 他用绒衣将她的双脚包裹住,紧抱在怀里。
> "别动!"语气那么严厉,同时瞪了她一眼。
> 她挣动了几下,没有挣回双脚。他的手那么有力!
> 她的脸红极了,她一下子用双手捂上了脸。"当年我妈妈对我也是这样做的。"第二次提到他的妈妈,他的语调中流溢出一种深情。
> 她还能再有何种表示呢?还能再说什么呢?
> 她一动也没再动,双手依旧捂着脸。
> 渐渐地,她感到自己的两只脚恢复了知觉,温暖了,也开始疼了。他胸膛里那颗年轻人的心强有力地跳动,传导到她的心房。她自己那颗少女的稚嫩的心,也仿佛

刚从一种冷却状态中复苏,怦怦地激跳。

许久许久,他们之间没有再说一句话。

一滴泪水,从她的指缝中滴落下来,随即,又是一滴,又是一滴……

是因为过分受感动?是的,当然是。但泪水绝不仅仅是因为受感动而倾涌,还因为……他提到了他的母亲。用那样一种深情的语调提到他的母亲。

而她却从未领受过母爱的慈祥和温柔。为了领受一次,她宁肯自己的双脚被冻掉!

美好的、纯洁的青春啊。那随着日月流逝掉的会包含这样的往事吗?那经由理性的批判或者漠视岁月经历的会包含这样的情感吗?不!小说中已经做了他个人的回答,那是不可亵渎的一种情感,对处于危难中的他人的至爱与关心,是做人的根本,而不只是一己之私情。这种根本,也包含在作家对知青经历的历史的态度上。

他由主人公讲出了他的观点,这种态度首先是对一个人的态度,比如主人公可能并不融洽的同伴。但他依然从一个群体的角度去维护——"作为一个知识青年,他不忍看到另一个知识青年当众受辱。他觉得那也是对他自己的一种侮辱,是对所有知识青年的一种侮辱。他必须维护知识青年的共同的人格不受亵渎。他是经常用这把尺子度量自己,也度量每一个知识青年的品格高下的。"而更高一层面的,是作家借主人公对另一种历史虚无主义的观点亮明态度,那是决绝而坚定的:"也许,今天夜晚,就是兵团历史上的最后一页。兵团的历史,就是我们兵团战士的历史。我们每一个人,都应该尊重这段历史。不论今后社会将要对生产建设兵团的历史做出怎样的评价,但我们兵团战士这个称号,是附加着功绩的,是不应受到侮辱的!……"

这样的态度,在出场不多的老政委那里同样得到了强调:"兵团战士们,这是我最后一次这样称呼你们了!我相信,今后,在许多年内,在许多场合,这个称呼,将被你们自己,也被别人,多次提到。这是值得你们感到自豪的称呼,也是值得和你们没有共同经历的同代人、下几代人充满敬意的称呼。虽然,你们就要离开北大荒了,生产建设兵团的历史,结束了,但开发和建设边疆的事业并没有结束,也是不会结束的!我代表北大荒,要大声对你们说,感谢你们——兵团战士们!因为你们,在北大荒的土地上,留下了垦荒者的足迹!因为你们,十年内打下过何止千百万吨的粮食!因为你们,今天是要回到城市去,而不是要跑到黑龙江的那一边去!我相信,今后在全国各个大城市,当社会评论到你们这一代人中最优秀的青年时,会说到这样一句话:'他们曾在北大荒生活过!'……"

在曹铁强与郑亚茹的最后一次不期而遇的交谈中,在裴晓芸的坟前,这种态度再次通过曹铁强的话得到进一步的强调:"希望你,今后在回想起,在同任何人谈起我们兵团战士在北大荒的十年历史时,不要抱怨,不要诅咒,不要自嘲和嘲笑,更不要……诋毁……我们付出和丧失了许多许多,可我们得到的,还是要比失去的多,比失去的有分量。这也是我对你的……请求……"

的确,在对于一段蕴含着自己成长岁月的珍视里,我们读到了一种对过往青春的深在的评价与认定。这种评价与认定不是别人给出的,而是自我认定的。不要抱怨,不要诅咒,不要嘲笑,更不要诋毁。与其说是主人公在向他曾爱过的人请求,并同时向他爱着的人发誓,不如说是作家在自我"告诫"。那最根本、最核心的东西,他绝不会把它掷给岁月,抛到脑后,他只会携带着它,保护好它,让它与自己一起前行。

如果说,《今夜有暴风雪》是写历史中怎样做人的故事,或者人如何面对历史的故事的话,那么《母亲》《父亲》写的则是生活中怎样做人的故事。在这两部篇幅并不算长的作品中,梁晓声为我们呈现了父辈的现实生活与亲人间相濡以沫的情感。两部作品,给我们带来的不是一般的震撼。对于亲人的态度里,往往深藏着一个人最真实的面目。这可能正是许多作家不太敢触碰同类写作的原因,因为它真就是一个作家至诚至真的试金石。

《母亲》写了一个朴素、柔弱却又坚韧无比的母亲。困难年代,母亲在儿子眼中的形象是对贫困生活的忍受,"眼泪扑簌簌地落,落在手背上,落在衣襟上,也不拭,也不抬头,一针一针,一线一线,缝补我的或弟弟妹妹们的破衣服"。"有时我醒来,仍见灯亮着。仍见母亲在一针一针、一线一线地缝补,仿佛就是一台自动操作而又不发出声响的缝纫机。或见灯虽亮着,而母亲却肩靠着墙,头垂于胸,补物在手,就那么睡了。有多少夜,母亲就是那么睡了一夜。清晨,在我们横七竖八陈列一床酣然梦中的时候,母亲已不吃早饭,带上半饭盒生高粱米或生大饼子,悄无声息地离开家,迎着风或者冒着雨,像一个习惯了独来独往的孤单旅者似的'翻山越岭',跋出连条小路都没给留的'围困'地带去上班。"在父亲外出工作的日子,是母亲以自己的双手支撑着一个家的,也是母亲带领着孩子们完成了他们的最早的人格教育的。所以作家在这部作品中将语言还原到了最原初、最朴素,他已然跨越小说与散文的边界,因而心生感慨:"我们扯着母亲褪色的衣襟长大成人,在贫困中她尽了一位母亲最大的责任……我对人的同情心最初正是以对母亲的同情形成的。我不抱怨我扒过树皮捡过煤核的童年和少年,因为我曾是分担着贫困对母亲的压迫,并且生活亦给予了我厚重的馈赠——它教导我尊敬母亲及一切以

坚忍捧抱住艰辛的生活,绝不因茹苦而撒手的女人……"这感慨绝不是空洞高蹈的,它源自最真切的现实教育:

"你们都记住,讨饭的人可怜,但不可耻。走投无路的时候,低三下四也没什么。偷和抢,就让人恨了!别人多么恨你们,妈就多么恨你们!除了这一层脸面,妈什么尊贵都没有!你们谁想丢尽妈的脸,就去偷,就去抢……"母亲落泪了。

我们都哭了……

所以当我读到"豆饼"的故事时,我深深地为之震撼,我想起了鲁迅先生的《一件小事》,那种不惮于揭出自己"小"来的真诚,是一个作家通向伟大的"护照"。那些平凡的在社会最底层喘息着苍老了生命的女人,那些置身贫困境遇却保持精神高贵的母亲,那些艰辛日子里充满苦涩的温馨和坚忍之精神的故事,那些让"我之愀然是为心作"的人之为人的劳动人民的质朴本色,正是作家想要通过文字传递给我们的。

"我必庄重""我必服从""我必虔诚",这是作为后人的叙述者应然的态度。

这种虔诚的态度当然存在于《父亲》之中:"父亲始终恪守自己给自己规定的三年探一次家的铁律,直至退休……在我记忆的底片上,父亲愈来愈成为一个模糊的虚影,三年显像一次;在我的情感世界中,父亲愈来愈成为一个我想要报答而无力报答的恩人。"在作为儿子的"我"眼中,父亲,不再是从前那个身强力壮的父亲了,也不再是那个退休之年仍目光炯炯、精神矍铄的父亲了。父亲老了,他是完完全全地老了。生活将他彻底变成了一个老头子。他那很黑的硬发已经快脱落光了,没脱落的也白了。胡子却长得挺够等级,银灰间黄,所谓"老黄忠式",飘飘逸逸的,留过第二颗衣扣。只有这一大把胡子,还给他增添些许老人的威仪。而他那一脸饱经风霜的皱纹,凝聚着某种不遂的夙愿的残影……

但就是父亲这一老人的形象,在一次与儿子的"对垒"中刷新了儿子对他的看法。

父亲在门口站住,回过头,瞪着我,大声说:"我这辈子经历过两个社会,见识了两个党,比起来,我还是认为新社会好,共产党伟大!不信服共产党,难道你去信服国民党?!把我烧成灰我也不!眼下正是共产党振兴国家,需要老百姓维护的时候,现在要求入党,是替共产党分担振兴国家的责任!……你再对我说什么做官不做官的话,我就揍你!……"说罢,一步跨出了房间。

……

办公室的门被突然推开了。父亲来了。他连看也不看我,径直走到他睡的那张临时支起的钢丝床前,重重地坐了下去。钢丝床发出一阵吱吱嘎嘎的声响。我转过身去瞧着父亲。他又猛地站了起来,用手指着我,愤愤地大声说:"你可以瞧不起我,你的父亲!但我不允许你瞧不起共产党!如果你已经不信服这个党了,那么你从此以后也别叫我父亲!这个党是我的救星!如果我现在还身强力壮,我愿意为这个党卖力一直到死!你以为你小子受了点苦就有资格对共产党不满啦?你受的那点苦跟我在旧社会受的苦一比算个屁!"

父亲的威严与正义、父亲对于后人的责任、父亲对世界的认识、父亲的价值观,在这一通急促的话中全然显现。他再不是一个年迈、衰老的父亲,而是一个爱憎分明、热血丰沛的父亲。虽然一定程度上儿子也为父亲对自己的误解而感到委屈,但正因有这样的父亲,他作为一个写作者才可能对来访者说出那样的话,才可能写出这样端庄正大的文字:"我还想对她说,她可以对我们的人民没有感情,她也尽可能像她读过的小说中那些西方的贵夫人一样,对他们的愚昧和没有文化表示出一点高贵的怜悯,这无疑会使像她这样的姑娘更增添女人的魅力。但她没有权利瞧不起他们!没有权利轻蔑他们!

因为正是他们,这在历史进程中享受不到文化教育而在创造着文明的千千万万,如同水层岩一样,一层一层地积压着、凝固着,坚实地奠定了我们的九百六十万平方公里土地!而我们中华民族正在振兴的一切事业,还在靠他们的力气和汗水实现着!"

而这一切的一切,对人的爱,对世界的信,都是父母教给我们的,这种最根本也最核心的情感与意志,对于一个作家而言,至关重要,也至为关键。

从某种程度上讲,一个作家,他写下的文字之所以字字千钧,是因为他所做的工作,就是要把他从生活中学到的关于人的学问传递给他一直以文字的方式关爱的众人。

这是梁晓声,和他的文学。

这也是文学的根本和核心。

于人心的幽暗处发现光亮

——刘庆邦中篇小说絮语

刘庆邦的小说一直以细节见长,从某个方面而言,也可以说一直以人物的心理变化的幽微刻画见长。这可能是与他一直以来擅长写短篇小说有关。一直以来,刘庆邦被评论界以"短篇小说之王"相称,短篇小说练就的一身功夫,放到中篇小说当中,也同样显示出它的威力不凡。

从另一个角度讲,自 1981 年发表于《莽原》杂志的写煤矿的中篇小说《在深处》开始,刘庆邦一直有两套笔墨,一套记录乡村以及乡村人 40 多年间的时代变化,另一套仍不遗余力地记述他从心底关注的矿工生活。曾经当过矿工的他,在成为作家之后,从未让这个生活的"富矿"被别的生活所掩埋,这是他意识的最深层的东西,而那些和他共同"在深处"工作过的矿友,则是他心念牵动的对象。理解了这一层,就完全可以理解,为什么,刘庆邦在无论短、中、长篇中,都有描摹矿工的生活篇章。那些生活虽在他个人的经历中渐行渐远,在他的心底却从来不曾远离和冲淡，就像一个显微镜拿在手里，执镜人总想看看那些埋在深处的东西，那些也许被其他突如其来的经验掩盖了的、忽略掉了的东西。

《神木》引人注目的是它写出了时代的疾速变化带来的人心的变化。这种变化源于市场经济过程中，或者说现代化进程中的人心之变，人为了钱，为了致富，为了一夜暴富，而将传统乡村的基本伦理抛之脑后。对这种人心之"恶变"的捕捉，则显现出作家的敏锐，刘庆邦为我们带来的故事是沉重的，他的书写却是丝丝入扣的。他着重于对事件中人的心理状态的剖析，对事件中人的心灵中尚存的一丝善的希望的挖掘，细致地，犀利地，让我们感受到人受恶的吸引而致的人性变异的"黑色"，同时有力地提示我们"贫穷作为万恶之源"对人性的伤害。从这个意义上讲，事件中的作恶者其实也同时是"受害者"，这种悲悯的态度值得关注。现代化的最终目的是人的现代化，而不是物的现代化，刘庆邦也许不是理性地认识到这一点，但他以他细致入微的笔触展开对人心善恶的探索，体现了一个作家对于时代深层变化中的人心注目的责任。这种注目预先提醒我们在现代化进程中更应在价值观上着力维护人心的纯正。这也是一个作家应该承担的使命。

《哑炮》从某种程度上让我们看到《神木》思考的发展。这部小说较之《神木》是只写矿工生活的。这个煤矿不再是小煤窑,而是真正的煤矿。围绕煤矿生活在文学史上已有不少名篇,但刘庆邦的这篇小说与众不同。它仍然着力于对事件之后的人性的挖掘。这部小说围绕女主人公乔新枝写了四个男性:宋春来、张海亮、李玉山、江水君。在宋春来因矿难去世后,平日对乔新枝怀有好感的三位男性先后示好,但乔新枝选择了江水君,他们结合后的日子平稳而温馨,但这平静背后却深埋着江水君的忏悔,江水君当时与宋春来一起在井下作业,因知哑炮之事而未告知宋春来,造成了悲剧的发生。这个心病一直在他心底,使他一人在井下干四个人的活,而拼命劳作又使他成了省级劳模,直到他的心底之"痛"变成了身体之病,而在最后的时刻,江水君终向乔新枝坦白心迹。

他说,他看见了哑炮,没有告诉宋春来,自己躲了起来。他对不起宋春来,也对不起乔新枝。

听了江水君拼出最后一口气说出的话,乔新枝平平静静,一点都不惊讶。她拿起毛巾给江水君擦泪,擦汗,说:这下你踏实了吧,你真是个孩子!

江水君终于和盘托出,并在和盘托出当中获得了解脱,但是他对宋春来的死真的负有责任吗?看从哪个角度讲,从事件本身而言,江水君有着知而不提醒的责任,出于个人的目的他隐瞒了真相;从一个人的正直的心来看,他的确有责任。这是一种对于他者生命的珍视和尊重的做人的责任。所有的负罪感即源于这种内疚,这种从伦理学的意义上讲不可推卸的对他者生命的尊重与护佑责任,是每一个个体生命都应本来具备并自觉承担的。而未能做到这一点,不管是出于哪种私心,都是对伦理道德这一底线的失守。江水君是一个本分而善良的人,他在生命垂危之际,毅然找回了这种本真,重新守住了道德的底线。小说写到此,已十分精彩,而更让人动容的是,乔新枝的回答在这真相的揭开之后有一种更大的视野与胸襟。作为妻子,她或许早已猜到了江水君的心事,但她仍然以救赎之心与之结合,而在他的心中发掘善良,这种女性对人性的护佑让我们看到了母性一般的悲悯情怀。

刘庆邦善于从具体的事件中发现人的本质,从也许并不是那么完满的现实中发现人之成为人时所做的种种努力。作为一个作家,他似乎一直在注视着那些他所经历过的生活中的同伴,然而我们的镜头拉开,他写的其实也并非一个煤矿、几个矿工,或是在乡村中求生计的人,他经由这样一些具体的事件写出的人性,何尝不是我们身心所挣扎过的?经由一场场心理的较量与人性的洗礼,那些暗的东西渐渐地退到后面,那些光亮慢慢地得以呈现了。

就像煤,这看似黑的东西,它燃烧时发出的光芒,也会把周遭照亮。

何以无边无际

——重读李佩甫《无边无际的早晨》

《无边无际的早晨》对于李佩甫的创作而言,是处于他的成名作《红蚂蚱 绿蚂蚱》与此后《羊的门》《城的灯》《生命册》所构成的"平原三部曲"之间的。所以,今天隔了一定时空回头去看,这部小说的位置恰如一个乐曲曲式的中段,既没有起始部的明艳,也没有真正的展开部的平缓,而恰恰突出了两者之间转折的奇崛。

重读与初读这部小说的感受是不一样的。但实话说,我并不太喜欢这个阅读的感受。它所呈示的批判指向与悲悯指向有着杂糅的混合感,也许它是真实的,但就是这个真实让人不悦。国这个人物,作为小说阅读者的我们可以理解,但真的谈不上喜欢。这是一个——怎么说呢?一个"大多数"?一个一种文化的土壤孕育出的"种子"?一种可能要以"种子"的命运参与构筑它的环境的"主谋者"?作家的批判不动声色,犹如"无边无际的早晨"之薄雾弥漫,作家的怜惜也氤氲其间,犹如早晨的无边无际,每一个早晨,就如一个人的成年之前,而是不是可以说,这一切,在成人之前,在"早晨"之前,就已命定了呢?李佩甫在这部作品中没有做出回答,这也促使了他在此后的一切与平原有关的长篇作品中必须找出一个答案。

从目前来看,他仍在找。答案也许不止一个。正如国这个人物,也不止一个。在国作为人物出现之前,他在现实当中也许已经出现了无数次,无数个"个人",构成了"人物"这个走上了纸面的典型。

那么,"创造"了这一"人物"的人——作家,想要从他的"造物"中寻到什么答案呢?这是这次重读我感兴趣的所在。

詹姆斯·伍德在其《最接近生活的事物》一书中写道:"小说经常让我们能正式地洞察某个人人生的形态:我们能够看到许多虚构人生的起始与终结,它们的成长与犯下的错,停滞与漂浮。小说以很多方式来呈现——依靠它纯粹的视野与篇幅(角色众多的长篇小说,里面有各种各样的人生,有许许多多的起始与终结),也依靠它的精练与简短(把一个人的人生从开头到结尾彻底地压缩的中篇小说)。"小说的创造者之不凡之处,在于他是一个"造物者",他创造出一个也许压根在这世上的现实中不存在的人物,或者说,他用了一种混合的化学式的方法,造出了一个我们在"这一个"人物身上看到的许多个个人的集合。那么,国,是一个什么样的人物呢?

小说给了我们大量的细节。这些细节摆在那里,让我们眼见一个"人物"的生与死,他的与众不同也同时是集合种种的人生起伏。第一个让人难忘的细节,是国的出生,他诞生的特殊场景以及在他出生之后母亲父亲的先后离世。村人们把他从灶火灰与血泊中救出的一瞬,就注定了这个人物在这部小说中要始终处于"聚光灯"下。的确,国是包括三婶在内的全村妇女用乳汁一点点喂大的,这是一个吃"百家饭"长大的孤儿。他(她)们都是给予他生命的亲人。第二个细节,三叔经过了三次送礼终于为国挣得了一个也许会改变他人生走向的指标,国却拒绝去,原因在于他没有一件可以穿出门的衣裳。而解决这一面子窘境的是三叔从村中借来的一件绿军装。这是一个孤儿的"成人礼"吗?的确,国穿上它,找到了一个人成为人的最基本的体面。这体面,不是他一个人的,同时也是一个村庄的体面。但同时你会关注到他也剥夺了村子里另一位青年的体面,那个借他绿军装的男青年因没有这身代表了体面的衣裳而相亲失败。第三个细节,是在事务与人际的应酬中,在人与人的矛盾与争斗中,国处于两个方阵的争取与撕裂中,他在夜半回到村庄去找三叔要个答案。三叔没有告诉他怎么办,只是说若不行的话,就回来吧。国没有回来,也没有选择成为落井下石者。他的选择,使得他的命运迎来了另一次转机,同时也让他第一次领略到了某种丛林法则。然而,这选择是谁——他自己——做出来的吗?还是一种土地伦理的自然法则使然呢?没有谁追问,也没有谁能说得清楚。人与土地的关系,一直是一种具有神秘力量的存在。它不可解析,虽然我们的作家一直没有放弃这样的试探。第四个细节,也是让我极受震撼的,是大李庄村的平坟事件。公路要穿村而过,大李庄村的老老少少男男女女披着被子日夜守着祖先的坟地,领导只得求助于国,而国站在黑压压的乡亲们面前,他一个个呵斥般地高声叫出三叔们的名字,叫出长辈们的名字,叫出同辈们的名字,他的声音好像已不是从自己的身体里发出的声音,三叔们在这样的呵斥下一个个地败下阵来。国在"聚光灯"下的高光表现,在于他向母亲的坟大声呼叫"儿不孝了"之后指挥人挥动铁锹先平了他母亲的坟。也许是从这一刻,国这个人物,与生养他的土地的关系发生了变化,这变化是他自己也始料未及不愿发生的,然而它就是发生了,发生得合乎"这一个"人生发展的逻辑。果然,国获得了提拔,他的"成长"是从人与土的断裂中获得的吗?小说只给我们细节,并不提供结论。第五个细节,是结尾,是的,人"成人"之后,他就不能不面临一个现实的同时也是哲学的问题,那就是——

你是谁?生在何处?长在何处?你要到哪里去?……

国一路高升,但从来没能解决这个作为人的最基本的问题。所以当那包老娘土被妻子从车中掷出去时,他没有立即喊停车,而是习惯性地让车前行着,直到,突然,他的心、身发生了割裂,心要求他"停车""下去",捡回老娘土,而身却为物役,各种事务安排已没有时间允许他"停车""下去"。小说就在这个开放式的结尾中落下了帷幕。国究竟是否重新获得了那包"老娘土"呢?每个读者的答案或许并不相同。这是一个怎样的结尾?我们在小说中先是看到了"这一个"与母亲的"生离死别",再是看到了"这一个"与土地的断裂,那么,到此,我们看到的是"这一个"也不完全是"这一个"了,或者说,"这一个"已变得不再完整,"这一个"也断成了两截?

那么,"这一个"的目的在哪里?这可能真的是我们今天要问的。人的目的,在哪里?"你要到哪里去?"托尔斯泰作品中人的目的,梅列日科夫斯基在其《托尔斯泰与陀思妥耶夫斯基》中讲到的是,"精神的人"。但是在关于乡村的人的故事中,我们已与这样的"精神的人"久违了,我们是不是已经有些时候没有看到那样一种"人"了?——"这一个"的"他"是年轻的、健康的、干净的、善良的、单纯的、清洁的、朴素的、诚实的、美好的。以前的文学中,我们曾经多次与"他"相遇,但是又是哪一天,我们错过了"他"?或者是,"他",在哪里与我们走失了？

李治国这个人物当然不是李佩甫关于人的理想状态，从某种程度上讲，这个人物恰是李佩甫要寻求的另一种"人"的背面。对于这位今天仍一直瞩目于"平原"的作家而言，他向往探讨的"土壤与植物"的关系，在他的《无边无际的早晨》之后的几乎每部作品中都藏有答案，但那答案也像植物一样，盘根错节，几乎没有一个顶天立地的大树出现。那些人物，灌木丛生，却难见大树参天。当然，我们无法去过度要求"这一个"作家，他做到了批判，可能也正完成了"这一个"作家的使命。

但是，作为读者的我们，还是心有不甘。

好了。总结一下。让我们回到詹姆斯·伍德的一些我认可的提法，关于小说与现实。

（一）"小说的世俗冲动是朝向扩展和延伸生活，小说是日常生活份额的杰出交易者。它把我们生活中的事例扩展成一幕幕的细节，努力把这些事例按照接近于真实时间的节奏放映。"

《无边无际的早晨》做到了这一点。它为我们提供了现实的延伸与生活的扩展，其中我们看到了国和三叔们以及国与他后来的环境所构成的一幕幕细节。我以上罗列的细节只是这些细节的一小部分，当然，对于小说而言，它们对主人公的命运走向起着支撑作用。的确,它们在小说中,按照人物从出生到成人到迷惑于自己是"谁"的真实的时间节奏,那一幕幕的艺术真实,在我们的视线下构成了"放映"的冲击。

(二)伍德先生在评论英国当代小说家佩内洛普·菲兹杰拉德女士的历史小说《蓝花》时引用了她小说中用诺瓦利斯的一句台词做的卷首语——"小说来自历史的缺陷","……小说想要拯救那些历史从未能记录下来的私密时刻,甚至是家庭自身也可能没有记录下的私密时刻。但是,这些世俗的事例存在于书本的更宏大更严肃的形式中,换句话说,这些短暂的人生,不幸的人生,只不过是历史里的插入句罢了……是小说经常把我们抛掷于'为什么?'这个问题的宽大、怀疑、恐怖的自由空间的原因所在。这个问题被小说的形式有力地调动了起来:不仅仅因为小说很擅长唤醒人生中普通的事例,也因为它很擅长强调人生是已完成的完整形式"。虽然这段话是讲菲兹杰拉德女士的小说的,但放在这里也相对妥帖。《无边无际的早晨》的现实是有历史感的现实。农业文明的历史,或者土地伦理的历史、乡村自身的历史,我们的历史著述中多有总结,但小说的确是拯救了那些历史中从未记录下,或未能完整记录下来的私密时刻。在其更宏大的历史叙事中我们缺失的可能也包括这些"世俗的事例",小说中李治国这一个人物的出现不是从天上掉下来的,也不是作家凭空虚构的。"他"一定是与乡村的历史有着千丝万缕的联系——小说中的"为什么?"的问题是巨大的,只不过李佩甫借助于"李治国"这一个人物的普通事例,以"他"的人生轨迹而再次唤醒我们罢了。

(三)随着小说结尾的"老娘土"的细节出现,随着李治国的身心不一、灵肉分离,随着对于这把"老娘土"是掷去还是捡回的问题,我们再次看到作家李佩甫掷出的那个人类永恒的灵魂问题——

你是谁?生在何处?长在何处?你要到哪里去?……

李治国没有答案。李佩甫也只是提出问题。

那么,也许,另一个人的"解答"值得重视:

"放逐……它是强行挡在一个人与他的出生地、自我与它真正的家之间不可弥合的裂缝:它本质上的悲哀永远无法被克服。虽然在文学和历史中,被放逐者在一生中确实会有一些英雄人物般浪漫光辉甚至是成功的事迹,可这些不过是为了克服疏离感致残的悲伤所做的努力而已。放逐带来的成就,会永远被遗落在身后并丧失的东西遮住光辉。"

伍德对爱德华·萨义德《放逐论》文章中放逐定义的引用有自己的一套解释,比如,他对被放逐者的"真正的家"的概念更感兴致。他说:"如果存在这种普遍的无家可归,无论它是强加的还是自愿的,那么,'真正的家'的概念就确实经历了一些不怀好意的修正。或许,萨义德的言下之意是说,非情愿的无家可归只强加于那些有真正的家的人身上,所以总是强化了出生地的纯洁性,而自愿的无家可归——我试图界定的那种更为温和的迁移——则意味着家归根到底不可能是'真正的'。"话是说得有些绕,特别是没有上下文的情形下,更是如此。但这段话还是引出了"流放者的荒漠"和"原初归属地的绿洲"之间的联系人——被放逐者。李治国不也是在这"荒漠"与"绿洲"间迁徙的人吗?这个"被放逐者"的"真正的家"在哪里呢?这个在血缘的意义上失去双亲的人,乡亲们没有将他遗弃而是一点点地把他养大,一程程地送他并成就他,但面对这个在精神的意义上已变得"无家可归"的人,在乡亲们的眼里,他真的是一个成功者吗?他真的是他们向往他成为的那种人吗?如果是,他为什么丝毫没有成功的欢喜,而时时体味的却是失家的苦楚呢?或者,是不是文学的存在强化了"出生地的纯洁性"呢?

唯一能够肯定的是,"放逐带来的成就,会永远被遗落在身后并丧失的东西遮住光辉"。李治国经由放逐而遗落并丧失的东西,他是知道的,但就是知道,他依然在那个遗落并丧失的路上回不了头。这本质上的悲哀永远无法被人类克服了吗？如此,"老娘土"带不带在身边,对于李治国而言在情感认同的层面上是不同的——连这个问题也变作了两难了吗？但就其本质而言真的又是没有什么区分的——在他完成"放逐"这一行动之后,他已经一意孤行义无反顾。这正是"被放逐者"的可悲又可怖的一点。而这一点,又使得"李治国"这个人物可以无限放大,"他",何曾不是一个个的你、我,在世界的广漠中不断行走的迁徙者？

小说到此,其实写出的不止一个平原。它所况味的,是有史以来的人性,或者是亘古未变的人性的悖反。

现在,说了那么多讨人嫌的枯燥的理论与分析之后,我终于可以把小说中我最喜欢的段落放在这里了。

蓦地,三叔的腰勾下去了,而后又剧烈地抽搐着,麦田里暴起一阵干哑的咳嗽声！那枯树桩一样的身量在振荡中摇晃着,久久不止。三婶慌慌地从麦田里拱出来,小跑着去给三叔捶背……突然,麦田里晃动着许多身影儿,人们纷乱地窜动着,惊喜地高叫:"兔子！兔子……"

这时,国听见"扑哧"一声,他的肚子炸了！他肚子里拱出一个"黄土小儿"。那"黄土小儿"赤条条的,光身系着一个红兜肚儿,一蹦一蹦地跑进麦田里去了。那"黄土小儿"在金色的麦浪里跳跃着,光光的屁股上烙着土地的印章。那"黄土小儿"像精灵似的在麦田里戏耍,一时摇摇地提着水罐去给四婶送水;一时跳跳地越过田埂去为三叔捶背;一时去捉兔子,跃动在万顷麦浪之上;一时又去帮乡人拔麦子……"黄土小儿"溶进了一片灿烂的黄色,"黄土小儿"溶进了泥土牛粪之中,"黄土小儿"溶进了裹有麦香的热风,"黄土小儿"不见了……

与生俱来的乡愁。人类的黄金童年。接近真相的理论。从语言修辞上都无法与这个"黄土小儿"的鲜活形象相比。那时的他,没有悲恸焦虑,只有生命的欣喜。然而,坐在车上的李治国只能是躲在车窗后面看着他的乡亲和想象中或是记忆中的自己。他与那个"自己"已是隔山隔水,他再也回不去了。

那个"黄土小儿"不见了……就这样,"他"一步步地失去了自己。

那么,这就是那个结局了?不!作为追读作家多年几乎通读他所有作品的读者之一,我仍心有不甘。那个健壮、刚毅、有力、纯真、和善而又骄傲的人,那个站在田野之上顶天立地的人,他到哪里去了?他的雄健刚毅、质朴诚挚到哪里去了?这是作为读者的我们要追着要一个答案的。

也许,也许。在不久的将来,无边无际的平原之上,一定还有这样一个"人",一定还有属于这个诞生的新人的一个早晨。

无边无际中。我如是期待。

犹在镜中

——徐小斌小说中的女性

时隔32年再读《对一个精神病患者的调查》,仍然惊叹于徐小斌天才的叙事能力。这部小说30年前曾被她本人改编为电影《弧光》上映,获得国际电影奖的同时,也深受国内业界人士的好评。

《对一个精神病患者的调查》故事发生在北京,小说里只写女主人公原供职于宣武区小桥胡同,30年沧海桑田,如今宣武区已并入西城,我们只能从文字中领略它的过去。其实小斌要写的并不是时代的变迁,而时代风云变幻下附着于人身上的人性才可能引起她足够的兴趣。一写到人,她的笔随意走,有着不动声色的冷,同时也获得了龙飞凤舞的灼热。这部小说写了众多人物,但实际上所有的人物都围绕着三个主人公进出。小说是从景焕的讲梦开始的,这个被打上被害妄想型偏执狂兼有关系妄想症的"精神病患者",正对着"那口蓝色的结了冰的小湖",讲她梦中无数次出现于冰湖上的"8

字。她的对面站着的是负责她病理的大夫柳锴,他肩负着同是女友的医生谢霓交代给他的与景焕恋爱而深入患者心理找出病因的任务。但在这场不亚于"玩火"的复杂关系中,柳锴无可救药地爱上了景焕——这个有着"非凡的心灵感应"的人,这个依赖他、信任他,而又常常念念有词于"在那个世界里,你会忘了一切甚至忘了你自己。你忘了你自己,才感到自己是自由的"活在精神世界的纯粹的人。

无疑,这样的人是与"这个世界"格格不入的。"这样的人"敏感、多疑、善感,在自尊与自卑间徘徊不定,"这样的人"总在"工蚁"与"人"之间划界限,并强调作为人的优越性,"这样的人"要做完善的人,而"完善的人"的理想每每与相对"不完善的现实"发生抵牾时,"她"会以舍弃现实为代价,而追着"精神"之"光"而去。这就不难解释作为现实构成的一部分的柳锴,深受其吸引的原因,当然也正如世界是多面的,柳锴同时也被理性而世故的谢霓吸引力,他(她)们构成着"医生"的"共同体",某种时刻要共同面对景焕样的"精神病人"。

这样的两性关系让我想起《红楼梦》中的宝、黛,宝、钗关系。也许这种恒久的人生情感之选也不会终结于现代。

《双鱼星座》与之不同。卜零不同于景焕,她在爱情关系中不像景焕处于被动的地位,卜零在性别关系中貌似掌握着主动权。她有着相对稳定的工作——在电视台写剧本。正如有着相对成熟的婚姻,但同时她在感情上又心有所属,如此,卜在丈夫韦和情人石之间,体味着中年情感的诸多况味。她与后者的爱情多发生在心内,如感应般,这场恋爱多教她触景生情,泪流不语,当然最后有些玉石俱焚的意思。在拟想中,卜完成了对三者(还包括让她失掉工作和尊严的老板)的"谋杀",那句在"情人"面前的"快40的人是不是就不是人了?"的反诘,和要去实施反抗方案前对镜梳头的决绝的神气,都写出了另一个女子在景焕的"精神"之光之上的力道。这是一个修炼成"巫"的女人,她与这个世界的"不凑合"在于,她的心中盛有一个更加完美的世界,这后一个世界,是她敢于对这个不够完美的世界扔下白手套的原因。

镜子,是两部小说都出现的道具,说是意象也不为过。它反衬着两个世界。在《对一个精神病患者的调查》中,它就是一个盛满记忆与预言的大"冰湖";而《双鱼星座》中,它更是屡屡出现,映照着对镜者本人。与巫师对话时,它是一个"水晶球";与石相处时,它是"偌大的一个湖面";有时它又是"反光镜","不知多久了,卜零总是习惯地坐在正对反光镜的那一面,在镜里端详自己的面容。镜里呈现的淑女般的面孔往往会使她产生莫名其妙的联想"。这种对向内寻找自身另一个被遮蔽的"我"的揭示,也许"镜子"是一种并不自觉却再恰切不过的工具,以致在另一世界的代表——貌似掌握她生计大权的老板眼里,它是:"这个女人的脸仍像过去一样妩媚,但那丰富的表情却已荡然无存。没有一根线条能够泄露她的内心秘密。就是过去那双可以一览无余地看到她内心世界的眼睛,现在也不过像一面玻璃镜那样镶嵌在脸上,从里面折射出的正是对镜者本人。"两部作品,两个女性,一个是被别人视作精神病人的正常人,她的思想已远远超出常人的理解,但她的思想是逻辑的、理性的;另一个是所有人眼中的正常人,还是优越于常人的人,但她内心的渴求带有病理心理学的意味,她的内在的"我"是无序的、狂想的,甚至有着深层的分裂。也许,在这个意义上,镜子,是人类所需要的。

　　神、巫之间,人的多面,完成了这个充满魅力的世界。文学,也因有徐小斌式的书写而变得丰富旖旎。

起寻花影步回廊
——范小青中篇小说探秘

范小青的小说向来不温不火,优雅有度,用"探秘"一词,似乎有些严重,好像是她的小说多么博人眼球,而事实上,她的小说更像是什么呢——我的脑海里多次跳出来的是——苏州园林。她的小说正是这样,引领着阅读者移步换景,且驻且行,兜兜转转之间,花影日斜之间,总有些言有尽而意无穷的东西一点点地呈现给你。当然,这一点,也像是苏州园林的,它绝不让人有一览无余的无趣,这与其说是小说家范小青对于中华传统文化的有意坚守,不如说是她于此间熏染已久,自带暗香。

仍记得 21 世纪初某年受邀《苏州杂志》活动,在苏州小住,小青作为东道主陪我们看拙政园、看留园的情形。时光荏苒,隔了近 20 年再回望当日,记不清在那些园子里的所见,只是有春天里的繁华与孤寂,在那些园子里同时展现,孤高与妩媚一道来,那种冰与热,给人一种奇异的感觉。像青团中的流沙,外面是艾草的青涩,里面却是红豆的甜腻。起寻花影,人在景中,在今年这样一个特殊而寂静的春天里,那些园中的花树一定更是孤绝与明艳并重的吧。

《嫁入豪门》初看是明艳的,一个女子有两位"豪门"中的男子可以挑选,而且似乎一看之下,两位都不入"法眼"。这个开头真是令人惊艳。这跟一般的"嫁入豪门"的理解可是相差甚远啊。就是这个远,让人有着"女性主义"的眼前一亮,不是你挑我,而是我在你们中间选择,当然,如若退一步,不是给母亲面子,我也可以一个不选。

这个起点,如若这样发展下去,可能是另一部剑拔弩张也不乏喜感的小说,但是那真的不是范小青的风格。且慢,细细道来的功夫,也是园林建制给予她的。

这就是,虽然弟弟示好,女主人公却嫁给了哥哥。而"豪门"与"寒门"的对比,让我们看到了家道中落的同时也看到了家规谨严,比如吃有吃相,坐有坐相;再比如对一件貌似价值连城的家具之得失,一边是大惊小怪惴惴不安,一边则是来日方长,安之若素;"豪门"之内,物质与精神的对比,或者是奢华之物与贵族气质的博弈,哪里有理论之较量,分分都是气度之分野。这样的移步换景,终于走到了故事的谜底,那祖传的家具哪里是价值连城,它根本就是一个假古董,而人在这个"假"物身上耗费的精力却是真的,也是真的不值了。

话说回来,如若它是真的古董,仍是价值连城,我们的耗费就是有价值的吗?我想,范小青通过这个一波三折的故事告诉我们的是,物可以价值千金,但比这千金更有价值的是人的一颗不为物役的心。

心的炼得,并不容易。但若真炼得,满目所见,无不风和日丽。

范小青小说的"园林式叙事"还在于它的迂回曲折。以《顾氏传人》为例,这部小说可看作《嫁入豪门》的姊妹篇,但又好像是反着来的一部。

顾氏家族,名门贵族,家道中落,掌门的四位小姐,加之她们的弟弟——从传统意义上解读是顾家的唯一传人,这样的故事怎么看都是有些热闹的,甚至四个女人一台戏,好看而喧嚣着。当然,我们以为这四位"花旦"的出场,全为了衬托顾氏传人——顾允吉。但是错了,这台戏演到底,我们才发现,顾允吉并非主角,真正的主角,也不是花旦,而是"青衣"——二小姐。

二小姐撑起了全部小说的脊梁,但是这种"撑"是如此繁难,对于她的全部心思而言,她的名存实亡的婚姻,她的无疾而终的爱情,她的心事浩渺的亲情的焦虑与血脉的不甘。到了曲终人散落幕之时,我们才明了二小姐的一番心意,都付于断壁残垣。

原来是一部悲情剧啊,怎么会让我们一开始误读成日常带着喜感的肥皂剧呢?小青的迂回曲折的叙事功夫,的确可以与杂花生树的苏州园林一比高低。

与之相近的叙述法,还有《花儿为什么这样红》。这是一个刚开始读之以为是母女之间的亲情故事,再读之也许是女同学之间的友情之故事,但直到最后,生活露出了它远远残酷于故事的一面,母亲的强大的神经再也无力与之搏战,而真的是被命运的最后一击——那另一个女孩的意外之死——给逼疯了。这个三进院式的叙事方式,最后为我们摊开的谜底如此惨烈,仿若那些花儿无知无觉地开,却也在无知无觉地落,一个春天就那样仓促地结束了。的确,这种从一个母亲的焦虑到一个母亲的惶惑疯狂和心如死灰,写尽了某种批判,也写出了某种悲哀。

范小青的写作未曾被归入女性主义之列,但是这三部小说无疑都有着女性主义的影子。身为一个女性作家,对女性的人格变化精神成长及其外在环境的关注,不可能不潜在而顽强地存在于她的故事和叙事中。这的确是这次重读的一个偶得却也是重要的发现。

近代研究中国古典园林的第一人童寯先生在其《东南园墅》中曾言"游者每探中国园林,甫入门园,徘徊未远,必先事停足。片刻踌躇实为明智,正因此行犹如探险"。的确,通行之径,蜿蜒曲折,而风景撒播其间,重叠错落,穿插有致。如此移步换景的功夫,究其造物之人,必有意味风雅、神采超逸的内功与气韵。

园林如此,小说亦然。那些听来的、看来的、想起来的,都会成为故事,唯有与生俱来的气质,才会成为一部部小说的韵致。这就是有时候,我们读小说,读的其实是这个作家——人。当尘世的繁华在小说的烟幕中——褪去,还有这一点足够吸引我。

这是一个作家压箱底的东西。

童寯先生在《东南园墅》中写:"吾人如何突出苏州,都永不过分,该城拥有大量古典园林,著名与不太知著者,大小总数超出一百座。苏州由此于名城市中,确立无可动摇之地位。"他还同时提醒我们:"于此之外,万切不可忘却,除暴力拆毁,尚有渐微平缓之力,亦即西方景观建筑学。这一当前于中国迅速成为各个学院之时髦课程,正在削弱中国古典园林世代相传却已危如累卵之基础。倘若怠懈放任,由其自生自灭,中国古典园林将如同传统绘画及其他传统艺术,逐渐沦为考古遗迹。诸多精美园林,若不及时采取措施,即将走向湮灭之境。"

童先生对于中国园林的偏爱之情让人感念,而他的写于20世纪80年代初的提醒也给人猛击一掌的感觉。当然并不是说西方景观建筑学一无是处,而是说在世界文明中多种不同文化并立同行的路上,不要只顾观望和习得别人的好,而丢了自己的压箱底的宝藏。

地上的建筑如是。纸上的建筑当然也如是。在此意义上理解汉语,语言的、结构的、人物的,这纸上建筑的优长,的确不同于众。

所以,师夷之长固然可爱,但总的说来,固守并供养曾经供养过自己的文明,也令人研读之下不禁肃然起敬。文学的好,好在还有范小青这样沉静的"建筑师",让我们在已眼花缭乱的建筑间漫步时,还有一个可发幽思之想的去处。

从"烦恼人生"到"爱恨情仇"

——池莉中篇小说探秘

池莉是一个经得起岁月阅读的作家。

有一些作家的作品当时很轰动,但过了一些时候,语境、时代变了之后,那些作品或是力有不逮,或是中气不足,总归经不起文学的细读,而仅余社会学的史料价值了。池莉的作品《不谈爱情》,它有一种蛮力——之所以这样说,是想表达她作品的某种力度,你说她现实也好,超前也好,总是有一种"气"在里面,或者直说,那是一种穿透力。

纵观当代写现实人生的作家,具备穿透力而又在字里行间留有"力道"的作品,如果以严选的要求看,其实是不多的。太多的现实的琐碎阻挠了它的实现——而只有未来变成了一些钢筋水泥般的建筑物。不能不说,这对于一个作家而言,是十分可惜的事情。

池莉不同。现在再读她写于1986年5月的作品《烦恼人生》,仍然会有心惊的感觉。1986年到2022年,其间已相隔了36年,对于作家池莉而言,这部小说是她的"少作",也是她的成名作,但"少作"中的"力道"就已经显示出迫人的力量。这是一部作品获得穿越时空能力的基础。

《烦恼人生》写的是柴米油盐中的人生,印家厚就是这中间的一个。作为一个男人,他承担着一个家庭的经济发展,比如房子——小说一开始就写了他的四岁儿子从架子床上摔下来受伤流血的情景,无疑是交代了一家三口住房的狭窄。而与室内的无法腾挪同样让人劳累的是要渡江到另一岸去上班的路途的遥远,在一天之内,将孩子送到幼儿园,自己在车间上班,还要来回渡江赶轮渡。虽然甲板上大家也乐呵呵相互照顾,但房子、奖金、孩子、家庭之外的梦想——那个"生活——梦"的翅膀,始终并没有飞翔起来,最终还是一个梦,以至主人公都觉得他实际上是生活在一个现实所组成的"梦"里。

是这样吗?他的父与子、夫与妻、师与徒之间对自我的确认,大多是角色上的,而那个自我、情感和情绪,却是被胶合在这样的角色之中,无法全然得到释放。这可能就是主人公的"烦恼",而人生是不是就是由这些真实的烦恼组成的,作者没有给出答案。我想,池莉的答案是不。虽然人生由诸多烦恼之片断组成,虽然一个人的人生放大了看,可能就是某一个两个无法回避的片断组合或影响了一个人的一生,但是,池莉仍然是那个说"不"的作家。

只是,她的"不"藏在那些白描里。

无独有偶,写于2002年11月的《有了快感你就喊》这部作品,也写到了一个相类似的人。当然是看似类似,但其实两人是不同的。当然搭眼一看,这部小说的主人公卞容大和《烦恼人生》的主人公印家厚一样,两人都是深陷于家庭琐屑中也担当家庭经济大任的养家糊口的男人,两人活得都不那么洒脱,两人在某些方面都受制于人,而且在这种不快的经历中有着不能解脱的无力感。虽然一个是工厂技术工人,一个是文化机构的公务人员,但两人同样不得志于现实生活。印家厚的对梦想的实现是回到了现实之中,与之和解;卞容大的解脱之路则是在41岁失业之后自行找工作,以对西藏新工作岗位的奔赴离开家庭、"背井离乡"而带有某种到远方实现梦想的悲怆。不同的是,印家厚虽身陷烦恼,但最终与生活和解,而卞容大心如明镜,却隐忍沉默,他放弃反抗,也不求和解,最后只剩下了挣扎。

总之,卞容大是与印家厚不同的人,他精明,有才华,但仍一筹莫展,人到中年,只有再出发以寻找生活新路。这个13岁就以烫伤自己左手掌心而获得"高贵的沉默"的孩子,成年后,谋得玻璃吹制协会秘书长、办公室主任一职。他在这个岗位上辛苦勤勉,却不意上司换将,新上司拖欠别家公司两万元不还,卞容大几经劝说,新上司却说"你去纪委举报吧",仍是不还。卞容大只得将实情禀报纪委,得到的结果却不是对拖欠款一事的处置,而是一纸令下,协会解散。40岁失去了工作的卞容大就这样被放在了人生的十字路口。

小说的写法也十分特别,先从卞容大的人生中段来写,我们知道他有一个父亲——卞师傅,有一个妻子——黄新蕾,有一个儿子——卞浩瀚,在这样一种再正常不过的家庭中,我们能清晰地看出卞容大的角色地位与责任。而小说交代了事情的转折——失业之后,笔锋一转,让我们看到了隐藏在事件背后的东西——卞容大的童年。集贤巷、新华书店、黄陂的小乡村,买鱼虾的生计、妹妹婉容,以及陈阿姨、军官女儿、孪生姐妹,更可能是爱的黄新蓓,娶的黄新蕾,青梅竹马,通信,试探,大学,调动,这一切,好似表面上天遂人愿,但实际上主人公一直未能做自我选择的主人,他是被选择的,他一直被动于成长中的生活,以致在最为感性的婚姻中,他也是彻底被动。代际、成长、出身、经历种种,都一一被写到,但写时又是如此不动声色——你不能不佩服池莉——她的确是做过医生的,冷静、理性,而且锋利——我指的是她的笔如手术刀般,只听从真实,当然这科学性也基于对人性的悲悯。

写法上的条分缕析和层层解密,构成了叙事上的一大特色,是穿插和跳跃。读之如看一部由高手剪辑的电影,看似偶然,却因果裹于其中,而主人公卞容大的最激情的一次——好像也是他人到中年之后的唯一一次主动之选——恰是他对应聘法国化妆品公司赴西藏开展业务的新工作的选择。当然,这选择有与家人分居两地的无奈,但毕竟是他为自己的一次选择——在所有的被选择之后。不能不视其做一次英勇的选择。但这主动之中其实也并非自我的达成,远方并不只是由"诗"组成,远行的人仍然背负着养家糊口的使命。

我读池莉小说,觉得最受震撼的是一个女作家对男性的观察和书写。当然最好的作家就是作家,与性别无关。但正如有些女性在男性作家笔下大放异彩一样,在对男性主人公的书写中,我以为池莉的小说为我们提供了一个颇可宝贵的视角。无论是1986年的印家厚,还是2002年的卞容大,他们的生身虽不相同,所居时空也有变化,但作为一个男人所承负的使命是一样的——这可能也是传统使然,他们忍辱负重,甚至在许多时候委曲求全,他们是无奈的,却也是坚韧的,不能不说,这是他们生活的常态,而这常态,却也构筑了我们的生存文化的主体。

从这个角度讲,我对《爱恨情仇》的阅读所得更加重视。这部写于2014年的小说,其令人动容之处在于,它写出了一个与众不同的人物——顾命大。这个人物的与众不同之处,一方面在于,"她"之于作家池莉本人的以往写作是不同的——我们知道,池莉对于男性心理的书写是擅长的,而且在写"他们"时更是如医生般冷静的——顾命大是一个女性。她当然不是知识女性或者城市女性,"她"就是一个农民,从一个她不愿意待的地方逃到一个陌生的地方,然而又被某种亲情强行送回到了她原来逃出来的地方。顾命大的与众不同,还在于她身上的强烈的反叛精神。她离开熟悉的故乡原因在于婚姻的遇人不淑,而来自祖辈的压抑和儿子的薄情,使她远离故乡,然而一次集市的偶遇使她刚刚获得的生活的平静再次被打破,那个已然成人的儿子叫了族人一起,在她根本不情愿的情形下将之"押解"回乡。面对重回压抑生活的结局,顾命大所给出的结局,是所有人意料之外的,她以死相搏。她自杀于一辆奔驰的货车。她选择了死,也不选择重回过去的生活。

顾命大自小到大,她的"命"虽不掌握在自己手里,却一直是"命大"的,多少偶然使她得以保全,但最后"害死"了她的是她的儿子,所有生的爱恨情仇付之一炬。这个人物着实让人震惊。她的刚烈在无浪村的十二年里没有磨灭,在烂泥糊村的交锋中只是隐忍了,在周陈村的面前,那刚烈彻底迸发,却是以一种玉石俱焚的方式,让人不由得心中一紧。这种对于自由选择命运的选择,我们如何看呢？也许所有的评定在那决意面前都是软弱的。

　　这个女人,活得委屈,但她以最后的一跃完成了自己。

　　人物写到了这一份,作为旁观者的我们又有什么话说?!

　　池莉的笔是尖锐的。一个优秀作家的笔都不可能温暾。她保持着对她的人物的敏感。对于她笔下的人物和命运而言,无论"烦恼"还是"快感"所预示的现实的白描或反讽,以及一直在现实中摸爬滚打的男性,她给"他们"的命运是平庸的"完成时",而不同的是,对于在爱恨情仇中锻造的女性而言,这位作家给"她"的却是"未完成",这个人以肉身的死亡换取了灵魂的自由和永生了吗？一切都在书里。

　　一切都在作家的灵魂里。

　　同样,一切也都在你的灵魂里。

万物有灵,而平等
——阿来小说中的自然观

阿来在2018年出版的长篇《机村史诗》(六卷本)的每一卷都印上了自己2009年也即十年前在获得第七届华语文学传媒大奖的受奖辞。在这篇题为《人是出发点,也是目的地》的讲演中,他重申并着意突出了这样一个观点:"我的写作不是为了渲染这片高原如何神秘,渲染这个高原上的民族生活得如何超然世外,而是为了祛除魅惑,告诉这个世界,这个族群的人们也是人类大家庭中的一员。他们最最需要的,就是作为人,而不是神的臣仆去生活。"这篇讲演,无论是标题还是阐述,都旨在说明一个中心词——"人"。一个一个的个体,一个一个人的集合,一个一个人的命运,对于作为小说家的阿来而言,是他的使命和"唯一的目的"。

本着这样的使命目的,他写其生身的村庄并下决心写一部它自20世纪50年代到90年代的编年史,最原始的出发点是一个个人作为个体的故事和命运。六个故事,六件新事物,还有六个旧的或新的人物，构成了全整而又个体化的视野中的乡村，这就决定了这部小说不是一幅常见的"风情画"，也不是一曲过往生活的"挽歌"。同样在六卷的每一卷的卷后，他的代后记，也都重复六次出现，似乎在回应着六次出现的受奖辞，而其中的关于一位知识分子作家试图"建立起的一种超越性的国家共识"的文学书写与文化自认，同样在对以往边地书写的褊狭警觉与克服的同时，寻求着一个由完整的中国经验、中国故事组成的完整而真切的中国观的价值识见。

我一直以为，一个有着自己全整的世界观而这种世界观又能为一个时代的知识分子提供精神价值的文化创见的作家，才可能写出他的时代和他个人的史诗。这种史诗，一方面是"多样化"的一种体现，但在其文化人类学的意义之上，同时还具有"普泛化"的内涵，就是它不仅是某个民族的一种传奇，它还同时含蕴着人类共通的情感和伟大的精神。

但是如果只从这样一个角度认识阿来，我们仍是有局限的。如果只是在这一个层面上认识阿来，我们认识的只是一个认识论意义上的阿来，我们得见不到阿来的整体。或者说，如果仅从人的意义上认识阿来，而不去从自然关系中体认阿来，那么我们只是结识了小说家阿来，而牺牲掉了诗人阿来，我们牺牲掉的这部分阿来，可能才是更重要的阿来。阿来，我一向以为，是一个用小说的形式写诗的人。从某种意义上看，阿来更像是一个专注于万物中诗意存在的人,这样的人也可称为诗人小说家。发现或认出"诗人小说家"的方式并不复杂,只看他小说中有关"孩子"和"女性"的呈现部分,在这些还保存着人的"原生态"的人物身上,我们会体察到一个小说家的内里是不是一个诗人。能称得上"诗人小说家"的作家,在我们的文学史中并不很多,而且还呈现出递减趋势,因为人与人的事务和关系处理起来似乎是越来越复杂了。所以我们说,关于"人"的个体的和人类的统一体的认识,是阿来作为小说家的自觉的部分,是他在写作中对自我的强有力的提醒,这种提醒,是经由他的认识而来的,是他小说书写中的理性部分。如果我们只认同于这一部分,我们认识的阿来,还只是自觉部分的阿来。而阿来的文学,其实早已越过了自觉部分,而进入人与事物本源的部分,这一部分,我们可以称之为"自在",它突破或者说漫出了"自觉"——虽然后来,这一自在部分也将通过自觉层面获得表达,但的确,"自在",也许是我们接近阿来文学尤其是接近他作为史诗的"机村"的一把钥匙。

是这把钥匙打开了另一扇大门,打开了——不只是一个族群与另一个或多个族群的相互理解,不只是一个人和另一个人或多个人的相互对话,甚至,阿来文学所最终谋求的都不只是人与人之间的相互理解相互沟通,它致力于一种更大的接通,是人与万物的彼此尊重和深度对话,是自然中对人的肯定和同时的人与自然的应许。这可以说是阿来小说的自然观,或说是某种含蕴自然与人在内更包括人所创造的更多新事物新的人群新的自然的宇宙观。这个宇宙观,构筑了阿来对人、事、物的看法,所以,在他的史诗中,人、事、物是平等的,它们取得了小说家笔下独立的言说,它们占据着同等重要的篇幅和位置。

如果要为这把"钥匙"命名的话——万物有灵,而平等。可能是最恰当地表达它的方式。我们谈一位作家的世界观,如果它不涵盖这个层面——人与自然关系中的深度的平等的话,那么我们则不能肯定这位作家的世界观是否完整。也许,对于一位作家所拥有的不完整的世界观在人的角度上而言是正确的,但那正确真的只是相对而言,因为从宇宙的角度去看,它可能根本就称不上是一种"世界观"。

阿来是有世界观的作家。这个"世界",不只是一种族群对应于多个族群,不只是个人对应于他人,一种文化对答于多种文化,也不只是古与今,西与东,时间或者空间,而是它们之间遥相呼应,水乳交融。这个"世界"中,当然我们习惯了"人"是创造的主体的观念,但那只是一种观念,是我们脑子里的事情,当然这个主体也仍然在自我创造之中,这种创造是在一个更广阔的空间里进行着的,人所受的自然的恩惠与滋养,是阿来文字中看似不经意而实为更强有力的部分。而且这一部分,使阿来的"史诗",阿来的笔下的"机村",从自觉出发,达至自在之境。这个"自在",当为心境。

我看重这种穿越了"自觉"的"自在",这种跨过了"脑力"的"心境"。从"觉"到"在",从"脑"到"心",这曾是多少作家穷其一生也不能跨越的门槛。这当然得益于两种文化或者还包括勇猛"拿来"的多种文化的交响,这种交响使阿来轻易地跨过了单一,消融了人设的边界,而进入一种貌似混沌实则清晰无比的境域,这个"心"的境域,宽广,温柔,它不是使阿来的小说更成熟了,恰恰相反,它使阿来找到了重归本真的纯粹之路。这种"自在",与其说是"万物有灵,且平等"的"世界观"的映射,不如说是万物有从而平等的"世界"的反映。这种"自在",不是理论,甚至不是思想,它是一种将心比心而来的心心相印。

由之,我们在《随风而逝》中,眼见"黄色的报春,蓝色的龙胆与鸢尾,红色的点地梅",眼见"风信子""野百合""蒲公英""小杜鹃""花瓣美如丝绸的绿绒蒿"和"苹果树上挂着亮晶晶的露珠"。当然与此同时,我们眼见那"比五六只鹰还要大些的飞机,翅膀平伸着一动不动,嗡嗡叫着慢慢横过头上的天空"句子写下来时,也会掩卷沉思,发出会心一笑。这人的造物,也在自然之中获得了可爱的生机。

由之,我们在《达瑟与达戈》中看到李树、樱桃树,它们开满了洁白繁盛的花朵。我们看到油菜花、土豆苗、豌豆花,看到勺兰、鹅掌楸,看到不下 50 种的平常我们都叫不出名字的植物,而看到达瑟在风中摁住被风吹起的《百科全书》书页,大声说"我们就在书里的这种树上"时,也会兴味盎然,按图索骥。

由之,我们在《荒芜》中看到"林子里寂然无声。阴暗干燥的空间里流溢着松脂的香味。那香味如此浓烈,让人以为整个林间的空气就是一大块透明的松香"时,也会不由自主地深呼吸到那从文字中散发出的树木的芳冽纯香。

……

由之,我们与机村中的一粒粒种子相遇,相知;由之,我们找到了阿来的,也是我们的乡村的根子。与此同时,我们也似乎变成了一粒粒种子,还原于一个不只是纸上构筑的世界之中。

布谷、画眉、噪鹃、血雉,覆盆子、蓝莓、沙棘果、蔓青,还有苦菜、鹿耳韭、牛蒡,我们的文学中有多久没有这些鲜活的景象了?!

法海说:"来世我不会变成一朵蘑菇吧?"

斯炯:"没听说过有这样的转生啊。"

法海:"蘑菇好啊,什么也不想,就静静地待在柳树阴凉下,也是一种自在啊。"

我们的书写中从什么时候开始听不到这样的对话了?

阿来不独一部史诗,甚至不独长篇写作,其近作《蘑菇圈》《三只虫草》《河上柏影》,都有这种宇宙意识在里面;阿来也不独是小说一种文体,包括他的《大地的阶梯》《草木的理想国》都体现出"万物有灵,而平等"的思想,当这把钥匙经由他的文字送到我们手上时,我们看到了与小说家笔下的人物一样的守卫者,阿来与他记录或创造的守卫者斯炯站在一起,"她"是他的化身,而他是"她"的存在。

这种情景,让我不由得想起罗马诗人奥维德的古老诗句——

> 土地产生了人类曾需求的所有东西,
> 无须锄头和犁铧的惊扰、掠夺。
> 那些幸福的人从山坡上采集浆果,
> 还有樱桃或黑木莓,加上可食的橡子。
> 春天是永远的,伴随着西风轻拂,
> 温柔地穿过无人种植的鲜花。
> 未经耕种的土地,也能产生丰厚的谷物,
> 没有休闲的田野,翻滚着一片白色麦浪。
> 还有牛奶和蜂蜜淌成了河,
> 金色的花蜜从墨绿色的栎树上滴落。

还有一首诗,也正从记忆中走出来了:

　　心回到坚实的土地
　　眼睛从流水上升起
　　宽广盛大的夏季啊
　　所有生命蓬勃而狂放
　　……
　　……
　　若尔盖草原哪,你由
　　墨曲与嘎曲,白天与黑夜所环绕
　　摇曳的鲜花听命于快乐的鸣禽
　　奔驰的马群听命于风
　　午寐的羊群听命于安详的云团
　　人们劳作,梦想
　　畜群饮水,吃草

　　若尔盖草原
　　歌声的溪流在你的土地
　　牛奶的溪流在你的天堂

第一首诗引自公元 7 年奥维德的《变形记》。

第二首诗引自阿来《三十周岁时漫游若尔盖大草原》。

两首诗相隔有两千年吧。两千年中有多少东西发生了变化，但是在变化中又总有一些东西是不变的，比如土地、草原、羊群、春天，比如牛奶、蜜，还有季节的变幻。这变中的不变，和不变中的变，构成了一个完整的世界，它不断变迁，也不断还原，宇宙在此幻化中得以永续。

而阿来，和我们，只是这永续的宇宙之中的一粒粒会歌唱的种子。我们这些种子的责任除了自己的生命蓬勃成长之外，还同时要把种子真正地种到人心里去。

两千零一十一年之后，我们读到了阿来关于一个村庄的诗篇。阿来，与奥维德，只是宇宙间的、叫了不同称号和名字的人。这跨越两千多年的邂逅，其间又有多少自然的文字守卫者在行走，我想，他们的"万物"，落地生根，如那"机村"所寓言的种子一般，在一代代人的心中，成为一棵棵开花的树，或者一片片葱郁的森林。

阿来，就坐在家乡的荫庇着他儿时记忆的高大云杉的阴凉中，他说，"如今，我也不用担心，这些树会有朝一日在刀斧声中倒下"，是它们，给了他一个写作者的最基本的情感，如今，他用文字再把掠过树冠上的轻风和松脂浓烈的清香传递给了我们。

这就是阿来。心甘情愿做一粒种子的阿来。在机村。他深爱的故乡里。

地域、时代与关系中的个人

——孙惠芬小说的一种解读

歇马山庄这个地方,一直是孙惠芬小说的背景,她的人物在其中成长、劳作,其小说部分反映了中国北方农村现实与中国农民心理的变化。也许她的写作初衷并不宏大到对一个时代乡村剧变的把握,而很可能她出于本能而率真的写作,使那作品与一个时代有了接近。但如若只把孙惠芬视作一个地域性作家则是对她的误读,孙惠芬于地域、时代之上最关注的其实是人与人关系中的那个个人。

《歇马山庄的两个女人》截取当代乡村的一个切面,打工的丈夫外出挣钱,留守的女人在家劳作,它刻画了两位留守女人的生活。如几年前,从《歇马山庄的两个女人》开始,她关注一个村庄的细节,甚于关注这个村庄的历史,她倾情于一个村庄的事态,执着过这个村庄的变迁。而相对于村庄这一地理,她更倾心于村庄中的女人。她向往了解两个女人的内心世界,强过了解这一群体已然定型的生存世界;她关注她或她们精神的细腻变化,甚过关注引发这变化的表象外物。当然,她或她们也是一面镜子,透视得出那文字之外的历史与万物,后者是历史学家与社会学者的事,作为一个作家,女性的、文学的双重视角的确成就了孙惠芬。

故事并不复杂,小说是从一场婚礼切入,引出两个女主人公。两个人从好奇直至成为无话不谈、掏心掏肺的密友,两人的友谊到男人们打工归家结束,两个女人之间的秘密成为村人咀嚼的材料时,友谊终止。叙事的针脚细密。一点点缝合,一针针绣,不追求事件的完整性与评定的逻辑性,两个女人的细密心思与微妙较量达到令人感慨信服又引人叹惋深思的地步。

毋庸讳言,《歇马山庄的两个女人》这部小说不意踏入了女性小说中的"姐妹情谊"主题。羡慕与嫉妒编织在一起的情感,使一开始两人的友谊就有着某种复杂性。接下来,潘桃听到的有关李平的议论更是为这复杂加重一层,自家婆婆与邻居大婶异口同声地赞赏刚嫁来的成子媳妇,"叫她吃葱就吃葱,叫她坐斧就坐斧,叫她点烟就点烟",分明在暗示自己不柔顺太格色。这一切,李平毫不知情,她是外村嫁过来的,相对于潘桃的养尊处优,她的路艰辛得多。她自小离开自己的村子,到城里打工,爱上了打工饭店的老板,或者说是她的爱情被老板所利用,在身心全然付出之后,被老板娘、老板开除。

两年之后遇到打工的成子,她隐了身份,嫁给成子,打算实实在在地过一个女孩子向往的安稳日子,一个乡下女子的道路,在经过了新娘子的风光之后,是会"结实地夯进现实的泥坑里"的。而这一切,潘桃同样不得而知。此时,小说中有一句话是意味深长的——"女人的心里装着多少东西,男人永远无法知道。潘桃结了婚,可算得上一个女人了,可潘桃成为真正的女人,其实是从成子媳妇从门口走过那一刻开始的",这为两人的关系埋下了伏笔。小说对人的意绪的关注大于对事件的平铺。

这种莫名的情绪,"它在一些时候,有着金属一样的分量,砸着你会叫你心口钝疼;而另一些时候,却有着烟雾一样的质地,它缭绕你,会叫你心口郁闷;还有一些时候,它飞走了,它不知怎么就飞得无影无踪了"。

这种情绪交叠往返,甚至进入潘桃与玉柱的亲热中,它"从炕席缝里钻出来",是一种"说不出的委屈"。腊月初八到二十三,这种情绪折磨着她,成了一块"心病"。

正月里,小说仍不放过写时间的流动中长出的感觉的青苔:"但是在这疾速如飞的时光里,有一个东西,有一个看不见摸不着的东西,却一直在她身边左右晃动,它不是影子,影子只跟在人的后边,它也没有形状,见不出方圆,它在歇马山庄的屯街上,在屯街四周的空气里,你定睛看时,它不存在,你不理它,它又无所不在;它跟着你,亦步亦趋,它伴随你,不但不会破坏你的心情,反而教你精神抖擞神清气爽,叫你无一刻不注意自己的神情、步态、打扮;它与成子媳妇有着很大的关系,却又只属于潘桃自己的事,它到底是什么?潘桃搞不懂也不想搞懂,潘桃只知道无怨无悔地携带着它。"

这种细致而微妙的感觉,像是发生在异性之间的恋情。

小说写潘桃的感觉:"她好长时间神情恍惚,搞不清楚自己为什么会来到这里,来到这里干什么,搞不清楚自己跟这里有什么关系,剩下的日子还该干什么。潘桃在方寸小屋转着,一会儿揭开柜盖,向里边探头,一会儿又放下柜盖,冲墙壁愣神,潘桃一时间有些迷茫,被谁毁了前程的感觉。后来,她偎到炕上,撩起被子捂上脑袋躺了下来。这时,她眼前的黑暗里,出现了一个人,这个人不是离别的玉柱,而是成子媳妇——她在干什么?她也和自己一样吗?"而同时,送走了公公和成子的成子媳妇几乎没法待在屋里,"没有蒸气的屋子清澈见底,样样器具都裸露着,现出清冷和寂寞,锅、碗、瓢、盆、立柜、炕沿神态各异的样子,一呼百应着一种气息,挤压着成子媳妇的心口。没有蒸气的屋子成子媳妇无法再待下去"。眼前尽是空落的成子媳妇,走到院子里,觉得日子像一匹野马突然跑到了悬崖,万丈深渊尽收眼底。她跑着撵猪的样子,已经根本不像个新媳妇,而像"将日子过得年深日久不再在乎的老女人"。正是这时,她见到了潘桃。两人大街上的这一次遥遥对视,也只是两个新媳妇的第二次见面。

这是一个生活在别处的"她"。另一个空间的另一个"我"无时无刻不在占据着她,而现实中的她,只是"一个在农家院子里走动的躯壳"。她一时无法适应婚姻带给她的新一种关系,灵魂一点点地回到现实,屋子、被窝、鸡鸭、地垄,将心变得冷而空。当婆婆、娘家都无法了解这一切时,她必须找到一种泄洪方式。所以在与成子媳妇的友谊里,她是主动的,这主动里也有着明显的私心。但是真正见面,两个心地单纯的女人仍是被对方所吸引。那吸引里,也有着莫名的迷乱。小说写到这时,简直是华彩了——

相互道出肺腑之言,两人竟意外地拘谨起来,不知道往下该怎么办。那情形,就仿佛一对初恋的情人终于捅破了窗户纸,公开了相互的爱意之后,反而不知所措。她们不是恋人,她们却深深地驻扎在对方的内心,然而那不是爱,也不是恨,那是一份说不清楚的东西,它经历了反复无常的变化。她们对看着,嘴唇轻微地翕动,目光实一阵虚一阵,实时,两个人都看到了对方目光中深深的羞怯;虚时,她们的眼睛、鼻子、脸,统统混作了一团,梦幻一般。

Sisterhood(姐妹情谊),20世纪六七十年代,曾一度风靡西方文化理论界。在社会学角度,它旨在以女性的共同利益,对抗性别歧视;而在文学内部,则以一种"回声似的感觉"于女性同性中存在的证明,来激发一种女性自我精神成长中的深刻交流,并以此使女性认识自我,完善情感,激发创造。"姐妹情谊"这个词强调了女性间的深刻友谊的可能性存在。当然,激赏与嫉妒的分寸比例,有时并不同时掌握于双方手中,当二者失衡时,一方受到伤害以致情谊不再反目成仇的可能性同样存在。对于"姐妹情谊"的神秘性,艾德里安·里奇曾有"女同性恋连续统一体"精神传统的解释。当然,这只是诸多学说中的一种,关于身体、性、生殖、情绪、体悟与感知,女人与男人不同,可能只有同性才能认同同性,而生命每一时期的更多奥秘,也只有女人之间才能找到真实真切的倾诉与理解的途径。当然,较之女性主义的相对激进的理论,我更倾向于认同它是介于友情与爱情之间的一种情感私密相通的精神关系,是一种渴望从对方身上得到的自我认同。

她们像未婚的女友一样夜晚同睡,彼此相偎,直到为了加深友谊,李平将自己的身世披露,她们"你一尺,我一丈,你一丈,我十丈"步步深入,直到看到"无穷无尽的景色"。打工丈夫的归来打破了两人世界的平衡。小说收束于新一年的腊八,得知李平身世的成子愤而打伤了李平。李平与潘桃的"姐妹情谊"至此终结,再无续篇。两个女人的"叛逃"与同盟败给了她们自己的人性。

同样,《一树槐香》某种程度上可看作《歇马山庄的两个女人》的姊妹篇。二妹子丈夫去世后,与故乡"她们——"的关系是作家起初要探讨的对象——但小说展开的二妹子与吕小敏的关系则更重要,吕小敏不仅改变了二妹子的感知,而且还改写了二妹子的人生。

21世纪初,我曾写过一篇长文《安娜的血》,论述孙惠芬笔下的女性,地域的、时代的、关系中的女性,作家多向度地完成着对包括复杂人性的证明及对农村女性精神境遇与情感生活的关注,当然作家的视线并不回避女性自身的人性弱点。对于能够提供不止一种阅读方向的文字,我一向深怀敬重。正如我注重她并不为评论界更多重视的《致无尽关系》——一个于城、乡之间的归来者,一个于娘家和婆家的往返者的犹疑踟蹰,血脉与根系的力量在一个女性的小说中获得了这么大的力量,也让我在读到以下句子时不免心惊:

> 每年,都会有这样一种东西在我心里慢慢浮出,就像年使亲情的网络慢慢从水下浮出一样。它浮出来,却并不像网绳那样越绷越紧越抻越直,而是在经历了瞬间的

警觉之后,某根绳索突然绷断,拽我的,或者我拽的,只剩下一根,申家的这一根。那一时刻,我觉得我和身后的丈夫、儿子没有任何关系,他们好像只是一个搭车者,互不相识的路人,因为在我们翻找攀爬的故事里,看不到他们任何踪影。可奇怪的是,我和丈夫、儿子成了路人,却一点都不伤感,不但不伤感,反而有一种挣脱了某种枷锁的轻松,仿佛又回到无忧无虑的少年时代。

当然,同时还有:

说到底,还是一个根系在一点点复活,就像一进了腊月亲情的网络在我们意识里的复活,它们不在前方,而在后方,在你还在城里时,它们还被深深埋藏着,它们不是亲情,却在一端上连接着亲情,是亲情往纵深处幽暗处延伸的部分,只有当你回到火热的亲情里,回到亘古不变的拜年风俗里,它才会一点点显现,你才会不知不觉就成了一个活跃在根系上的细胞,游走在根系上的分子,就像一尾钻进池塘的鱼。

这可能正是孙惠芬所沉浸的世界中的自由与限度。

如何写好一个"人"?

——王跃文中篇小说的"钥匙"

如何写好一个"人"?这样一个问题,是几乎所有小说家都会在自己的小说中面对的问题。当然,就是那些不以人物塑造为目的的小说家,对于他们而言,也会或多或少迷惑于这个问题。为什么?因为只有人能够写小说,只有人能够在现实以外的虚拟世界里创造自己。

那么,问题来了。这个问题的答案不一,决定了文学的多样,小说家的多样。王跃文的回答在他的小说里。从他的两套笔墨——一种写故乡里的人,一种写职场中的人——中我们看到那个看似不一的答案最终却是坚韧地纠缠在了一起。

读王跃文的中篇小说,与读其长篇所得的感受不太一样。中篇小说的结构与节奏更紧更密,以致在阅读时会有密不透风的感觉,这种感觉在《漫水》中尤为贴切。它不是丝丝入扣,相反它的叙述相对缓慢和跳跃,但因为细致入微而有一种讲古的感觉,一种古雅,一种不计其他的一意孤行的意思,但这孤行又是左右逢源的，它毕竟是杂糅了种种人生经验同时也是种种人性经验的乡村叙事。所以这种阅读经验是与我们平常所获得的经验不一样的。如果真有北方叙事和南方叙事之分，这种写作就是典型的南方叙事，它是细细碎碎的、枝枝蔓蔓的，它像枝叶茂盛的森林，密不透风。

这可能就是《漫水》之"漫"，这种从生活本源不断"溢出"的叙事，让我们的阅读有一种徜徉之感，一种回归之感。南方叙事中的湖湘叙事，或者就是湘地叙事，尤其如此。我们很难从比如韩少功的《爸爸爸》中找到一条明晰的线，就说它是写什么的，反而它什么都呈现给我们，而并不急于告知它要写的那个"什么"。同是湖南作家的彭家煌，他的小说也是有两套笔法，一种以含蓄蕴藉的笔法写湖南乡土气息浓重的乡村生活，一种以嘲讽幽默的笔法写城市市民生活。当然，他最著名的还是前者，但是若要让一个评论家一言以蔽之地提炼出比如《陈四爹的牛》或《牧童的过失》等小说的主旨，也是艰难的。因为小说虽不长，但枝蔓四逸，感性为王，根本是与"中心思想""主题精神"这样的机械理性分析与单一价值判断相背离。沿着这一条人文的路线，我们还可以看到沈从文，他的小说更是散文化，以致让人难以区分，倒不在笔法的散文化，而是他的小说呈现出一种非人为的品格，就是让人与事，让生活本身，让原生态的人在场说话，而不是作家本人在那里喋喋不休。他的《边城》如此,《萧萧》如此,《长河》亦如此,当然,《牛》更是如此。

有了这样的眼光,我们回身再看《漫水》,便知王跃文的小说也是浸润在这样的一种人文文化中的。《漫水》中的余公公、慧娘娘,就很难用现成的人物模式套进去,他(她)们更像是自然成长出来的,而不是作家主观创造的,作家在这里只是诚实地记录下来他(她)们,而不是拔高他(她)们或扭曲他(她)们。这种诚实是怀有记忆的敬意的,是对乡村人的自然状态——人的生态的一种虔敬的诚意。于此,这里的"人"之"塑造",不是我们常见的"这一个"人,而是这一个"人","人"是重点,"这一个"并不突出,余公公、慧娘娘以及更多的乡亲所秉承的那一种生活伦理与自然法则是群性的,他(她)们散漫在被称为"漫水"的村子里,几十年、几百年都是这么过日子求生计,他(她)们有着他(她)们的一整套的生存理念与生活沿袭以及情感联系,这种理念、沿袭与联系已经是现代化了的我们难以严格秉承的,却如我们的祖规或家谱,不能为我们所忘记。小说也写了被现代化了的余公公们的儿孙一代,当然,那种叹惋也可视作20世纪初写下《边城》的沈从文的叹惋的延续。

那么,回到"人"的问题。我以为王跃文所秉承的小说观是与现代化了的小说观不一样的,后者是必得有一个"这一个"来解说和阐释作家的理念。王跃文不然,他的特异性在于,他走的是一条反的路线,他从"人物"返回到"人",他由主观塑造的"人"到自然法则中立于不败之地的"人"。他对于"人"之个体的看法是不同的。他是前现代化的拥戴者。于此,《漫水》可视作为一个被称为"漫水"的村庄立传,在这个故乡中,他小说中的人物很难一言以蔽之,余公公是什么样的人,一言难尽,慧娘娘又是什么样的人,也是一言难尽,因为他(她)们都是人,而人是一言难尽的。我们只是看到、感到这些人平平实实地、相亲相爱地生活着,虽在生活中有着各种小摩擦小纠葛,但在大节大义大的做人伦理上他们不输自然,经由他(她)们传承和建立起的一整套长幼有序、互帮互助的生活秩序,人在其中,是有所敬畏和遵从的。所以,我说它是一部前现代之作,丝毫没有反现代之意,也没有贬低之意。现在我们再看《边城》,谁能说那些生活在边城的人是反时代之动的人呢?谁能说记录下他们并怀着礼赞和不舍之情的沈从文是反现代化的作家呢?恐怕不能狭义地理解现代化,那样的话则是机械的现代化,未必是人的现代化。而一个作家,是必须在物质的现代化进程中思考人的现代化的。以之重读《漫水》,你会注意到,王跃文小说中的"散漫",也许是一种与村庄的节奏相叠合相贴切的散漫。他的小说中,有将"人物"还原为"人"的倾向感。别的作家是综合种种杂糅各种人而成就"人物",而他则反着来,将你也许期待的"人物"打碎了还原成一个个个体的人、真实的人。这种小说,也可能只有南方叙事中有?这样的"人",也许多出自南方作家之手?一方水土养一方人,不是自觉的,而是自然带出的。因而,对于这一个个的"人"的"个体"而言,"典型"一词在此无用,"典型"理论在此也面临失效之险。

那么,《我的堂兄》写的是"一个人",通哥的"这一个"是不是最靠近一个"典型"呢?如果从"人物"来说,他的确是有一个"成长史"的人物,虽然是在当时还是孩子的"我"(六坨)的观察下,但比较《漫水》中人物们的生存状态,这个"人"虽也是故乡环境中的人,却是在"我"的观察下有着始终,有着我们称之为"命运"的长度。通哥是有才华和能力的,但真的是时运不济,加之所遇非人,他的能力与才华均被耽误和埋没,以致从向往通过读书改变命运而屡屡招致他人"篡改",到真的自暴自弃,以致到了最后还需"我"去从监牢中接他出来。这样一个抛物线中的曾是非常生机鲜活的生命,被"浪费"了。当然这只是我们的看法,作家的批判也是不动声色的,但是,较之他笔下之人的生长环境与性格养成,他的批判并不在通哥一方,而是在那些总是在通哥有可能改变命运时却来改变了他改变命运的机会的人,那些权力在手、肆意运用却不觉得是伤害他人的人,更何谈爱惜通哥的才分?作家对于这样一类"人"的反复出现,几乎是在每一层面都有这样一"类"人的把持的现象,通过一个"通哥"揭示了出来。通哥,本来以他的天分能够过上更好的生活,但最终也没能过上他起初想要的生活,以致成了一个有着阿Q相的人。——在这一点上,小说又突显出一种现代性的锋芒。

揭示权力对人的伤害,在《秋风庭院》中达到极致。陶凡是一个从官职上退下来的人。按说从官职上退下来,从某种意义上是一个从"社会人"到"自然人"的"隐身"和回归,加之陶凡本人又是一个爱好艺术而内心极为敏感的人,这种"回归"应该给了他巨大而难得的空间,去做自己以前想做而未来得及做的事。但"回归"谈何容易?经年的职场磨砺,使得他的另一种对人事的敏感也极为发达。对于人事,对于关系,对于后来者的态度与决策,他的"信号系统"并未随着退位而关闭,反而愈加敏感,动辄伤心、恼怒、愤慨而又消沉。他的职位退了,但他的情绪不但没有退,反而纠缠不已,令其无法安心。那艺术也一直对位于这样的不安,画面的讽喻与暗示让我们看到,由于"艺术家"本人的心态,他的艺术作品从来没有平静地回到自己。"回到自己"是如此艰难,从"这一个"角色的自我退下来,回到本我,是如此不易。这是"疾病的隐喻"吗?陶凡,居然在"桃树"被砍光的山坡上有着自我被腰斩的感受,他所接收的信号早已不再单纯,而一直是来自他者的所谓

"伤害",心机重重,防范不及,这不正是职场的机关重重导致人心暧昧、人性脆弱的表现?官场后遗症是如此深重,以致"这一个"人在秋风之中再也感觉不到来自"人"的温暖。身退而心乱,"这一个"人再也回不到这一个"人"。王跃文的写作仍是不动声色,娓娓道来,但是这种对于"人"的关切,对于"这一个"的批判,对于真正的人的建设,对于人的异化的警觉,却是暗藏其中,绵里藏针。

如何写好一个人?关键在于"人"在现实中是什么样的,这个"人"提供了什么样的存在。有什么样的存在,才可能有什么样的言说。言说一事并非凭空而来,它或是记忆,或是现实,在我们于想象中造一个人出来之前,我们眼见的"这一个"人是避不开的。所以有先辈诗人说,如若想改变我们的语言,必先改变我们的生活。人物也是如此。套用此句箴言,该是,若要改变我们的人物,必先从改变人开始。然而,我们的"人"是否得到了改变呢?或者在另一些层面上,他(她)是否需要改变呢?在这个问题纠缠下的作为作家的王跃文,一方面,他的关于人的理念是存放在余公公、慧娘娘那里的,但是我们与作家一样在眼见着他(她)们消失,也许有一天他(她)们只能存在于纸上,在现实社会中他(她)们或将随着农业文明的逝去而逝去,只与我们相遇于文字;另一方面,他的关于"异化人"的概念在陶凡那里,那是一个连自己的性格或者性情的"故乡"都回不去了的人,那是一个只有在"角色"中才能获得肉身的人。那么,"人"在哪里？什么慈爱地养育了这个"人"？又是什么无情地掠夺了这个"人"？得与失之间,或者还有一种,像通哥那样的,想成为社会人而不成,最终成了自然人而又不甘,只能在自暴自弃中麻醉自己阿Q的翻版？不！如何写好一个"人",如何塑造一个"人",从来都可能不只是一个文学的问题,他(她)的背后,隐含了太过沉重的社会学、人类学的概念,或者还不仅仅是概念,而且是人类的"进化"本身。

那么,这个命题,在被也许是陀思妥耶夫斯基、果戈理、契诃夫、雨果、卡夫卡等作家提出来之后,王跃文再次将之提到我们眼前,仅这一事实就表明,这一命题,不只是一个作家、一个时代所要面临的难题。同时,这个写作的长链也显现出了这一命题的至为重要。是的,这个关于"人"与"人物"的命题,它在一切艺术之上,事关"人"的现实命运与未来发展。

为故乡作传

——彭东明《坪上村传》初读

《坪上村传》是湖南知名作家彭东明先生的新长篇。《坪上村传》,顾名思义,它意在给一个乡村作传。这个乡村是作家的故乡,这个故乡不同于鲁迅的未庄或是鲁镇。一来它是中国南方更南的湖南的一个村庄,地理风貌风俗、习惯均不相同,俚语口语所架构的语言方式、叙述风格也有差异;二来它是一个20世纪已发展到中末期的,同时还有21世纪的面影闪现的、对于我们现在的阅读而言"活"的村庄。

村庄的"生成性",从某种意义上讲已然不同于"文学史"中已经固化的纸上"村庄",它的鲜活生动之于生长于其中的作家彭东明宛如一面镜子,不仅照出他的成长心路,也映出了众多乡亲的笑貌,因为是故乡书写,所以全书整体写来驾轻就熟,开阖有序,展示了一定的文学功底。而在叙事之中,对"乡愁"的把握也在感情的舒展上有一定的理性介入。没有一味地写"挽歌",而是以一种平实的叙述,将乡村的过去与现实交错呈现,童年记忆与现实生活相互杂糅,其中有回视的眼光,但更多的是观察者的凝视。其最突出的特点是,在这部长篇小说中,在观察者与记忆者织就的记录中,乡村文明与现代化纠缠不已,而作家"我"作为人物的串联,不仅要使这种叙事真实可信,而且要使这种叙事不断地从现实中跳出,构建起一种不那么过实描写的"虚构"。这后一种功夫,我们在阅读中可以领略得到。

事实上,坪上村这个地名,是一个真实的地名,它就是作家彭东明自己的故乡。几年前,《十月》杂志在湖南岳阳开汨罗江诗会,纪念诗人屈原,会后我们顺道去了坪上村。那里有一个古老的祠堂,或许就是此后小说中的老屋,祠堂经过简单的修葺,摆上了桌椅板凳,印象中是乡村木匠做的那种朴拙的木桌、藤编的椅子,这样一收拾,就可以在里面做讲堂了。祠堂外是作家彭东明种的自留地,有辣椒、香葱什么的,一片一片的。他兴致盎然地给我们介绍,从他的介绍中,我们了解到他从这个村子出发,求学,工作,而他计划晚年还要回到这个村子,为它的文化建设和乡村教育再出把力。这就是人们所说的"反哺"吧。晚餐就在那几间将来要做民宿的平房中的一间吃的,木桌条凳,吃的就是他自家地里种的菜。他自豪地说:"放心吃吧,我不打农药的,都是有机肥养出来的。"那一顿简单的晚餐吃出了小时候的味道。这也就是人们所说的

"故乡的滋味"吧。晚饭后我们在院中散步,看到的是满天的星光,彭东明说小时候他乡村的星空和这一模一样,甚至比这更密更亮一些。

对于湖南,我走的地方并不多,但在文学史留下来的书写中屡屡和它相遇,好像已然与它是很熟的朋友了。打量着这个黑夜中闪着光泽的安谧的村庄,我想到了许多个历史中的书写者,他们的记述一点点地擦亮着被潮湿的雨季和远逝的岁月所模糊了的乡村记忆。沈从文,他的小说是极为散文化的,以致让人难以看清小说与散文的分界。笔法的散文化还在其次,主要是他的小说呈现出一种非人为的自然品格,就是让生活本身在场,让人与事自己说话,而不是作家本人在那里喋喋不休滔滔不绝。他的《边城》如此,《萧萧》如此,《长河》亦如此。沿着这一条路线,我们可以看到彭东明这部《坪上村传》的人文渊源。

从结构上讲,这部小说与我们常常读到的一些写乡村的长篇不同。它是典型的南方叙事,没有什么特别宏大的架构,也不具备那种一马平川似的广袤无际的气魄、一览无余的平阔,而是有着与南方山峦丘陵的地貌相似的面貌,它峰回路转,饶有风趣,读之给人以移步换景之感。仿佛一切都是随意的,都保留着原生态或生成性,没有经过刻意修剪。大动干戈式的笔触在这里是销声匿迹的,这里有的,只是慢坡缓步。这种兜兜转转式的书写,与中国文学史,尤其是当代文学史中的史诗性的长篇作法相去甚远。初看显得视野不够开阔,作者也没有为全整乡村扫描的雄心,他只打捞他记忆中的人、事,他只在意那些看似细微的人、事后面的并不为人注意的深长意韵。也许这种结构才是最为传统的,它保留了太多的留白,它不想将记忆的画面填得太满,但并不因此而在人物命运中有所删减,反之,人物的性格命运因缩略和深刻而在这张"纸"上有了木刻的效果。故此,小说结构上相应松散,是以"人物"也就是乡亲们的一个个的出场、一个个的命运、一个个的性格、来结构全篇。这种叙事方式,比起以往北方写作的乡村历史宏大叙事的模式,有一种灵动的优势,读来更加鲜活,也契合当地的风土人情,让人阅读时有一种深入那种水土深处的心物相契。

　　一部长篇小说要立得住,还是要靠人物。但由于结构的缘故,这部长篇的人物并不是贯穿始终的主人公,而是将这个坪上村作为全书"主人公",用散点透视的写法来描写在坪上村出入的一个个人物。不是一个主人公一贯到底,而是一个个的主人公在不同的时代里各自登台各自"演出",反而呈现出了生活原本的驳杂样貌。其中,窑匠、贺戏子、陆师傅、豆子、老祖父、祖母、父亲、李发、长贵、三叔等人物十分典型,令人难忘。但小说中有些人物"断"掉了,很可惜,对于有些未及展开、一闪而过的人物,我在阅读时也很矛盾,因为这部小说并不是一部有始有终的村庄史,它是"传",而不是"史","传"则允许断掉,有埋伏、省略和留白。作家如此写有如此写的道理,也可以说是一反终始法的写作,使写作有了开放的诸多可能性;从另一方面说,村庄的形态也不是始终的,更不是封闭的,它也是敞开的,所以这样的选择可能也更符合现实的存在。总之,一种散文化的笔调氤氲于小说中,是淡泊的、随性的、娓娓道来也欲言又止的,没有一般小说令人不悦的机心,同时也给读者留下了想象的空间。

以诸多人物为一个村庄作传。或者说,以一个村庄的人物列传,来述写村庄的变迁。这种写法一方面写来生动鲜活、活灵活现,给人以真切的实地感;另一方面,这种写法也是对湖南现代文学传统的一种承递,呈现了长篇小说刻画人物、描绘现实的多样性探索的可能。

《坪上村传》中,湖南方言大量应用,到了恣肆汪洋的地步,很接地气。方言在人物对话中比比皆是,可圈可点,而叙述中的用词、语法也随着人物的语气、语调走,贴合得好,让人有身临其境之感,构建了小说的地域文化特色,同时也营造了整部小说的一方水土、特别氛围。语言很精彩。较之方言运用,叙述一些语言有些普通话的感觉,有点洋。若只作为前言,也还可以,前言是普通话,而到了正文,则是方言,也是一种选择，可以讲通。小说到了结尾，节奏稍稍有点快，每个人总结一下个人的生活，从叙述上讲，格式上有些"普通话"，若更生活化一些可能更好。日常化、生活化的这一语言特色，若不仅体现在人物对话中，也能由对话溢出到作家叙事中并将其发挥到极致，可能会使小说的艺术达到更加游刃有余的境地。

当然，长篇小说的发展本身就是持续而开放的，与此同时，乡村的发展更是持续而开放的。能够深入乡村的现实生活与乡亲的内心生活之中，已足以证明一位作家的沉稳与贴心。彭东明的对故乡的态度都放在他的《坪上村传》中，我想我们今天读到的还只是一个叫作坪上村的村庄的片段，而在不远的将来，我们期望读到这个村庄的巨变。坪上村，我曾经到过的村庄，相信你在你曾哺育过的书写者的手中，会有更加灿烂而美好的未来。

21世纪的上海爱情

——潘向黎新近小说论

大约二十年前,我写过向黎小说的评论。写谢秋娘那篇,她仍记得。稍早一些还有一篇写二十世纪六十年代生人的小说综论的,其中有论及向黎小说的段落。那些言说,经了岁月风霜,已经安放在书页中了,能够记起来的,好像仍是《十年杯》中的风一样纠缠、温润又凛冽的心绪,或者还有,那个坚强又深情、脆弱又韧性的谢秋娘,真的是敢爱敢恨的。那是我们青春的一部分。如今,也许还有,只是深埋进了不同的文字之中。或者说,那个如谢秋娘一般的形象,也碎裂如人生瓷器的斑纹。

反正,我已十多年没读过向黎笔下这么血肉丰满也血脉充盈的形象了。作者转而致力于散文书写,不仅抛却人物,而且抛弃了现实,一头扎进古代,无论是诗词,还是茶茗,于历史或器物、人文之间的腾挪,使她收获了多部专题性散文集。而在诗词方面的影响力也不断增强和扩大。

但非常有意思的是,从 2021 年开始,向黎在各大刊物上陆续推出一系列短篇小说,有七八篇的样子。那段时间几乎是翻开一本文学杂志,潘向黎的名字便赫然在目。这就不是一件个别的事情了,对于评论家而言,简直就是一场挑战,温柔如向黎,你也开始要掷"手榴弹"了,而且是"集束"的!

小说《旧情》应该是这一系列——我姑且称之为"上海故事"或"上海爱情故事"——中较早的一篇,发表在《青年文学》2021 年第 4 期上。小说写的是齐元元和杜佳晋两人的情感史,原来两情相悦,中间离难磨折,最终又由于齐元元母亲生病,而又破镜重圆。当然,作者设计了一些误会,两人于情中的猜忌和试探,进进退退的,但于反复间,两人还是谁也离不开谁。在这份感情中,母亲作为一个旁观者无疑也起到了媒介作用,但真正获得表达的是齐元元的心理,她由不自知的自卑走到了掌握自己幸福的自觉,这种人格成长我想是向黎更开心见到的。

同样,《荷花姜》(《人民文学》2021 年第 5 期)讲的也是人格觉醒的故事。这部小说中有一位"看"者,也就是旁观者,多多少少,这个作为小说中"旁观者"的日料店老板,代替了作者本人的"看"。所谓"荷花姜"是女主人公在日料店与男友一起吃饭总爱点的一道小菜,有开胃功效,而且外观好看。对于这一道小菜,小说给出了详尽的知识性描写,这也是向黎这组上海爱情故事系列小说的一个特点——对饮食中的食物的描写之细致,读来有些续写《红楼梦》的意思,所谓"食不厌精",一遇到食物,向黎的笔每每逸出,有些"事无巨细"的。当然,物事仍要服从人事,这部小说的人事,在日料店主的"看"下几度伪装。到了结局,我们才知道这对常来用餐的男女,原来不是店主想象的婚外情,而是两个自由身的恋爱,只不过,一个是深陷其中,一个却因离异而对婚姻丧失了渴望,只想恋爱,不要结果,所以两人最终分手。而那个女子,更自尊、更绝望也更决绝,爱而不得,便放手离开。不知这是不是一种人格的成长。大约是吧。长痛不如短痛。但真的很痛。小说中有意思的一笔是,这场爱的"长痛"的承受者却是那个男性,离过婚但不打算与爱的人结婚,而在爱的人离开后又心心念念。我想,那是向黎作为作家对这位男主人公的"惩罚"。所以,有时我觉得作家虽善良——比如不愿将这个男主人公写得猥琐,他有情在,但作家也同样凛冽——那个感情的"寒冬"的确是作家给他的。

关于男性主人公的"恐婚",我以为写得最好的还是向黎的《梦屏》(《大家》2021年第5期)。这部小说写了三个男人的"梦",也是他们不同的感情生活与人格心理的写照。但无论怎么不同,他们有一点是一致的——对步入婚姻的恐惧。小说"三折",各个对恐婚的梦的描述极为精彩,但更为精彩的是小说最后一个"他"对"恐惧"的战胜。由女性人格到男性人格的过渡,那关注的点却也在人,因为任何爱情都只能在关系中发生,而不可能只是一个人的独角戏。

不可能是一个人吗?那么关系的发生又如何成为可能?似乎向黎也对之满怀疑问,就是——这个时代的爱情,21世纪的爱情,它与20世纪、19世纪有什么不同吗?是亘古永恒,还是也会在某个"拐角"处发生质的变异?所以她的"手术刀"开始游弋,终于"划"到了"网恋"。《睡莲的香气》(《十月》2021年第4期)是一部非常散文化的小说,对意绪、心理的着重描写,使得外在动作减至最少,也与网恋一事有着外形的呼应。一个男人一直以为与他在网上聊天的是一个女性,及至最后两人约好见面,他提前打量,才发现那人原来与他同一性别,这时他所能做的只能是及时逃离现场,回归到日常中,一场恍惚和拟想的爱情便也无疾而终。而主导着这场"哑剧"的,恰恰是人心中对他者的"想象"——这是一种自我镜像吗?这"想象"经由虚拟世界的放大而更加虚拟,以致到了"虚无"的境地。向黎所要讨论的大约是这样一个虚拟时代的情感课题。有意思的是,小说中对普鲁斯特《追忆似水年华》和《追寻逝去的时光》两个译本的探讨,也许这一笔是反讽的——不是对于文学,而是对于我们再无法返回的过去的"慢"时光,追忆者如你我,写作者"我"不也是那"镜中"的一个吗？也许这一笔的用意还在于,21世纪在某些方面也还勾连着它的上个世纪、上上个世纪,在情感的想象上,后人与前人并没有什么本质的不同。啊,这"睡莲的香气",这存在的"不存在"。真的,又有什么不同吗？

《你走后的花》(《雨花》2021年第9期)和《天使与下午茶》(《北京文学》2021年第10期)比较起来,有些相似性,但我更喜欢《天使与下午茶》故事中一波三折的对爱的"信任"的研究。杜蔻和卢妙妙两位女友,可以说是无话不讲的闺密了,她们成人后的交往仍保持着少女式的亲密,在一座都市中各自忙碌,停下来时会相约一起去港湾酒店里坐一坐,喝喝下午茶,各自讲讲身边的新鲜事。总之是在青春晚期和成人早期——27岁——这样的年纪,彼此有个可以说话的人,委屈了也有个可以倾吐的人。所谓密友,一边是相互减压,一边是抱团取暖,关键时刻可以有个交心的、出主意的人。杜蔻和卢妙妙正是这样的两个人。她们表面上嘻嘻哈哈的,但内心仍是为对方着想,为对方高兴的。这两人的友情到了这一步,已是很不易了,多数时候,一个更单纯些,一个更有心计些,但也心计不到哪里去,只不过多思虑些罢了。就是一个偶尔的下午茶时刻,一位新加坡商人与其中的一个不期而遇,只是被一个不经意的笑容打动,便开始了一次试探的邀请,一盒巧克力,一个礼物传达的善意,好像也没有什么超出想象的地方。

然而,两位女性的话题更新,有了新的去向——关于这位异地商人言家和的猜测。理性的女友一直在提醒——怕是骗子,别上当啊,但置身其中的女友已然爱上,理性的女友的种种假设和担忧,全是为了沉入热恋中的女友来日的幸福考虑,那些担心里也包含着我们的阅读史——不是吗？我们阅读的文学史中不是常有这样的爱情"事故",以致有时是搭了命的吗？

但是,事实是,言家和的爱是真的,他这个人也是真的,职业、感情、诚意,都是真的。其中当爱着的人沉醉其中,不无苦恼,最终需要一个人拿主意时,他的女友最终做到了。小说剧情反转,差点就往文学史中我们阅读习惯了的文本去了,那些灰暗的命运啊！但是,向黎不,她就要给这位单纯深爱的女孩一个"天使"——其实我以为这个天使是双重的,一个是爱人的不辜负,一个是友人的不嫉妒。于是,在"天使"的呵护下,公主得到了王子。他们幸福地生活在了一起！谁说现代都市爱情故事中都是冷冬的利益和折磨？在这一点上,向黎是位逆行勇者,她就让幸福如期降临,不好吗？生活不就应该是这样吗？善得善报,爱得爱报。为什么非要去撕裂？去背叛？对于这一点而言,上海是向黎的底牌——正如她曾感慨的,上海这个城市可以成就一个女孩所有的事,大意如此。在她作为这座城市的观察者多年之后,她终是走出了《十年杯》的忧伤,和"谢秋娘"的最后的"碎裂",而将一个完好圆满的现代童话拱手托出——一切都是可能的,在一切的可能之中,爱之圆满应是最可能发生的。

这不是偶然。向黎相信它的必然性。

在我刚要结束这篇评论时,2022年第3期《人民文学》来到案头,翻开目录,向黎名字赫然在上,这部新短篇是《兰亭惠》,篇名借了一家餐馆的名字。读过不免唏嘘,向黎的善意已然越过爱中双方,而以上一代人的对爱之呈现或缝合讲着生命之间的爱和惜护。于此,向这颗心表达一个多年好友的敬意。你还是你,岁月蹉跎,你又怎么会变?你还是你,对于爱的信念,就这样越过了也许是不可战胜的时间。对于一个持有这种信念的人,时间又奈我何?

爱你的英勇,向黎!

活在她身上的传统

——观察王妹英小说的一个角度

第一次见到王妹英是在《福满山》的研讨会上,这部长篇小说有些"横空出世"的意思,因为此前我对王妹英的创作并不熟悉。后来了解到她写得不少,早期有一篇《小土屋》,还有《冬日的阳光》《山地世家》,而且发表时她的年纪也就二十出头,只是我读之甚少,孤陋寡闻罢了。

《福满山》是我读的第一部王妹英小说。这部小说的动人之处在于两点,我在那次研讨会上也表达了同样的感受。第一,陕西作家的长篇小说是颇见功力的,而且其提供的视野也是相当广阔的,其人物描写就我个人看,可代表中国农民形象的最为强烈最为鲜明的性格部分。就我的阅读视野,陕西作家获得茅盾文学奖的三部长篇小说——路遥的《平凡的世界》、陈忠实的《白鹿原》、贾平凹的《秦腔》,其书写中国乡村变化的深度与广度都代表着中国现当代文学已然达到的高度。但我的视野当中,陕西作家长篇作品中,很少有以女性人物为作品主人公的(《福满山》2012年出版,说话时贾平凹的《带灯》还未出版,《带灯》非常精彩,还不止于是以一位女性作为全书主人公,向作者致意),而在一个以男性主人公书写为主要代表的文学地理中,出现了一位陕西女作家,且不惮于以年轻女性作为长篇小说的主人公,这一尝试之大胆,令我对这位年轻女作家刮目相看。或者从某个侧面,这位女主人公的出现,弥补了我们文学对陕西作家作品偏重书写男性的另一种风景的认知。第二,这部作品写了一位"新人"。然而这个"新人",其实不"新",她的身上是接通了许多"新人"而成长的。我指的是《福满山》中的女主人公李灿。李灿不是横空出世的,她的身上活着传统。其实从梁生宝这样一个乡村的新人形象开始,到七八十年代的乡村青年高加林,对外部世界的那样一种向往,高加林的离乡出走不应该是一种背叛,他也是带着从乡土出来的一种东西来出走。然而小说仍是让他回到了他的出发地。而王妹英的李灿是一个女性形象,这个人既不同于梁生宝一直留在家乡建设家乡的新人形象,也不同于高加林式的从出走到归来。李灿也是出生于乡村,也经历了从公务员到回到乡村的人生过程,但这个小说所反映的生活时空已从50年代、80年代切换到了90年代,从小说的这个无意形成的时间序列看,这其实是一个非常有意思的线索。这个归来正好是20世纪90年代到21世纪这样一个社会转型的建设新农村的时代,而从梁生宝到高加林到李灿,我觉得这也同时是一个非常有意思的文学人物的序列。你从这部书中可以看到陕西作家的某种隐在的传统,从对人物的明快的描写中可以看到柳青、路遥等作家作品中人物的身影。

当然,这部作品的缺点也是显而易见的。从这部长篇的整个叙事看,王妹英是怀着一种明亮的心情来写这样一个人物,作者寄予对女主人公身上很多理想主义的东西,是用明亮的色调来对乡村进行诠释。我们现在读到的写乡村现实的小说,这样写的并不多,而王妹英的文字中充满了一种希望的伫望,这种角度、这种意绪也反映出一种女作家的温婉的角度。她在处理人物与人物之间的关系时,其实也是下了很大功夫的,比如说刘力扬,作为男主人公,他和李灿之间无论经历还是知识、性格都很悬殊,但是心理上有一种沟通的关系。包括在山上那段描写我觉得写得非常好,两个人散步,在夜晚,然后躺下来,他触及她的后背,最后她离开,他一直在那儿站了一夜。那种非常内敛、非常细腻的刻画我觉得很好地表现了人物性格,两个人的感情确实是非常传统的,当然,最后两个人的发展又有非常激情的一面,我觉得写得也很好。既有不温不火的一面,也有非常热烈的一面,这个处理好像更加大胆,包括一些歌谣,王妹英在小说中对民间文艺的借用是直接拿来的,我觉得这个对文化创造性的传承也非常有意思。

但是另一方面,《福满山》也暴露出了作者对复杂生活把握的生怯。王妹英在小说中的理想主义的表达,都寄寓在李灿身上,但是在对李灿的书写中,她或多或少地忘记了李灿生活的环境,这个环境与她的理想仍是有一些距离的,但是如何去面对和表现这些距离,如何使这种距离弥合而向理想靠拢,这些距离又是如何产生的,这些,王妹英似无暇考证。她是那么热诚地去拥抱着她热爱的主人公李灿的理想生活,而致使对她身边的除了刘力扬的爱情之外的一切都无暇顾及了。这就使得这部作品相对而言有些单薄,虽然作者极力用饱满的理想主义去完善和修补,但仍是失之于生活的简单。而这一点,贾平凹的《带灯》便处理得非常好,理想的、现实的、困惑的、热情的,在生活中都搅和成了一团面时,一个作家仍能把它们揉得坚韧结实,并抻出有嚼劲的面条来,让大家吃了觉得味道丰富且甘甜。的确,若要写出硬实的作品,我们所用到的就不只是理想主义这一种功夫。

当然还有一些书写的细节,小说一开始非常大气,"黑猪养大的福满山",王妹英敢于这样去写,一座山,在她笔下,真的是活了,有生命,有呼吸的样子,让人读了很是酣畅。但是我不能不指出的是,也许作者太爱福满山了,"福满山"这三个字在第一页就出现了14次。当然为了突出福满山也未尝不可,但是第一个自然段,"福满山"三个字便出现了 7 次。也就是说,一个作家在第一自然段,为了突出她的喜爱,而不计读者阅读感受地书写下了 7 次"福满山"这三个字,而从阅读效果看,这 7 次只是并列,并没有一次强于一次的递进关系。这样的对文字的态度便有失提炼,让人觉得重复而繁缀了。这或是我的苛求。

整体来看,《福满山》仍是一部向上的、有着昂扬基调的作品。王妹英钟爱的女主人公李灿不仅是女作家自身的化身,而且也可将之看作梁生宝、高加林在不同历史时空中的乡村青年的形象的延续。同时,李灿身上活泼泼的阳光性格与坚强素质,也更深地寄寓了作者对柳青、对路遥等陕西前辈作家作品的深厚的敬意。

2013 年下半年,王妹英接连发表了两篇小说,这两篇小说都是短篇幅,不长,一部发表在《中国作家》当年的第 8 期上,一部发表在《山东文学》当年的第 12 期上。这两部小说之所以引起我的兴致,是因为两部小说写的都是动物,或者说是动物与人内在的生命联系。

稍早一些的《七福》,写的是一只狗。这部小说,开篇便不同凡俗——"我是孤儿,七福也是,与我不同的是,七福是一只狗"。小说写的是主人公捡来的一只小土狗的故事,"我"和弟弟用节省的钱买来奶粉调好喂它,而七福的善良也在温暖着作为人的"我"的心。当看到"我"在夜深时走到门口抚摸着在门口守夜的与黑暗对峙而若有所思的七福,并说"你睡哇!"这些情景时,读者很难不为之动容。当然中西文学史中,以狗作为主要描写对象的文学作品数不胜数,而且多有名篇,但是读到关于七福的这样一个细节仍是深受触动:

> 一次去村东头有事,路过亲戚家,偶然看到七福正和他家久病的小孩玩耍。那小孩自我记事起就生病在炕上,脸色苍白,不能下地走动。家里人出工的出工、做营生的做营生,平时不大有人理会,身子底下长满褥疮,味儿重,大人小孩都不愿到跟前光顾。更没有什么人和他说话打瞭。
>
> 七福蹲在那孩子长年躺着的土炕沿边儿上,让那孩子摸它的头,揪它的耳朵,挠它的屁股,数它身上的七个黑斑点儿,摸它身上披拂的黄黑杂毛。
>
> 数着,挠着,摸着,那孩子"咯咯""咯咯"地笑。
>
> 那孩子本来少笑,远远见了七福来,会露出笑容,直到那孩子离世,七福隔三岔五就跑去逗他笑。同那孩子一样,傻傻、呆呆地立在那里,也不管亲戚家的大人小孩们嫌它碍眼绊足,就连地上水坑里的脏水也不让它喝上一口,随时随地都会狠狠地剑上它一眼,或是使尽力气踢上

它一足。

它也不走。

那孩子不在以后,再没见七福去。

之所以不吝纸墨地引证,是因为这些如散文一般白描式的文字里有让人动心的东西。正是这只小兽的倾注与付出,使这部作品越过了以往文学书写中的只在狗与主人之间发生的直接的情感联系,而将笔触更深地向动物的性格、性情上加以开掘和发现,从中我们读到的再不是人类中心主义的高傲,而是生命与生命生来平等的谦逊。作者写"它"的亲热温柔的目光,写"它"卓然不群的风姿,写"它"愉快、朴实和率真的秉性,写它并不因失去父母而对这个世界充满怨毒,而仍然是帅气、可爱地与这个世界和善相处。"和这个小小兽类每一次的凝视,都彼此闪现出无限的钟情和信赖,而即便身旁都是让人难堪的命运的逼迫,也不再有太多的心慌意乱,而是对未来既无挂虑,也无计划,就一心纵情安享那与人世无关的宁静、朴素和内心的自由。七福在月光下如同向我微笑说话:'我的公主,别害怕黑夜,有我在!'"

这样的"对话"关系存在于七福与"我"之间,也同样存在于《七福》这部小说里"我"与母羊来福、母猪小花之间。小说中写母羊来福生九只小羊羔一节精彩而动人,来福在用生命的最后一丝力气生出了它的最后一个孩子,最终倒在了血泊中,读来简直是惊心动魄,"我想起我的母亲去世时,奶头上留下的、那对我深刻的思念",这样的句子写下来,让人读之心疼。九只小羊一生下来就失去了母亲,某种意义上,它们成了和我一样的"孤儿","我在黑夜中,在我的内心深处,野兽一样暗淡地惨叫了一声"。我理解这里面的双重感受。而就是这样,来福和它的九只羊羔娃娃仍是挣着命要到这世上来,是呵,正如小说中讲,"虽然来福一家,没有给我们带来一分钱的进项",但它们的坚强、欢乐和与人之间的怜爱,所给予这位作家的乃是一笔巨额的财富。这是动物教会人的生命态度。诚如作家在小说中言,"它的肉身和灵魂,久而久之,成了那黄土的一部分,成了那岩石的一部分,成了那时间和空间的一部分,成了那狂风的一部分,成了那暴雨的一部分,成了弟弟身上的一部分,成了七福身上的一部分,成了我自己身上的一部分"。

这部小说并不只是单纯在写动物,虽然它用心地写了狗、羊、猪,在这部小说里,它们叫七福、来福、小花,这部小说是写这些来去匆匆的生命对人的教育与启示。正是它们对生命的明朗而热忱的态度,教会了"我"这个孤儿如何珍惜生命,教会我如何在生命中强悍和温柔,教会了这个"我们七福的公主"，如何能够做到"风姿绰约、眼含热泪在这人世行走，极尽我所能的炫目"。

无独有偶，《牛语》这部小说，这种"对话"关系仍然存在。《牛语》字面上写的是土生家的大黑与张七家的铜锤两头牛参加神牛比赛之事。然而失利的大黑和大黑的主人青年土生在赛事之后却有向着铜锤的不义转换之势，这种不义而胜的影响，使得人与动物共同丧失了理智，同时也丧失了做人做事的规范。这两位，只能胜不能败，而且凭借了苦练也赢得了胜利的胜者，仍然在赛后深陷于比试的赢输而不放弃，他们停不下来了，满心都是胜负和由之带来的疯狂。这时，王妹英的笔下才真正呈现出牛的灵性之迷失，当人无法听到牛语之时，其时人也同时丧失了心语。所以他们不仅丧失了相互对话的可能，同样也丧失了与这个世界和平相处的可能，他们深陷于一种与世界与他人与对方的"对手"关系，而不是"对话"关系中，他们扭曲了本我的天性，而任由外力改变着自我，他们，已没有了生活的其他更美好的内容，生活，只剩下，或只抽十为一个内容——打败对方。这是多么可怕的生活。然而就是这样，两个相依为命的生命——"大黑，是一个发不出声音的人。土生是一头会说话的牛"，这两个曾经相互理解彼此默契的生命，却差一点"输"给了胜利，也差一点败给了自己。要不是一直深爱着土生的女人小麦的提醒，大黑与土生最终会双双输给命运。

《牛语》中所书写的还不只是这样一种动物与人的"对话"关系,更是动物作为生命教会给人的灵性的一切,或者是,交还给已经异化了的人的有所复归的东西。这种"东西",并不只是从王妹英开始,我们在20世纪90年代贾平凹的小说《废都》中见过它的灵光闪现,我们在20世纪40年代周立波的小说《牛》中见过它的惊鸿一瞥,我们在20世纪20年代沈从文的小说《牛》中见过它的轻声细语。而今,它仍是有生命的,这个生命样的精神仍活在文学中,比如在王妹英叹惋耳语般的《牛语》中,我们看到了它活泼坚韧的样子。

探讨女作家的小说往往还是最终要落脚到女作家笔下的女性人物身上。往往女作家与女主人公之间存在着隐秘的关系。比如,一个是一个的镜像,或者一个是另一个不能实现的自我。所以往往,我们得出的结论会是,女作家与女主人公之间有着神秘关联,造就了作品的自叙与自传的意味。这一点,在女作家身上发生的较男性作家更多一点。

的确,我们从李灿(《福满山》)、"我"(《七福》)等人身上可以照见作者王妹英的影子,无论是性情,还是经历。但是王妹英的写作有一点不同的是,她在关注自我的同时,也仍对乡村女性寄予深情。

《一千个夜晚》中的秀秀,在接连失去丈夫、婆婆的生活的打击面前,没有弯下腰,而是在劳作中找到了"和土地融为一体的活力"。《山川记》中为母亲香莲拖灵的蓝花,在失去了至亲之后,在以为所有的日子都从身边走过去了之后,她的心仍然不曾变得寒冷和孤单,而是坚信"有另一个和她的心一模一样的一颗心,和她在一条道儿上前行"。还有发表于2014年第4期《延河》的王妹英的长篇小说《七里长谷》的节选部分,那个小小的羊庄的村子里的萌芽,这个女孩子在金钱面前毫不动心,一心一意地爱着她心爱的七子。她冲着曾经伤害过她的那个人说的那番斩钉截铁的话,真是动人极了。她的"全部的鲁莽与天真",她的本色与朴实,她的沉默而坚定地深爱一个人的心愿,都是那样美好和深邃。这些散发着光彩的乡村的女性形象,叫我想起贾平凹早期《鸡窝洼人家》,想起孙犁《铁木前传》、沈从文《边城》和它们中的女性,也想起铁凝笔下的乡村女孩子,甚至还让我想起了遥远的俄罗斯文学时代中的普希金笔下的达吉雅娜、托尔斯泰笔下的娜塔莎。

中国新时期文学中,对于乡村女性这一个群体的书写,续写了中国文学史自现代以来的乡村女性形象的谱系。其间我们的这一群体的女性形象丰富而丰满,而新世纪的王妹英的"秀秀""蓝花"和"萌芽",无疑也是这样一个传统中的一部分。限于篇幅,对于这一系列我另文讨论,在此,我只想说,对于她们的评论与评价,我们的评论界与文学史都仍然滞后,但我相信,随着王妹英和王妹英们这样的女作家的创作的推进,这些乡村女性人物的光彩必将为我们的文学史所重新认识和发掘出来。

近年,王妹英接连拿出了三部长篇,并同时有若干中、短篇小说问世,获得了多个文学奖项。单长篇小说一项,自2012年《福满山》开始至今,已有三部,其中已出版的两部相加,便有百万字的体量,从某种程度上讲,王妹英的创作进入了她自己的井喷期。两年,三部长篇,也让我们看到了瘦弱的王妹英身上的另一种能量,我曾思虑,这种能量的来源,当然一个作家的生活积淀,是终会落在纸上的,但是我仍想说,这种能量的另一个重要的来源,仍在传统,是传统中文学的巨大的能量,给了王妹英创作的活力,同时也给了王妹英笔下的乡村女性们鲜活而动人的面庞。

祝福"她们",同样,也祝福"她们"的创造者。

由此,我也愿意将王妹英的一节小说中的话放在这里,作为我这篇文字的结束语:

就是这样。这就是萌芽的时间。萌芽的一切。

时间,并没有像萌芽刚刚证实的那样流逝,而是积存在原地。积存在时间里。时间的秒针,每天从黎明出发驶向大海。使萌芽看见,比自己眼前更为闪亮、深邃的橙色深处。

夜晚恒久的星辰,恢复如初之源头。

那些,都并不微小。

是的,那些散落在乡间的、文学生命中所孕育的一切,非但不微小,而且,时间会证明,"她"是引领我们的精神继续前行的光芒。

"飞行者"的梦

——曾晓文、王芫、李凤群、张惠雯、陈谦、方丽娜片论

周洁茹女士来信,讲《香港文学》要发表"海外华文女作家作品专辑",问我愿不愿就此写些文字。征得我同意,她即发来了专辑作品。我为她的尽职尽责与工作高效所打动,欣然接受这项功课。一日午后,在北方秋季的炽烈太阳下行走,看着自己的影子,忽然想起二十年前写下的一篇文章。那篇文章是为广东《花城》杂志写的年度述评,文中论到周洁茹一部名为《飞》的小说,有一个细节我至今记忆深刻,那是一个5岁女孩"我"枕下的玩具飞机,它放在那里,像一个梦,陪伴了她17年。

我想,那可能也是洁茹小时候的梦。"每天晚上,我都要坐着我的飞机在天上飞"。后来,女孩果然飞到大洋彼岸,生活经年,又飞越大洋,落地香港。但是归来的女孩子的胸襟与眼光都不一样了。梅洛·庞蒂曾言:有什么样的文字,就有什么样的生活。生活往往是文字的某种设计。我不止一次在现

实中见到文字引领作家的个人生活的移步换景。梦想之于现实的作用，总在我们不经意间创造着我们与众不同的人生。

第一次见到曾晓文是 2015 年秋天，我受邀加拿大滑铁卢大学和美国印第安纳大学讲课，讲课期间由滑铁卢大学孔子学院院长李彦女士陪同，到多伦多与加拿大华人作家座谈，主题是介绍评述当年刚评出的茅盾文学奖获奖作品。在朋友别墅午餐，一个眼睛明亮、表情开朗、笑意盈盈的女性引起了我的注意，别人介绍说，她就是曾晓文。而此前我已读过她不少作品。回国后，因西安的太白文艺出版社要我主编一套"海外华文女作家丛书"，又读了她的一些小说，在丛书序言中，我写到对她的作品印象，"一个作品中更多一些母性的温厚与女性的耐心，并无强化女性对于情感过多依赖的作家"，"一位关注点从女性出发而更致力于社会文化与心理层面的作家"，其作品中人与自然、人与社会的思考获得了与女性领域内人与自我的探索同样重要的分量。而这一点标识出海外华文女作家越过性别关切之外创作的一种进步。此后再无见她，但是通过一个人的文字不断与之相遇不也很好？看到她作为译者身份的一部谈加拿大女作家露西·莫德·蒙格玛丽长篇小说《绿山墙的安妮》的随笔，倒是印证了我的观察。的确，晓文是一个视野开阔的女作家，她不拘泥于女性情感，而就在处理女性题材时也始终保持理性的观照。这倒让我想起她大约去年在微信上发的新居照片,那个书房赫然在目,一张书桌,安放在一间自己的屋子里,这大约是她身体在不同大洲"飞行"间隙的降落地,或者也可以说,是她的思想在纸上滑翔的最好的起飞场。

　　王芫的写作开始得早,她也是一个不愿独居一处的人,由之飞向了另一个起点,归零重拾的旧梦并未影响她作品的质量,而两种视角的获取反而使其在文化的对比上更见犀利。童年记忆是她无法不面对的,同时她要解决的还有一个对记忆的叙事问题,那由外婆的故事而来的反思显现了一个作家叙事教育的源起。的确,这个想活成万语千言的人必须找到不同时代不同人群的多种经验,才能完成一个写作者对叙事问题的个人答案。或也正如我那篇序言所讲,她关注女性"不同人生阶段所具有的核心性格",其"对于'来路'的人生瞭望引人深思"。相对于王芫记忆中的文化观照,李凤群的个人记忆则更趋文化中的宗教性,与《活成万语千言》中的外婆的"无名"相似而启迪不同,凤群《没有名字的女人们》写的是生活中影响她个人善恶观的一些女性,一个为她解围的路人,一个陪她寻路的病人,一个祝她好运的法官,一个谦卑助人的同学,这些人,这些人生片断,令其于不同人众中感叹爱的邂逅和美的拯救。

　　语言是一种"飞行",但同时,爱与美也同是一种"飞行",

我们经由语言的叙事感知人生的刹那,不也屡屡借助对美的理解而感念爱的日常。

就在刚才,下午的阳光打在后山,写作间歇的我照例去晒一小时的太阳。后山的树荫下独坐,一只绿色的蜻蜓飞过来停在树叶上,我知道它是从不远的湖上来的,它停在我面前,提醒我有多长时间没有注意到它单薄而透明的翅膀。翅膀一直都在的。只是我们目光游离,一时看不到它。一个女人,一群女人,她们也都是有飞行的能量的,只是有时将"翅膀"折叠起来了像那个枕上的女孩。但谁又能说,她不能够张开双臂,飞越重洋!

当然,感情生活更多地成为女作家的关注对象,而海外华文女作家对于情感的观察和表述可能与置身于一种生活环境文化背景的女作家还是些微不同。张惠雯的《感情生活》与我较早读到她的作品不太一样,后者有观测世界的女孩子视角的灵异之感,而这部小说有着身处红尘却又不食人间烟火的孤高。在形而上的层面上也许两者并无不同,那是一个活在自己高蹈精神世界的女性,她对对方的要求从未在精神的意义上降低标准,寻找与认定成为个人情感生活中极为重要也极为困难的事情。而陈谦《落虹》仍然探究两代女性感情生活中的磨折,南方潮湿的街巷与菜场,已做母亲失去了丈夫的女性与海外归来的男生之间的乡情和亲情,均保持了陈谦作品一直以来的细致温婉风貌和其中深蕴的生命体验人性思考，其在幽微之处对女性命运洞若观火而又悲悯有加的观察与体恤，令我感念非常。

而在这所有的写作者中，方丽娜是与众不同的一个。她的文字色彩鲜亮，语言表达也更生机勃勃，她叙述的明媚与绚丽，的确让人想起马蒂斯与夏加尔的笔触。无论是谈论毛姆还是尼采，无论是在莫雷斯克还是在埃兹，她的笔触都紧紧跟从脚步，显出不屈不挠而又举重若轻的明快，这是地中海的炽热阳光给她的语调。去年"欧华文学国际研讨会"，接受尼斯大学邀请的我因事暂时取消了行程。但是这组率真而明朗的文字弥补了未去的遗憾。"明暗交错处一种现实与梦境交织重叠的感觉"，所言甚是"旅行的乐趣，就是沉浸于他乡，然后完好无损地回来"。让·波德里亚说得也好。丽娜，无论是维也纳初识还是北京多次相见，总是给人一种"完好无损"的感觉。其浩然正气的文字大约正是她健康无忧的体魄的一种折射。

海外华文女作家，一直是海外华文作家中的一支劲旅。《香港文学》"海外华文女作家作品专辑"推出的女作家，只是无数有成就的海外华文女作家中的一部分。而作为海外华文女作家整体而言，她们在不同的文化差异中以女性的敏锐领略着的文化的融合与进步，同时在不同的语言表达中以作家的沉着保持了的对华语文学传统的认同与创造,都必将为未来的文学史所记取,我相信,这种以文学为载体的灵魂的飞翔在不远的将来也会达至人类对自身认知的新的高峰。

在木板上如何画下莲花
——吴文君、草白、张玲玲及其他

生活如若可以形容为一块木板的话,对于一个作家而言,他(她)的使命是,在这木板上如何画下莲花。这里,"画"的功夫当然了得,它就是一种基本功,如果不去画,那么,"木板"还是木板,并没有因人这一主体的艺术参与而起什么变化,它就是一些有着细致纹理的木材而已,它是生活的本真、底色、素材,它也许在等待着某种变化,也许就认命如此,只是一块木板而已。一块木板的命运,可以有许多用途,也可以有更多功用,但如果把它交给一个对它有心的人,那些生鲜、活泼、粗粝的"素材"便会重新组合,焕发异彩。这可能就是作家存在的某种理由,他(她)告诉我们"此在"之中还有一些有意味的存在,需要我们在此时此刻停下来,仔细地去看,更深地去看——那从木板上渐次隐现的一朵朵莲花。

不能不说,这些话是我最近阅读一部小说而带来的启发。这部小说也不是新作,而是2013年发表于《中国作家》第3期的《木板上的莲花》,后来这部作品被选入《北京文学·中篇小说月报》,作家吴文君在访谈中也表示自己比较满意的作品中也包括这一篇。

吴文君的《木板上的莲花》,写的是一个叫紫芳的女性,作为医疗队成员支援到松廓镇工作。故事发生的时间大约在1978年,与她同时在镇上工作的还有鞠医生、药房小谢、护士小孙等,而与"窗外是暮色中的山坡"日日相对、心平如镜的紫芳那年才23岁,正与远方的未婚夫吴懋林有着书信往来。但这样的平静被一次医疗事故打破了,由于阴差阳错打错了针,而导致人亡,产妇——小林老师扔下了刚刚诞生下的儿子去了另一世界。在小谢、小孙形成的联合说法中,紫芳一个人担下了也许并非她个人的责任。用小谢们的话说,三个人的错不如一个人担下来,所以在姜院长那里,紫芳的辩解也是无力的。而小林老师的爱人罗工程师到来后,则提出了请紫芳照料孩子。紫芳将罗小光一直养育到15岁,而与吴懋林婚后也还有自己的孩子要养育。15岁的小光被罗工程师接走了,后来去了国外留学。鞠医生一次来见到紫芳,说是要与从海外回来的小谢一起喝茶,但并没有对她发出邀请。世事转换之间,紫芳已人到暮年,其间小光来看她,送给过她一个木板。而直到暮年时,在为生活而搏斗的紫芳终于获得了片刻休息时,她取出那块木板细看,原来上面的红色与绿色,并不是随意地涂抹,而是一个她从婴儿起带大的少年,给她细细画下来的一朵莲花。

小说到此戛然而止。但在叙事上还是埋下了许多伏笔,而最关键的一笔是,当时取药的小谢是在停电的情况下借着手电筒的微光去取的,而两支针剂的药名仅一字之差。到了最后,罗工程师与紫芳的对话也非常有意味,罗讲他从起初就不认为是她的错。但其结果是她一人承担了下来,这场事故彻底改变了她的命运,而作为事故的其他当事人,则都没受任何影响。我想,这就是木板上的那朵"莲花"的意义吧。也许只有和她朝夕相处了15年光阴的小光,才知道那被岁月的灰烬遮盖住的真相。或者真相随着时光的流逝其实已不重要,重要的是两代人之间相互辅助、相互支撑走过最艰难日子的那种亲情。

而这部小说让我深受感动的还有围绕这个有着巨大的牺牲性和包容性的人物的心理刻画,又多是通过自然环境的描写而完成的。"一个人静静地闭着眼睛闻一会暮色的气味""松木的气味""走廊上鹅黄色的灯光""深青色的天,微微起伏的山坡的剪影",这些细语般的语言,呈现着一个不善言辞却看重内心的女性的隐忍与坚韧。她默默地承担下了应该三人共同承担的责任,她在心灵的真实上赢了那些将责任推得一干二净的人。她得到了那朵"莲花"。那由一个少年的心送给她的真诚的敬意。

的确,这是一个有关"救赎"的故事,是一个在灵魂的意义上不回避拷问的故事,是一个人将心放在火焰中最终经由淬火不顾命运的转身而将生命交付给爱的故事。她只是爱,无私地爱,深刻地去爱,而那些逃避了责任的人也受到了另一种"惩罚"——她们始终生活在生活的表面——生活在无爱之中。

让我惊异的还有作家的叙述的节制,使得全篇氤氲着一种从容冷静的调子。这种风格在吴文君的《立秋之日》也有所体现。李生要去桐君山给父亲做忌日,但不知为什么身边的"瘦子"和其他三人一伙,在车上抢劫却没有抢他。一车人将没被抢劫的李生送到派出所,派出所所长认出李工程师,了解情况后放了他,而他也在一次等车时远远看到了"瘦子"等。他回忆起来曾经在上次乘车前也见过此人,那时,李生曾捡到他的钥匙而递给过他,也许就是这一个小小的善举使他幸免?小说没有给出明确的答案。而在乘车人与打劫者之间,李生显然无法融入任何一个群体,他只是一个观察者,也同时是一个当事者、一个受怀疑者,也是一个见证者。小说有一段写无法在那天完成父亲忌日活动而被一车人强送派出所的途中的他的心境,也不多笔墨,"他尽量眯起眼睛,迎着吹进来的热风,那一刹那涌上来的眼泪,没有流出,吹干隐去了"。这个故事从内核讲也是一个有关"救赎"的故事,它通过一把钥匙的送还,以及李生没有认出他而他却一直认识李生,两人在车上有散漫的对话——似乎在说明"瘦子"的良心未泯,他的良心之门尚未全部关闭。而对于李生,他长年形成的助人习惯也在关键时帮助了他自己。"勿以善小而不为",对于李生而言,他并没有想到"因果",只是本心而动,而放在事情面前,因果也许冥冥之中真起着关键的作用。

　　文学究其实而言,不仅在写出现实的真实性,同时也在进行着一种善的劝告。从这个角度再看草白的作品,会有一些相近的感悟。小说《艰难的一天》,有一种散文即视感,与作者的几乎所有小说一样,它写得散淡而豁达,着重意蕴与心绪的勾描,而对事件的终始并不在意。一个老人的养子因病躺在对岸房子里的床上。这个环境便锁定了养子这个人物即便是以前曾参与贩卖灵芝、玉石,也不可能在现有的境况下有所行动。养子的身边是照顾他的女人,还有前来的医生、理发师,以及来看望他的养父。这一天之所以艰难,是因为这是养子在人世间的最后一天,他已病入膏肓,无药可治。小说以水草、卵石、河水、沉浮物以及河对岸的隐隐的呼喊声,对应着一个送黑发人的白发人的心境,他不甘而又无奈,他在儿子最后一刻的挣扎和抗争,而获得的"解脱"也是被一层灰蒙蒙的雾霭遮住的。与这部发表于《大家》2020 年第 1 期的小说给人留下隐忍而阴郁的印象不同,小说《新年快乐》同样写小人物的日常生活,但要明快得多。《湖南文学》2019年发表的这部小说,如果不是怀有一颗细致虔敬的心去读,那么你可能会将目光只投射在诸如主人公梦见丈夫、梦境中的密林、深棕色的果子、阳光、风、女人脸颊上深褐色的斑点、平和的眼神、瘦小的身材、皱巴巴的眼睛、模棱两可的神情、鞭炮的炸响声等等上。并为生活中的诸多细碎琐屑所迷惑,而忘记了这是一部写除夕那天,一个叫娜西的女人在自己的小便利店里等着清账,等着还钱的人前来的故事。丹丹、小宋、五梅、男孩、山上的少年,他(她)们在纸面上鱼贯而入,各有各的理由,或讲说着还不上钱的理由,或来要回娜西逝去的丈夫欠下的钱。而在这个日子里,主人公娜西的眼里出现的是这样一些景象:

  西北风在蓝色工棚的顶上猛烈而无休止地吹刮着,使得铁皮屋子都晃动起来,震得窗户和床架哐当响。

  冬天里很少有那么白的云,纯粹,不含任何杂质,好像这云下的人始终生活在永恒之中,他们一直都是这么过日子的。

  太阳照在那堵矮墙上,淡黄色的阳光发出淡雅而均匀的光芒,这是一年中最后一天的阳光。

草白对人物心理的刻画也是通过外部自然的变化而表现的,人与天的相互感应,造成了一种通感或者获得了一种同构性,而同情与悲悯之感也跃然纸上。而在小说的结尾,是娜西手机上跳出的不知谁发来的讯息——"新年快乐"。新年轰然而至也好,平静到来也好,都在娜西心中引发出对即将到来的新的生活的热爱,而这热爱,也包含着那些由于各种生计原因一时还不上钱的她的"兄长姊妹"。所以一切所欠也都是可以一笔勾销的。

不是吗？人与人之间存在的最基本的善意,在广阔的时间中,总是要比因了种种困厄而一时的亏欠要重要得多啊。而"莲花"的诞生又何其不易,它需经了泥与土,才能最终长成。张玲玲的小说《M 和 W 的故事》通过两个人 M 和 W——也许就是男人和女人的英文缩写第一个字母,探讨了写作之于个人之于社会之于心灵成长的意义。小说中的两人都是新概念作文竞赛的获奖者,多年的写作磨炼使小说家 W 对如此这般写下去的青春小说内容和咖啡店写作方式产生了怀疑——"本质上写的都是同一个故事",虽然场地换了、人物变了,但想象的贫乏而雷同也使写作的本质并无区别,使写作的意义遭到蒙蔽。写作作为生活方式的无趣与厌倦渐次产生,那么,在"一起见过的清澈溪流,蹒跚的白鸭,无穷无尽、潮湿苍绿的穹顶,以及穹顶下挥之不去的雾气"的现实与自然的表象之上,在时间空间的洪水深渊、烈火灰烬以及人与人的情感所进出的光亮与温存之上,我们应建立起什么样的写作观念,而不仅仅流于日常的摹写,这才是这一代写作者应该自问的。小说并不是没有反思,可贵的是在反思之上她仍有的建立之心——"我们不断讲着故事,我们也只有故事一种方式,我们讲了又讲,无非希望,能从昔日的黑暗中,明晃晃地浮现出什么而已。"

《嫉妒》这篇小说的写作相对于此前张玲玲的创作而言,是一次有难度的尝试。它用了两条线交汇又分离的写法,写了许静仪、谷雪两位女性自 1997 年至今的成长史、生活史。而在两条线并行发展之中,我们又看到经由其他人物对她们两个人不同的生活阶段的介入,而构成了这篇小说的复杂的生活面。总之,这是一部故意留下了许多线索的小说,而那未完成的部分,终要由阅读者参与解决。在这些多重线索的交错中,我们看到的是许静仪和母亲、谷雪与母亲、谷燕青和杜吉英、谷月红和陈建飞、许静仪和米薇薇、谷雪与沈静波、许静仪和顾睿、谷雪与吕鹏飞,从小到大,从亲情、创伤、爱情、友情一路走来的两位女性。从主人公生活经历的时间算,两位主人公大约与作者张玲玲同属一个年龄段,从 20 世纪 90 年代的中小学到新世纪之初的大学再到今天进入社会。除了两条线的并行交错之外,小说还是一种散点透视的写法,如果不仔细阅读,会陷入各种人物复杂关系的纠缠之中。在这一点上,我很佩服作家的细致而有力的调度能力,在杂而不乱的叙事中,她没有将她要去深入展现的这两位女主人公的心理发展与精神成长放在一边,而是紧抓不放。在阅读中,我有一种感觉,她是在为她这一代写心史啊。在两位女同学的成长中,那最初的"嫉妒"已荡然无存,她们各自需要面对和解决的问题与困难只能是靠她们自己。

小说在对女性成长经历的密集揭示中,仍然谨记对主人公深层心理的探索,小说中关于梦境的书写多次出现,"她不知道这些梦究竟意味着什么,也不知道该和谁谈论,她只知道自己正磕磕绊绊地在这条漆黑的甬道走着,无法找到出口"。而在成长中的那些感受也是极度遵循心理的真实的,比如,"时间不像其他人那样,经几乎令人察觉不到的速度流逝,而是站在一条艰险湍急的河流中,河流下数不清的岩礁和水草,随时都可能割伤她,绊倒她,但她却没有什么办法去回避"。张玲玲小说对谷雪的成长描写让我想到了王安忆的小说——《忧伤的年代》和小说主人公"我"。

王安忆《忧伤的年代》发表于 1998 年《花城》第 3 期,之所以有这样深刻记忆,是因为我在那篇评论长文《12 个:1998

年有孩子》中曾详细地论述过它。那个"我"作为主人公的女孩,和那个作为作家的观察,在许多时候,是"……千头万绪的,什么都说不清。……它就像河底湍急的暗流,制造出危险的翻船事故。我们看不见它的流向,做不到顺流而下,相反,我们常常顶着上,或者横着来,结果就是失败。生命的欲求此时特别蓬勃,理性却未觉醒,于是,便在黑暗中摸索生长的方向。情形是杂芜的。我们身处混乱之中,是相当伤痛的。而我们竟盲目到连自己的伤痛都不知道,也顾不上,照样地跌摸滚爬,然后,创口自己渐渐愈合,结痂,留下了疤痕。等我们长大之后,才看见它"。王安忆在《忧伤的年代》中的这段话,在距那部小说诞生20年后,在张玲玲的《嫉妒》中找到了回应。坚强无比、率性直行,骄傲与烦恼共在的青春,我当时在文中讲,"然而在每一个故事里,这个女孩都能看出对应于自己生命的情感记号,这个秘密的记号,只她一人能够知晓可以破译"。

  1998年王安忆的这部小说,我可以断言,1986年出生的张玲玲未必读过,但相距20年的光阴,却未能阻隔她们作为两代作家的思索,为什么?我想还是因为同为女性作家的关注点——在对于自我作为女性的成长的这一方面,她们着实用心,用心地探究,原因不在别的,而是,作为一个女性作家,你写下的女性主人公,她就代表着你的一部分。

所以,在这篇评论浙江三位女作家的作品将要作结的时候,我仍想引用王安忆在《忧伤的年代》中的一段文字:

> 就在这一刻,舞台上的追光亮起了,我好像看见了那孩子,初出家门,在这里茫茫然地滑行。这里是她在喧哗世界中找到的蔽身之处,这里的暗和光都是用来保护她的。……稚嫩的身体一点点地失去保护,所有的接触都是粗暴的。要通过多少日子,她才能触摸到粗暴深处的那一点暖意。这暖意也并不是来自什么爱之类的情感,而是从你我他生活的艰辛里,并出来的人情之常。

这可能正是写作的意义,也是作家在日常生活中寻找永恒的秘密。

在木板上,那朵莲花悄悄地开放,并发出了圣洁的、微弱的光。

此间万物与心同

——希贤《此间》初见

阅读一个人的文字是对这个人深度了解的过程,这句话尤其适合读一个人的诗。诗与小说不太一样,作为心性的表露,诗人自己几乎无处躲藏。所以如若不是希贤将她的第一部诗集的打印稿交给我,我可能会错失这个在一个成都的雨夜一起走在宽窄巷子中的女子的丰富而又单纯的心灵。那和我并肩走着的,那与我手牵过手的,那举一把伞给我的,那与我一起在门槛处听雨落的声音的,那对眸时沉默的,那些时间中的瞬间,如果不是她的诗,我有什么办法让它复活?

事实上,我与希贤的交往并不多,只有两次或三次的见面,大约还是两次,一次成都,一次北京。但初见于成都时,就有一种很熟悉的朋友的感觉,仿佛相识已久。"翱翔的苍鹰是一道闪电——/立于光芒中心","静夜、星影、远水荒山/你渴望的一切。/在细微描述中下沉","你停下来/忽然走上前,和一头驯鹿交谈",这些诗句明明暗暗,多么像我们初识的那晚。久远的,被我们遗忘了的时光,它们借助于文字又回来,呵,是你,这么久,我们怎么可能让陌生成就桥梁?我们怎么可能任由猜忌横亘于我们中间?

不会的,我相信你说出的"我是静置的灯盏/微弱灯芯可挑起整座山冈"。

我们曾相约,一起登山。这在第一次见面就相约真的是有些奇特。但好像自然而然。好像我们已经约了很久一直等着实现呢,不过这次相约是一次提醒罢了。现在俯读这些白纸黑字,我仍有一种恍惚之感,也许,真的应该还将这篇文章命名为——"峨眉山上雪"。

峨眉山上雪,那样的景象又是怎样的呢?

金顶上的雪,你从来没写过,我从来也没看到过。

只在母亲的描述中,或者是记忆的描述中,我一再地创造着它们,好像那些句子不是经了她的手,而是我心中原来就存有的,只不过由她说了出来——

　　黄昏渐近时山野小苍兰溢出的白
　　锋利的,即将陨落的白
　　如手中划动的断桨——

　　那些可能拥有却并未拥有的

卧在冬雪之上
　　度过了寂静的一生

　　在她的另一首诗《小镇》中,她说出了"神钟爱的三样事物——/枯萎的花、静默的书、少女的微笑"。那都是转瞬即逝的事物,花不可能一直新鲜,书不可能不被读者翻动,而少女不可能不会苍老,那微笑着的或许也会被其他不可想见的表情所代替。但是,诗人仍是小心翼翼地捧出了神的所爱,当然也是她之所爱。相比之下,峨眉金顶上的雪,也许还会持久一些。会吗? 它会持久地等着我们吗?

　　"我拥有云朵的名字/或蜡烛的肉身。"就是这样,云朵有名字吗? 蜡烛燃尽,它的肉身又在哪里? 在希贤的诗中,你会见到虚与实的交替,那是一种刃上之舞,像电影《红棱艳》中的那位用足尖传递艺术的女子,她也停不下来了。到了后来,也许每位向内挖掘的女诗人都会如此,她已与她的文字长在一起,无法停止,无法剥离。所以那样的句子写出来——

　　我的诗行在人迹罕至的荒原

　　形容词最先倒下,其次是动词
　　名词站立。光明处

朝圣者种下勇敢的名字在两座岩山之间
失却的土地仍有未埋葬的谷物

  当然,这首《回到岩石》的诗中,也写到了鸥鸟,相比于岩石而言,动的,不动的,飞翔的,静止的,它们联系在一起,而"我",或者和他们一一道别,或者,变成了他们。在"我"与"他们"之间,诗人的"心"与"物"可以互换,这样的书写中,心物一体,心物不分,可能从某种隐秘的意义上,它在强化着诗歌的本源!

  心物之间,无有间隙,物我同游,乃至物我一体。这可能就是诗的。在对象中发现自我,将自我放入对象中与之联系,诗人强调的是这种联系,而不是小说家的对象化的隔离。这个意义上,小说家是对他者的叙述,而诗人则是自我的剖白,而后者所强化的一体观,人与物、心与物的共同体意识,则更加倾向于自然,也更源发于自然,这可能也说明了小说为什么是历史后来的产物,而诗歌则是一切文学的起源。"但愿我看懂了沉默和咆哮的同一性/但愿我还能告诉你/一些藏着秘密的事物潜移默化成了/花朵。"当然,这个"花朵"也是隐喻的,很难将之看作实体之物,虽然它可能就是实体之物,但那实体之物不是也一直在消渐,如若我们不是将之写下,不是将之在纸上以另外的方式永久留存?

永久留存的事物,相对来讲,在希贤诗中常常出现的意象——也是实体之物——是"星辰"。是啊,相对于稍纵即逝的事物,希贤的诗中写到了许多星星、星辰、星宿、星光,她仿佛是试图以此证明世上的恒在的事物,而在写它们的时候,她也将之拟化为与己相关的事物,而不是外在化于诗人的事物,所以"此间"的把握很讲分寸。但是也有大量的溢出。比如,"我是暗夜涌动的鸩酒/你饮下它,如啜饮寥落天际的星宿";比如,"那些空荡房间诞生的岩石/如鲸群历数头顶上方忠实的星辰";比如,"让手握星星的孩子/独自穿过天井";比如,"群山于夜色中起伏,星星收敛翅膀/你醒着,她就不肯睡去——";比如,"我爱你眼里盛放的蔷薇花束/黑夜与白昼,镌刻每一粒星子的光辉"。还有——

于光明中痛饮。我捧起
你枯槁的脸,一遍遍用歌声唤醒

这洋流深处的沉睡者
这安宁的人,一直怀抱着星光

这首直接以《星光》命名的诗之片段,给了我们一个"怀抱星光"的"安宁的人"的形象。这一形象何尝不是希贤本人？星辰是诗人的置身的背景，也同时是诗人内心的光明。无论是"湖水泛着冰冷的光／尘世的一切盘旋上升而星星下沉"的喧嚣，还是"星辰自银河系溢出／废墟上渐渐生长出星云／一如所有业已完成的事物／在夜晚觅到归宿"的静寂，抑或是"隐没于苍茫边界／又身披星光升起／在我们仰望的地方起伏"的生机，还是"我的悲伤来自那深处的／坟茔、飞逝的窗棂，以及／高不可问的古老星球／内凝而强大的，是苍生悄吟的珍贵时辰"的高蹈，无论讴歌还是低吟，都言说着盛大的生命中不朽的部分！与此同时，诗人也俯视和凝神于那些细小的，不为人所见的，或者是被人屡屡忽视的事物，比如红松鼠、松鸦、鹭鸶，比如刺槐、香椿和楸树，它们与岩石和星辰一样，让诗人体味着宁静的时刻里那美妙的存在。这就是"此间"的意义吧——诗人的使命，就是以领受之心将之一一展现出来。

希贤走过不少国家和城市，在北爱尔兰，在斯里兰卡，在斯德哥尔摩，在伦敦，都曾留下过她的诗篇。但与众不同的是，她的诗中的心象仍是远远大于地理。在她的诗中，我们看不到具体的标志性的风景，与我们相遇的只是经过了诗人沉淀与幻化后的心境。所以，那些地点，她一一走过的地方，只是她诗歌写作的触媒，它们闪着特有的光泽，独属于诗人的语言找到了她，同时也赠送给我们。

现在我可以潜入一首诗的内部

　　　看梧桐影木、波旁香根草交头接耳

　　　听小豆蔻和胡椒彼此打趣

　　　它们让我想起在山中被柏木林环绕的日子

　　　轻盈、纯粹

　　　像从来没有发生过

　　是呵。我们多久没有进入一株杜鹃的内部了？我们多久，没有停下来，与一头雪色牦牛交谈？从三台山街那棵月桂树下一路走来的诗人说，"当黑白世界只剩下星空闪耀／澄莹的月光宛若母亲温柔的双目／足以照亮我以绝望的姿势／把你书写在寂寂无名的星群之中"。今年的峨眉山顶还下雪吗？从来没有发生的，没有见过的，但凭借于诗句曾经发生，一直发生着，当雪片一样的纸被印上文字而从打印机中一张张地诞生出来时，我知道，那些雪已经开始等待了。它等了那么多年，那么久，等着一直想念着它要去看望它的人——我们！

　　　我怀抱的一团火焰

　　　我唯一的私有财产

　　　如盲人在尘堆中捡到

逃亡者遗失的钻石

　　一颗曾经辉煌却徒劳的
　　野心

希贤是要在这阔大的"此间"按上自己手印的人。《指纹》一诗为证。我们都是要在这世间按下自己手印的人。所以能够相互认出,彼此分辨。但是,在我们的践约之前,在心与物的洪荒的此间,一定还有一些东西藏在深处,秘而不宣。正如那首诗中如提示也如箴言的一句——

　　那些红的,黑的
　　是造就我的一部分

是这样的。的确如此。
让我成为我。

后　记

放在这部书中的文字,大略分为两类,因为是两类,所以在结构上分设为两辑。

辑一,理论与现象论。这部分文字是从文学中提取一种文化现象而展开的论述。比如部落,比如家族。当然,由于这些文化现象都有文学的根基,更准确地讲,都有作品和文本托底,所以,在论述时,那些现象并不高蹈,而更像是一种提取。这种化学式的文章做法,得益于材料的丰盛,当然,也得益于青春的想象与盛年的精力。有一个发现,就是这一辑的文字多写于 30 年前。理论那篇更早,写于 1991 年,那年我硕士毕业,毋庸讳言,它是我文艺学硕士论文的纲要部分,修订后发表于《文学评论》1993 年第 1 期,写作那年,我 20 岁出头,有着建构理论的热情。现在看,刚过第二个本命年即在《文学评论》发理论头条的,仍是不多,是不是最年轻者,没有考证过。事实是,这篇论文是一引子,此后的《人格论》2011 年由中华书局出版了近 50 万字的第一卷。当然此后,还有已经完稿仍在修订的第二卷,还在脑海中不断架构的第三卷,150 万字的体量昭示着青春的雄心。假以时日,完成它,犹如将一个孩子养大,其中成长的含义当然也包含写作者自身。这种成长,不只理论,也是人格的,甚至后者更重一些。它是一个珍贵的修正与锻造的过程。辑一的最末一篇的写作时间距离此刻最近,2023 年 5 月 11 日,是为次日召开的上海青年作家创作会的一个发言。记得上海浦东的春夜,打开窗帘眼见陆家嘴的背影,心有感触而奋笔疾书的情景。彼时彼刻,万千思绪,不及整理,山呼海啸,纸上刹那文字铺满,握笔的我只是一个笨拙的速记员罢了。这篇文章在《文学报》发表后,旋即得到众多公众号的转载,铺天盖地有些夸张,但一段时间成为热议,大约是它的问题引发了人们思考,平常不联络的朋友们多发来微信,称"有力量,句与句之间相互追赶"。

辑二,作家与作品论。这一辑收入了近年的评论,从作家来看,包括从鲁迅开始一些新文化运动以来的作家,更多的是新时期以来的作家,也有一些新近涌现出来的年轻作家。主体部分是新时期的作家,这一部分是近年的重读与回望,在新时期文学文本的细读的基础上,有对文化与哲学的认识,所以它们往往又不限于文本阅读,而是从文本出发的经由时间的长度之后的思想感悟,后者是当时的作品阅读中遗漏或忽视的成分,所以,对一些重要作家重要作品的研读是必要的,尤其是那些作品诞生了三十四十年之后。而在这些研读的文字里,其实是放了评论家本人的性情进去的,所以你也可视作一种随笔式的学理评论。它的样式在于不追求过分的注释,而在于阐释中用力,甚至常常从文本的具体引发开去,而走到了一个评论家本人都感到奇崛的境地中去,这种写作的心境是曼妙的。

沉浸式的阅读,于今可能是越来越少了。我指的是现今的青年评论者更多是从理论而不是文本开始他的诉说,这样的结果,当然是文学性的降低。而文学性的降低所带来的后果则是评论文字的不及物,如若总是从一个套路出发,一种或几种理论出发,那么文学的牺牲所带来的评论性情的牺牲,是一定的。所以,近年,我写了大量的随笔式批评,放在这里,可谓是一种逆行,更可视作一种强调。

这部书中的最早一篇写作于1991年,到2023年,其间已经32年过去,白驹过隙,时光在文字中流徙,波光粼粼。回看这些文字的局部,有着一些感慨,其中,有些未变的东西,恒久地存在那里。我知道它是什么。当然,我也向往你也能如我一样知道。

祝好。时光。

文学。不朽。

2023 年 5 月